キャビネット

CABINET

キム・オンス
加来 順子 訳

論創社

Original Korean edition published by Munhakdongne Publishing Group.
Japanese translation rights arranged with Munhakdongne Publishing Group, Paju.

This book is published with the support of the Literature Translation Institute of Korea (LTI Korea).

目次

キャビネット

このキャビネットの名は〈十三号キャビネット〉である。

しかし〈十三〉という数字に特別な意味はない。

それは単に、このキャビネットが左から十三番目に置かれている、という意味に過ぎない。

何か気の利いた名があれば、はるかに紹介しやすかったかもしれない。だが、
キャビネットなんかにそれ以上の何を求められようか。

〈十三号キャビネット〉について大げさな想像をする必要はない。
ひょっとして、この本を最後まで読んでみようと思うなら
〈十三号キャビネット〉について優雅でロマンチックな想像をするようなことは
とっとと止めることをお勧めする。
そんな想像をしたら
あなたが何を想像しようとも
それ以下を見ることになるだろう。

これは極めて平凡なキャビネットである。
八〇年代から九〇年代の町や区の役所で一斉に流行し、
臭いジャージや、片っぽだけが残ったテニスソックス、空気の抜けたサッカーボール、期限が過ぎてしまった資料を適当に突っ込んでバンッ！　と閉められるに相応しい、
みすぼらしくて古びたキャビネットだ。

想像するまでもなく〈キャビネット!〉といえばすぐに思い浮かぶもの!
今、あなたの頭の中に「えー、まさか?」とスッと思い浮かんでいるあれ、
そう、まさにあれが我々の話そうとするキャビネットの正しい姿である。

第一部　キャビネット

オーギュスト・シパリは、なぜ？

一九〇二年五月八日。西インド諸島のマルティニーク島で、前世紀で最も荒々しく凄まじい火山の噴火が起きた。噴火が始まると、高さ千四百六十三メートルのプレー山の噴火口からは、溶岩と岩石の破片が時速二百キロメートル以上のスピードで噴き上がり、火山灰がいっぱい積もっていたプレー山の頂上は、火山ガスの圧力で爆発した後、南西側のふもとへ一気に流れ落ちると、ついに山頂から八キロメートル離れた美しい街サン・ピエールを僅か二分でなめ尽くしてしまった。

サン・ピエールの人々にとっては、ひどく当惑することだった。音の正体を把握する余裕もなく、「パパ、トイレに行っている場合じゃないよ。たった今、火山が爆発したんだよ」といった緊急の警告を家族にする隙《すき》もなく、老いさらばえた夫に「今生では仕方なく一緒に暮らしたけど、来世では後生だから」のような涙まじりの別れの挨拶をする暇《いとま》もなく、庭に広げてあった洗濯物を取り込んだり素っ裸で死なないために浴槽から出てガウンをひっかけたりする余裕もなく。サン・ピエールの人々はそうして、便器に座ったまま、浴槽に横たわったまま、約束を守れないまま、疑い慌てふためいた目を閉じることもできないまま、押し寄せる火山灰の中に一瞬にして埋《うず》もれてしまった。

過去にも幾度かの噴火があり、噴火口では火山活動が続いているものの、人々はたいしたことはないと思っていた。むしろサン・ピエールの人々は、火山が自分たちを守ってくれている、という根拠のない信仰さえ持っていたのだから、噴火口から湧き上がる煙は、カレンダーの風景画のごとく、ただただ美しかった。遠くの山からゴウゴウと猛《たけ》る音がするたびに、村の祖母たちは恐ろしさに震える孫娘たちを膝の上に乗せて、祖母の祖母の代からそうしてきたように孫娘をなだめた。

「ねえ、心配いらないよ。火山は私らを傷つけない。それどころか悪い精霊たちから村を守ってくれるんだよ。だから近くに火山があることは本当に大きな幸運なのさ」

だが、一九〇二年のプレー山の噴火には何の幸運もついてきてくれなかった。マルティニーク島の美しい火口湖を見るために遠くから訪ねてきた観光客を含め、街の住民のほぼ全員である二万八千人あまりが死亡し、あわせて、数多くの羊の群れと羊の群れを追い回していた犬たちと乳を搾っていた牛たちと飛び立ちそこねた鳥たちと牛乳を運んでいた手車と退屈そうにしぶきをあげていた広場の噴水台と砂利が敷き詰められた街並みと決まった時間に美しい鐘の音を鳴らしていた聖堂の鐘楼は、自分たちの最期の時間をぎゅっと握りしめたまま火山灰の中に埋められた。

そして重く熱い溶岩が徐々に流れてきてサン・ピエールを覆い尽し、ゆっくり固まりながら、サン・ピエールの人々の記憶と嫉妬と歓喜と憤怒と愛憎を一つの巨大な岩の塊《かたまり》にした。

ところが、その阿鼻叫喚の中でも奇跡的に生き残った者がいた。彼はオーギュスト・シパリという囚人だった。この唯一の生存者の特別な幸運は、サン・ピエールの中央に位置する奇妙な牢獄のおかげだった。たいてい悪質な囚人たちを監禁する牢獄は、暗くて湿っぽい地下や街の外郭にあるのが一般的である。だが、サン・ピエール市は、特異なことに街の中央に高い尖塔を立て、その頂上に最も悪質な囚人を監禁していた。皮肉なことに、オーギュスト・シパリが仕出かした悪質な罪が彼を生かしたわけだ。

サン・ピエールの尖塔の牢獄は非常に高かった。尖塔はなんと四十八メートルに達したが、このぞっとする高さゆえに、そこの窓には、監房であれば当然あるべき格子すらないほどだった。しかし過去数百年のあいだに、ただの一人の囚人も、この格子のない牢獄から脱出できなかった。もちろん脱出を試みたことが全くなかったわけではない。一八六四年に、勇気ある甲板員かつその勇気くらい愚かでもあったアンドレ・ドロップバーという囚人が脱出を試みた。ドロップバーは、シーツ・囚人服・ベルト・靴下・下着・手ぬぐいなどを利用して尖塔の下まで届く長くて丈夫な綱を作れると考えた。つまり、少なくとも四十メートル以上になる綱を、だ。ドロップバーは、このバカバカしい考えを実践に移すために、監房内の全ての布を裂いた。ズボン・下着・囚人服・シーツ・布団まで、布という布は全て綱にされるためにズタズタに引き裂かれたため、ドロップバーは素っ裸のまま冷たいレンガの床に座って綱を編まねばならなかった。夜になると尖塔に冷たい海風が吹きつける。素っ裸のドロップバーは、まもなく美しい女のそばで温かい肉のスープとラム酒を飲んでいるはずのバラ色の未来を想像しながら寒さと海風と寂しい夜に耐えた。ついに監房内にひとすじの糸くずさえ残らなくなり、全てが綱と化したとき、ドロップバーは感動のあまり涙まで流した。

極めて当然のことながら、ドロップバーの綱は地上に届かなかった。もはや綱を延ばす方法がなかったドロップバーは、(短くたって知れている。綱をつたって降りた後、足りないぶんの高さだけは飛び降りよう)という天真爛漫な考えで脱出を敢行した。ドロップバーが尖塔の頂上から地上を眺めたとき、それは可能なように見えたかもしれない。だが、それは彼が自らの人生で犯した数多くの愚かな行いのうち最も愚かなことだった。いざドロップバーが綱を伝って降りると、綱は尖塔の高さの半分にも及ばなかった。悪いことは重なるもので、尖塔の壁面に無数に生えた滑りやすい苔のせいで、再び綱を伝って尖塔まで登ることもできなかった。綱にぶら下がってジタバタしていたドロップバーは、そこで一つの秘密に気づくことになった。

(ははあ！　それで監房に格子がなかったのだな)

朝になって羊の群れを追って山に行った羊飼いの老人が、蔦のように綱を身体にぎりぎりと巻き付けて必死にしがみついている囚人を発見した。老人はその光景を見てびっくりして叫んだ。

「おい、アンドレ！　おまえはパンツも穿《は》かずに、そこでいったい何をしておるのだ？」

ドロップバーは羊飼いの老人の問いに丁重に答えたかったが、夜どおし綱にしがみついて疲れきったせいで喉からひと言も出てこなかった。かわりに、ため息か恨みか後悔か分からないうめき声を二度あげて地面に落ちて死んだ。最後に彼は何を言いたかったのだろう。ひょっとして、こんな言葉ではなかろうか。

「このクソじじい、この状況で訊くようなことかよ」

その後、サン・ピエールの尖塔の牢獄には格子が設置された。それは脱獄を防ぐためではなく、退屈した囚人が物事を長いことじっと見つめるときに下しがちな愚昧な判断を事前に遮断するためだった。つまり、シーツと下着なんかで作れる綱はそれほど長くないということと、物事は自分の目に見えるよりもずっと遠くにあることを教えてやるために。

フランスの牢獄は囚人をワインのように扱う。じめじめした暗い倉庫でワインを熟成させるように、甘くほろ苦い風味が出るまで長いこと罪を熟成させる。しかし、サン・ピエールは罪を洗濯物や干物のように扱う。罪の湿っぽさが暖かい陽射しで蒸発し、良い風で飛んでゆくように、日当たりが良くて風の通る高い所に晒しておくのだ。

そんなわけでサン・ピエールの人々は、仕事の合間に腰を伸ばすときや、誰かの冗談のせいで腹を抱えて大笑いするときに、尖塔の牢獄とその中に囚われたこの街で最も悪質でけしからん人間を見ることができた。そのたびに人々は三々五々集まって「あんなケツの穴にクジラのモリを刺してもすっきりしない奴」「悪いタネが広がらないようにキンタマを切り取って屋根の上で干さなきゃいかん」「キンタマだけ切り取ってどうする。ついでにアレも切り取っておまえんとこのワンリーにでもくれてやれ」「なんだと。まともな犬をダメにする気か?」といったおぞましい言葉を日常的に口にしたものだった。

サン・ピエールの人々にとって尖塔の牢獄は、悪の象徴であり、恨みと憎悪の象徴だった。また、自然であれ人為であれ、全ての災厄の原因だった。家で飼っていた豚が逃げても尖塔を見、節操のない娘が妊娠してもまず尖塔を見、甚だしくは博打で金をすっても尖塔を見ながら罵った。人々は、大きな災厄から些細な問題に至るまで、全て尖塔にいる囚人のせいにした。理由はどうであれ、合理的に筋が通ろうが通るまいが、街の全ての良からぬ悪いことは尖塔に閉じ込められた囚人の責に帰した。村の神父は説教の時間に語った。「なぜ、あなたの隣人を、あなたの愛しい妻を、あなたの誇らしい子らを罵るのか。どうしても罵りたいのなら、かわりに尖塔に向かって唾棄せよ!」

尖塔の牢獄が空いていることは殆どなかった。なぜなら、そこに囚人がいなければ町全体の道徳律が揺らぐ（とこの街の老人たちは固く信じていた）し、何よりも人々がひどく退屈がったからだ。なので、しかるべき待機者がいない不幸な囚人は、自分の罪よりずっと長い刑期をその中で過ごすこともあった。すでに多くの陽ざしと風で一滴の水分もなくカラカラに乾いた自分の罪を窓辺に暇そうに干しておいたままで。

さて、ここでサン・ピエールの唯一の生存者であり尖塔の最後の囚人だったオーギュスト・シパリの話に入ってみよう。オーギュスト・シパリは尖塔の牢獄に、なんと二十四年も監禁されていた。彼は十七歳という若さで監禁され、四十一歳でようやく尖塔から出ることができた。それも刑期を終えてではなく、火山の助けによってようやく抜け出したのである。

オーギュスト・シパリの罪状は修道女の強姦と聖職者の冒瀆であった。夜な夜なこっそり修道女院に忍び込んで複数の修道女を犯し、また、公の場で神父を冒瀆したというのである。オーギュスト・シパリは、神父様を罵ったのは事実だが修道女様たちを犯したことは絶対にない、と最後まで自分の無罪を主張した。しかし裁判官は、オーギュスト・シパリに弁論の時間もろくに与えないまま八十年の刑に処した。

実際に、オーギュスト・シパリの罪状には釈然としない点が多い。当時、修道女院にいた修道女の平均年齢はなんと六十七歳に達し、最も若い修道女も四十四歳になっていたからだ。また、オーギュスト・シパリは背が高くスタイルのよい美少年だったので、村の全ての娘たちにとって憧れの的であり、さらにアリッサという美しく魅力的な恋人もいた。聖職者冒瀆罪も、やはりたいした説得力はなさそうである。もちろん公の場で神父を罵り、拳《こぶし》を振り上げたのは罰せられてしかるべきであろう。しかし、それは十七歳の少年を八十年間も牢獄に閉じ込めるほどのことではないのだ。

オーギュスト・シパリは、この曖昧で解せない罪状で二十四年のあいだ尖塔の牢獄に監禁されていた。そして一九〇二年五月八日、プレー山で火山が爆発した。火山の噴出物と火山灰が狂ったように飛んできて、街は一瞬にして廃墟となった。オーギュスト・シパリは尖塔のてっぺんで格子の外に首を突き出し、プレー山の頂上から溢れ出た火山砕石物が二万八千人あまりのサン・ピエールの人々を飲み込む光景をぼんやりと見守った。災厄の中心からこの街の全ての死と悲劇を一つ一つ見守った。そして、溶岩のカッカとする熱気が尖塔を捕える直前に、劇的に救助された。

尖塔が高かったとはいえ、どうやって雨あられと降りそそぐ大小の火山砕石物にぶつからずに、また、火山ガスで窒息することもなくオーギュスト・シパリが生き残れたのかは謎として残った。とにかく、サン・ピエールの一番てっぺんであらゆる人々の恨みと揶揄を受けていたオーギュスト・シパリは、サン・ピエールが自分に与えた恨みと揶揄の力で生き残った。彼に罪を宣告した法律と慣習が、彼の罪を記憶する人々が、全て溶岩の中に埋もれて岩の塊になってしまったので、いきおいオーギュスト・シパリの罪も溶岩の中に埋もれて岩の塊になってしまい、彼は自由の身となった。

記者たちのインタビューが殺到したが、オーギュスト・シパリは何も語らなかった。かわりに災厄の喧騒からそっと抜け出し、人目を避けて去った。この奇跡的な生存者について何人かが囁きあったが、オーギュスト・シパリの存在は、世の中の全ての関心事がそうであるように、人々から早々《はやばや》と忘れ去られた。

サン・ピエールの全ての時間は止まった。だが、オーギュスト・シパリの時間は流れていった。オーギュスト・シパリはメキシコに渡った。そして人の住まない砂漠の果てに三十年間隠遁した。人々はもう、オーギュスト・シパリが何者なのか、どんなことを経験したのかについて、まるで関心がなかった。ところが、オーギュスト・シパリが死んで十年も経った後に、アメリカのルイジアナ州で、オーギュスト・シパリの名で一冊の本が出版された。『サン・ピエールの人々』というタイトルの、ゴマ粒のように小さな文字で五百ページにもなるぶ厚いこの本は、穏やかで落ち着いた文体と、わりあい客観的な視点で、サン・ピエールの歴史と人々のあれこれと火山が噴火したときの様子について生き生きと書き綴っている。おそらくオーギュスト・シパリは、三十年間隠遁して毎日少しずつこの本の原稿を書いたのだろう。ところで、この本の内容のうち何ヶ所かは少し釈然としない。何か突拍子もないと言おうか、でなければ辻褄が合わないとでも言おうか。ここで暫《しば》しオーギュスト・シパリが書き綴ったその突拍子もない部分を調べてみることにしよう。

クリオーレ神父の尻にはアナグマの尻尾がぶら下がっていた。デスモンド主教の尻にもアナグマの尻尾がぶら下がっていた。デスモンド主教の尻尾がクリオーレ神父の尻尾より少し大きくて長かった。私は遠く離れてその光景を盗み見たので、それが本当にアナグマの尻尾なのか確信できなかった。もしかしたら、それはモモンガの尻尾だったかもしれないし、キツネの尻尾だったかもしれない。あまりにも時が経ってしまった今となっては、それはオオカミの尻尾や猟犬の尻尾だったのではないか、という気もする。とにかく、それが何の尻尾であれ、人間の尻に尻尾のようなものがぶら下がっていてはいけないのだ。私はそのとき僅か十七歳だったが、アナグマの尻尾は当然アナグマの尻にぶら下がっているべきだ、ということくらいは知っていた。

クリオーレ神父とデスモンド主教は聖なる十字架の前で尻を撫でまわし、互いの尻に顔をつけてくんくんと匂いを嗅いだりもして、それに飽きると、しどけなく横たわったまま互いの尻尾を撫でつけたりした。それはまるでサルが互いの毛づくろいをするように見えた。デスモンド主教がクリオーレ神父の尻尾を撫でると、クリオーレ神父は気持ちがいいのか、ピンと立てた尻尾を何度もぐるぐる回した。

そのとき、私が足をかけていた欄干が傾いてきしむ音を立てた。デスモンド主教が私のほうを見た。私は恐ろしさのあまり後ろもふり返らず外に飛び出していった。後ろからデスモンド主教が、戻ってこい、と叫んでいる声が聞こえてきた。だが、私は止まらなかった。ケヤキの丘までひた走った。恐ろしさにぶるぶる震えながら、私は夜遅くまでケヤキの丘でアリッサを待った。しかし夜が更けてもアリッサは来ず、かわりに警察が来て私を捕まえていった。

オーギュスト・シパリが書いた突拍子もない話はこれだけではない。村の肉屋のビリーおじさんには四つの睾丸と二つの陰茎があるが、あり余る性欲を抑えられず、一つは妻とヤるときに使い、もう一つはブタとヤるときに使うというのである。また、デイリー家の子供たちは二世代ごとに一人フクロウの爪を持って生まれるが、デイリー家はこれを隠すために、男の子が生まれると指を全部切り落として育て、女の子が生まれると一家の墓地でこっそり殺した後に密かに埋葬する、という話もあった。この他にもサン・ピエールの人々の奇行を盛り込んだ話はさらにいくつかある。そしてオーギュスト・シパリはその話を残酷なほど写実的に描いていた。

これはオーギュスト・シパリの復讐なのか。罪もない自分を尖塔のてっぺんに二十四年のあいだ監禁しておいて野次を飛ばしたサン・ピエールの人々に対する呪詛なのだろうか。

多くの人々はそうだと言う。オーギュスト・シパリの稚拙で狂気を帯びた復讐心がこのような文章を書かせたのだ、と。だが、私の考えは少し違う。この世の僻地で三十年間を隠遁者として過ごしたオーギュスト・シパリが、噴火の災いの中で声もあげられず死んでいった故郷の人々について考えたのはせいぜいこんなものだろうか。

（俺を尖塔に監禁しておいて野次を飛ばしてからかうとは、よーし、ちょうどいい。これからは、おまえらも少し痛い目に遭えばいい。俺は今やサン・ピエールの唯一の語り部だから、俺がおまえたちの尻にアナグマの尻尾をつけてやろう。文字が記録の手段として残っている限り、おまえらは永遠に尻にアナグマの尻尾がある神父として記憶されるだろう。ウハハハ！）

正直、これは幼稚すぎないだろうか。

私はときおり書斎に入って『サン・ピエールの人々』を取り出して数ページずつ読んでみる。そのたびに、人目を避けて三十年間ひとりで隠れ住んだオーギュスト・シパリの孤独な人生を考えてみる。自分が知っていた全ての人々と全ての思い出の拠り所が消えてしまった人生。誰も訪ねて来ず、誰も訪ねに行かない人生。庭でトウモロコシとジャガイモを育て、ひとりで夕餉を整え、ろうそくの灯りの下でひとり食事をする侘しいほど静かな人生。

オーギュスト・シパリは一度もサン・ピエールを離れたことがなかった。サン・ピエールは彼が生まれ育ったところであり、人生の全てを丸ごと抱えた場所だった。オーギュスト・シパリは他の場所に存在する方法を知らず、サン・ピエールを離れることを想像してみたこともなかった。だから彼は、毎朝メキシコの砂漠で目を開けてから目を閉じるまで、熱い溶岩の中に消えた街サン・ピエールを思わずにいられなかったはずだ。美しい伯爵夫人と、自分を見つめながらクスクスと笑う娘たち、澄んだ鐘の音が響き渡る街の夕暮れどきと、牛乳を載せていく馬車の軽快な車輪の音、人々が楽しげに声を張り上げる活気に満ちた市場の風景、そして、ある瞬間に灰の山と化したサン・ピエールが彼の頭の中で果てしなく繰り返されたであろう。そこでいったい何が起こったのだろう。自分はなぜひとり生き残ってこの見知らぬ地に流されているのだろうか。

オーギュスト・シパリは、失われたサン・ピエールを一行ずつ書き綴らねばならなかったのだろう。使命感のためではなく、それが彼にできる唯一のことだったはずだから。オーギュスト・シパリが一行ずつ書き綴るたびに、石と化した街に再び道路ができ、その上をどっさり牛乳を積んだ馬車が通る。花壇には花々が満開で、人々が再び市場でさざめき、おとなしいヤギたちは肥えた尻をぶつけながら牧童についていく。そして遠くから美しい恋人アリッサが手を振りながら微笑む。

「オーギュスト！　あとでケヤキの丘に行くわ」

それなのに、三十年後にサン・ピエールの人々は、なぜ化け物に変わっていたのだろう。オーギュスト・シパリが数えきれぬほど歩き回った想像の迷路では何が起こったのだろうか。いったい、オーギュスト・シパリは、なぜ？

シントマー

《マンハッタン・コンサルティング二〇〇五年報告書》によると、飲用水や飲料水の代用として揮発油を飲む人の数は全世界でなんと千四百人を超える。後進国の子供たちが寄生虫などを殺すために少量の揮発油を飲むという話ではない。これは毎日二リットル以上の精製された高級揮発油を定期的に飲む人々に関する話である。彼らは主に、ロンドン、パリ、ニューヨークといった大都市の高級マンションに居住する裕福な人々であり、しかも会計士や弁護士といった専門職に従事するエリートだ。彼らは疲れてぐったりしたときにドリンク剤のように揮発油を飲むのはもちろんのこと、料理の材料としても幅広く使っている。

飲用水のかわりに揮発油を十年間飲んでいるというロンドンの会計士テリー・バーンズ氏は、自分が飲む揮発油は自分のBMWに入る揮発油の量よりずっと多いと語った。「いくら頑張ってもBMWよりは燃費が落ちるんですよねえ。BMWが立派なのでしょうか？　それとも私が劣っているのでしょうか？」と彼は問う。このとんでもない問いに親切に答えてやろうという気は全くない。だが、この世がこれほどめちゃくちゃならば、まもなくダンキン・ドーナツとマクドナルドのハンバーガーを燃料にして走るBMWが出るだろうからあまり心配するな、と言ってやりたい程度だ。

いや、あらゆるものを手に入れ、あらゆることを学んだ人々が、なぜ揮発油なんかを飲んでいるのだろう。彼らがステーキやパンのかわりに揮発油を選択する理由は簡単だ。それは揮発油が他のメニューよりもずっと肉体と精神に効果的に作用するからだ。彼らは揮発油の特定の成分が都会での暮らしを自動車のエンジンのごとく規則的かつ躍動的にしてくれると信じる。

「どんな瞬間でも揮発油さえ入れてやればよいのです。睡眠不足だったり、疲れが取れなかったり、精神的に不安だったりという問題で仕事をしくじるのは困りますからね。それでは決してプロとはいえません。そんな姿勢では現代の社会で決して生き残れません。我々は、炭水化物、たんぱく質、脂肪で構成された伝統的なメニューがこのような問題点を生む、と見ています。パンと肉だけで構成された伝統的なメニューは人間を、結局は信頼できない怠惰な存在にするのです。揮発油は人類の新たな代案です。周りをみてください。今は二十一世紀です。スピードの天国ですよ。ですから、いつでも飛び出せる用意をしていなくてはなりません」

香港のシンティエンディ《新天地》氏はガラスを主食とする。文字どおりガラスが主食だ。そして驚くことに、彼は副食として他の食物を全く摂らない。そのため、このニュースを聞いて、ガラスの成分の中に人類が知らなかった特別なカロリーがある、と主張した科学者もいた。もちろんそれは、科学者が行うにしては多少恥ずかしい主張だった。ガラスは我々が小学校の理科の時間に習ったとおり無機質であり、その中には〇・一パーセントのカロリーも入っていない。「人間がガラスだけを食べても生きられるなんてバカな！」と何人かは興奮して主張するだろう。私の考えも似たようなものだ。人間はガラスだけを食べては決して生きられない。しかし、シンティエンディ氏は我々を嘲笑うかのごとく、自然科学を罵るかのごとく、ガラスだけをバリバリと噛み砕きながら今でも健康に暮らしている。三人の娘と二人の息子がいる父親としてこれまで五十四年を無事に生きてきたし、特段のことがなければ、これからも二、三十年は生きられるだろう。毎朝公園に出かけて太極拳もしているし、先日は老化防止とストレス解消のために、円陣を作ってお互いを見ながらふざけて笑いたおす〈香港公園お笑いクラブ〉にも加入したというのだから。

「一番好きなガラスは何でしょうか？」

「クリスタル」

「一番嫌いなガラスは？」

「もちろん鏡ですよ」

「ところで、なぜガラスが食べたかったのでしょうか？」

「子供の頃、私は美しいクリスタルのグラスを一つ持っていました。それに心を奪われたのです。そのグラスは、私にとってダイヤモンドや金よりもはるかに魅力的なものでした。机に載せて何時間も眺めたものです。なんと美しいことか、いくら見ても飽きないのですよ。そして、ある日、それが食べたいと思いました。言うなれば、視覚的な美しさが味覚的な美しさに転じたわけです。それで食べました」

「いかがでしたか？」

「美味しかったですねえ」

オーストラリアに住むスティーブン・マクギー氏は間食として鋼鉄を食べる人だ。彼は歯で鋼鉄を少しずつ折り、唾液で少しずつ溶かしながらキャンディーのように少しずつ舐めて食べる。キャンディーではなく鋼鉄を、だ。一九八八年のサンフランシスコ旅行では、ゴールデン・ゲート・ブリッジの角を齧ろうとして警察に連行されたこともあった。当時、担当した警察のファイルには、この事件が詳細に記録されており、地元紙《SFゲート》に〈ゴールデン・ゲート・ブリッジがあまりにも美しくて食欲を抑えられなかった男〉という記事が載ったこともあった。

もちろん私は過去七年間、十三号キャビネットの一部を担当してきた管理者なので、この程度の事実にひどく驚いたり慌てたりしない。ただ、人間の歯が鋼鉄より丈夫なこともあるという事実と、人間の唾液の中に鋼鉄を溶かすだけの成分があるかもしれないという事実に若干驚いただけだ。もし、このような現象が進化し続けるとしたら、二十二世紀には、唾を吐く行為が一級殺人罪とみなされるかもしれない。

クォン博士と私は、彼に会うためにオーストラリアに行った。彼が実際に鋼鉄を食べるかを確認し、その事実が確かならば、彼の歯を調べて唾液をサンプルとして貰っておくためだ。我々が到着したとき、廃車場で古鉄を集めていたスティーブン・マクギー氏は、我々に向かって嬉しそうに微笑みながら握手を求めた。近所のおじさんのように平凡そうな印象だった。我々は彼に歯を見せてくれるかと訊いた。彼は快く我々の願いに応じた。だが、スティーブン・マクギー氏の歯は、我々が想像していたような凄い歯ではなかった。彼の歯はなんと七本も抜けており、かろうじて残っている歯のうち三本はぐらぐらしていた。口からひどい臭いもした。鋼鉄どころかリンゴ一切れもろくに齧れそうにない歯だった。少し失望した私が彼に訊いた。

「やはり歯で鋼鉄を噛むのは簡単なことではないですよね?」

するると彼は笑いながら言った。

「ああ！　これですか？　虫歯のせいですよ。妻が言うに、私はデザートとしてキャンディーを食べすぎるそうです。キャンディーを減らさないとね。でも、まだ鋼鉄を食べるのに全く差し支えありませんよ」

言い終えて彼は地面に落ちていた古鉄を一つ拾うと口に入れてもぐもぐとした。そして数秒後にはウソのように〈ポキッ〉と鋼鉄が折れた。

シンガポールには新聞紙を主食とする人がいる。まあ、このくらいになれば驚くこともない。揮発油、ガラス、鋼鉄なんかも食べるのだから、新聞紙くらいはご愛嬌とみなすこともできる。彼の一日の食事量は日刊紙を六紙だそうだ。朝に配達された朝刊を広げてコーヒーを飲みながら新聞を食べる。政治面を読んで政治面を食べ、文化面を読んで文化面を食べる。新聞が来ない日曜日にはタブロイド判の週刊紙をいくつか食べる。

「週末には仕方ありませんが、平日にはタブロイド判の新聞は食べません。美味しくないんですよ」

「どんな新聞が一番美味しいですか？」

「面白く読めるニュースならば紙の質に関係なく美味しいです。そういう面で、アメリカの新聞はちょっと味が落ちますよ。図々しいのでね。一番不味いのはニューヨーク・タイムズです」

「読まずに食べることもありますか？」

「どちらでもかまいませんよね？　でも、読んでから食べたほうがいいじゃないですか。退屈しないし」

「正確に言うと、食べるのはニュースですか、それとも紙ですか？」

「どちらも、でしょうね。食べ物の匂いと味のように、どちらも必要なものですよ」

「ならばＣＮＮニュースも食べられますね？」

「そんな、あれは噛む楽しみがないじゃないですか」


あらゆる変なものを食べる人々はこれだけではない。内モンゴルのある少女は、親と教師が止めるにもかかわらず、毎日のように一キログラムを超える土を食べており、フィンランドには、ごく少量のたんぱく質だけを摂取し、不足する生体エネルギーを補充するために毎日三百ワットずつの電気を食べる人もいる。中国には、先祖から受け継がれた築数百年の家の瓦を主食とする人もいる。この他にも、パンのかわりにおがくずでサンドイッチを作って食べる人もいるし、七百冊の貴重な古文書を平らげて法廷に立つバチカンの図書館の司書もいる。彼は法廷で「人類の高貴な精神的資産かつ歴史であり文学的にも非常に重要な本を平らげた理由は何か」という裁判官の質問にこう答えた。

「空腹だったのです」


このような現象を我々はどのように受け止めるべきなのだろう。いかにして人々はチャジャン麺《ミョン》［ひき肉や玉ネギ等を黒味噌で味つけしたソースをかけた麺料理］、スパゲティ、ナクチポックム［タコの辛味炒め］のような美味しいものを払いのけて、揮発油、ガラス、新聞紙、おがくずのようなものを食べているのだろうか。人間は、いや、全ての生物は、自分が食べてよいものといけないものを一発で学習する。それをガルシア効果（Garcia Effect）という。つまり、ガルシア効果によると、一、二度面白がっておがくずやガラスを食べることはあるが、すぐに「あっ！　これは人間が決して食べてはいけないものだ。自分は人間なのだから人間の本分を守らねば」ということを本能的に考える、ということだ。それが正常な人間である。とすれば、彼らはなぜ、このようなことをしているのだろう。人間は何であれ手当たり次第に食べられることを示すために？　食料品を規定するこの世界の想像力を覆して一大ショックを与えるために？　それとも《信じようが信じまいが》みたいな番組に出演してみたくて？

はて。これはそんな些細な問題だろうか。我々はニュースでこのような事実に接するたびに、いつも下らないものとして扱ってしまう傾向にある。「世間は広いから、色々なイカれた野郎がいるんだな」「まったくしょうもない奴らだ」といったつまらない会話を交わしながら。

だが、世界中で少なくとも千四百人以上の人間が水のかわりに揮発油を飲んでおり、その数値が毎年五パーセントずつ増加し続けているという事実は、決して些細な問題ではありえない。ガラスを主食として生きる人々は、我々が信じてきたカロリーに関する全ての法則を崩壊させている。彼らは無機質を食べて有機体を動かしているのだ。ウサギでも足りないごく少量のカロリーと多量の電気エネルギーで生体エネルギーを維持するフィンランド人は、生物学の基本前提を無意味にする。進化の観点から見るならば、これはさらに驚くべきことだ。これは何人かの人間の胃が鋼鉄とガラスを消化し、鋼鉄とガラスあるいは電気から生命活動に必要なエネルギーを得るほど進化した、という意味である。

ナイルズ・エルドリッジ、スティーヴン・ジェイ・グールドといった有名な現代の進化論者は、数百万年のあいだ進化しなかった種《しゅ》がある時点で急に進化する、という断続平衡説を主張してきた。すなわち種は、安定性が持続して進化する必要がないあいだは殆ど変化しないが、変化した環境に耐えられなくなると突然変化する、というものだ（もちろんナイルズ・エルドリッジがいうところの〈突然〉は進化論的な時間であるため、およそ数万年の時間を要する。しかし当時は、地球の環境もそれに合わせてゆっくり変化する時期だった。知ってのとおり産業革命以降の地球の環境は、全てが急で、突拍子もなく、ぐちゃぐちゃで、めちゃめちゃになってしまった)。

この理論に基づくならば、変化した環境は種の進化を加速させる。すなわち人類は、どの時代よりも強く進化の圧力を受けている。多事多難だった二十世紀と、迎えたばかりの目まぐるしい二十一世紀を見よ。それは人類が今までただの一度も遭遇したことのない凄まじくも巨大な変化だ。そして、この変化が加速させる進化の兆候は、今や世界中のあちこちでじわじわと現れている。もしかしたら、それは当然のことかもしれない。世界が変化すれば、変化した環境の中で生存すべき人間の本質も変わる。哲学的または倫理的な本質ではなく、まさに生物学的な本質が。

変化した種の兆候を示す人々がいる。適切な定義が学会に出ていないので、我々は彼らを〈兆候を持つ人々〉あるいは〈シントマー(symptomer)〉と呼ぶ。シントマーたちは、生物学と人類学が規定する人間の定義から少しずつ外れている。彼らは、現在の人間と新たに生まれる未来の人間のあいだ、すなわち種の中間地点にいる人々だ。ゆえに彼らは、もしかしたら最後の人間かもしれないし、ひょっとしたら最初の人間かもしれない。

シントマーの中には、指からサボテンやブドウの木が生える人もいるし、身体の一部にトカゲの形質が現れる人もいる。男性器と女性器を完璧に併せ持っており、それで自己受精ができる人もいる。指先に嗅覚、視覚、味覚のある感覚器官が生じて、指で物を見たり匂いを嗅いだりできる人もいる。クォン博士は過去四十年間、世界中のシントマーたちを研究してきた。そのため、我々が管理している十三号キャビネットには、このように種の変化が生じた人々の資料がぎっしり入っている。

「えっ、そんなとんでもない資料がなぜおたくのキャビネットにいっぱい入っているのですか？」と問うならば、それはあっさり答えられる問題ではない。十三号キャビネットの話は複雑でもあるが、私があっさり話してしまったら、あなた方は信じやしないだろう。オーギュスト・シパリはサン・ピエールの人々を説明するのに、なんと三十年もかかった。しかし十三号キャビネットについてあれこれ説明するのは、ぼちぼちやることにしよう。しかも私は、その中にある資料が正確には何を意味するのか、まだよく分かっていない。

「これは何か人類学の博物誌みたいなものですか？」
私が初めて十三号キャビネットについて尋ねたとき、クォン博士は次のように言った。
「これは聖書の終わりだ。人間という種の最後の段階でもある。そして新たな種の始まりだ」

現代の人類は、二十万年前くらいに類人猿から変種したと考えられる一人のアフリカ女性から全て誕生した。あの有名なミトコンドリア・イブ説によれば、の話だ。ミトコンドリア・イブと呼ばれるこの黒人女性から出発した人間という種は、アフリカを出発して東へ東へ移動し続け、西アジアと中央アジアを通ってベーリング海を越え、北アメリカを経てラテンアメリカまで下っていった。一次移動もあれば二次移動もあり、また、移動をしているうちに残りたい人は残り、進み続けたい人は進み、とにかく移動経路は複雑だったが、いずれにせよ人類は全世界に広がって二十万年のあいだ生育し、繁殖した。地球をゴミの焼却場のようにめちゃくちゃにしてしまい、火星や木星に宇宙船も送り、ハンバーガー用の牛肉をつくるためにアマゾン川のジャングルを三分の一くらい削ってしまいながら。

ところで、クォン博士の話によると、その人間という種のステージが二十万年ぶりについに幕を下ろす時が来たのである。まるで恐竜が決断力をもって自分たちの時代を終えたように、人間も種の歴史から去るのだ。なぜかって？　うーむ、人間という種が自分たちのつくりあげた文化の内的秩序に、もはや耐えられなくなったのだそうだ。しかし笑わせるではないか。地球の外的環境や内的環境でもなく、人間が自らつくった秩序に耐えられないとは。

私は、彗星の衝突、気象異変、一人の異常者によって誤発射された原子爆弾、空気感染する致命的なウイルスの出現、人工知能と機械文明の恐るべき発展等々の理由によって人類が滅亡するかもしれない、という想像をしたことがある。だが、人間自身がつくりだした秩序のために自ら種の歴史から退くとは一度も考えたことがなかった。それはいったい何を意味するのだろう。ちょうど人類が二百年前につくりだした資本主義というシステムが人間社会のあちこちを吸い込み、今や人類さえも制御できない怪物に育っていることと似たようなものだろうか。

「新たな種が出現している。種の進化ではなく、新たな種の誕生だ」

「では、人類の時代は終わるのですか？」

「不幸なことにな」

「悲しいことですね」

「永遠に続くものは何もないからな」

「では、一万年後に人間を見ようと思ったら、みんな自然史博物館に行かなくてはいけないのですね」

「一万年？　おまえは人間という種がこんなふうに生きてきたくせに、この先一万年も地球で生き延びられると思っているのか？」

「それでは何年後に？」

「千年？　短ければ五百年？　人類の痕跡がせめて博物館に残るとしたら、新たな種が我々に関心を持つという前提があってのことだろう。例えば〈こんなふうに人生を送ってはならない。人間とは実に情けない種であった〉という教訓を自分の子孫に植え付けてやる目的でな」


したがって、私が書いているこの文章は、過去の歴史のあいだに災厄と病気と狂気として片付けられてきた新たな種に関する話である。そして、その進化の後遺症によって苦しむ人々に関する話だ。正体不明の邪悪な魔法にかかったまま、医療保険の恩恵もろくな診療もカウンセリングも受けられずに生きてきた人々の話だ。肉体と精神は荒《すさ》み、望むと望まざるとにかかわらず世の中と疎遠になり、寂しく孤独な人生を送っている人々の話だ。科学の顕微鏡から外れると何でも魔法と異端になってしまう、これほど異常な科学の世の中で、訴えるべきところもなく狭い部屋に閉じこもり、息苦しくも辛《つら》い人生を送っている〈シントマー〉たちの話である。

例えば、腹の中で強力なメタンガスが生成される男がいた。彼がゲップをするときに口の前でライターを点けると、火炎放射器並みの物凄い火が噴き出す。子供の頃は、誕生日にケーキのろうそくを吹き消して、家族の髪の毛をすっかり燃やしてしまったこともあった。内気で口数の少ない人間に育ったこの男は、自分の恥ずかしい秘密を握りしめたまま長いあいだ部屋でひとり過ごした。この男が長い悩みと彷徨の果てに狭い部屋を飛び出して医者を訪ねたとき、医者が彼に下した科学的な処方はこういうものだった。

「ゲップをするときに口の前にライターを近づけるような下らないことはやめなさい。それから危険な火器の前では絶対にゲップをしないこと」

我々の科学とはこのように便利なものだ。だがあなたは、存在を無視されたこの男の残酷な悲しみと怒りを理解できるだろうか。この男の残酷な畏れと恐怖は「自分はなぜ口から火が出るのか?」ではない。「自分はなぜ他の人たちと違うのか?」である。

シントマーは、自分になぜこんなとんでもないことが起こるのか分からない。彼らは医療機関で診療を受けることも、相談機関でカウンセリングを受けることもできない。診療科目や相談分類表に病名がないからだ。彼らはこの街で孤独に寂しく放置されている。我々は、この哀れな人々をどうすればよいのだろう。《信じようが信じまいが》《ショッキング・アジア》《この世になぜこんなことが》みたいな番組に送り込んでケラケラ笑ったり一回くらいギョッとしたりした後、この街の隅っこへ放置するのか? あるいはノイローゼ、強迫症、幻覚のような精神病に追いやって、深く暗い精神病院に監禁しておくのか?

早とちりをしようとする方々のためにひと言いうと、私はこの本で《信じようが信じまいが》《この世になぜこんなことが》みたいなテレビ番組に出演するような珍しい人たちを紹介しようとしているのではない。また、絨毯に乗って空をふわふわ飛ぶとか、指さしながら「パラパラバラバン」みたいな呪文を唱えれば人間がカエルにパッと変わる幻想的で楽しい魔法の話をしようというのでもない。参考までに、私は過度に理性的かつ論理的なので、周りから〈融通が利かない〉と言われがちである。ところで、いったいなぜそうなのか、って? えーい、まったく、何度言えば解るのだ。それは、この魔法のようなことが我々の生活に実存しているからだ。我々が認めようが認めまいが関係なく、我々が理解しようが理解しまいが関係なく、我々が否定している幻想と魔法は我々の生活で実際に起きている。それは、この街で、それぞれの家で、甚だしくは我々の身体の中の深いところ、大腸や盲腸といった場所であらゆる瞬間に起こっており、また我々の生活に直接かかわっている。

これから私は、この街の傷ついたシントマーについての話を始めてみようと思う。

イチョウの木

小指でイチョウの木が育つ男がいた。

彼は田舎の小さな小学校の前で文房具を商う平凡な四十代だった。一九九八年七月から二〇〇一年十月まで、面談と検査のために、ひと月に一度、我々を訪ねてきた。早々と進んだ禿げのせいで実際の歳よりずっと老けて見えることと、でっぷりした胴体に比べて手足が細すぎて何かアンバランスで危なっかしいこと以外には、まるで特別なところのない男だった。彼はある日、爪を切っていて、小指の先から生えている木に気づいたという。

「最初は魚の骨が刺さったのかと思いました。それが木と分かって、どれだけ驚いたことか」

実際に彼の指で育つ木はあまりにも小さく細かったので、パッと見ではウオノメかホクロのようだった。しかし、よくよく調べてみると、爪の下から生えているちんまりとした木の根と三本に分かれている枝が認められた。クォン博士はルーペで暫《しばら》くじっくり覗き込んだ後、「イチョウに間違いありません」と言った。生物学の博士号を持つ人がイチョウの木と判決を下すに伴い、彼は公式的に指でイチョウの木が育つ人となった。だが正直なところ私は、その魚の骨かホクロのようなものをイチョウの木と呼ぶのはちょっと滑稽だと思った。私が考えるイチョウの木は、千年を生きる雄々しくて巨大な木だった。

彼はひどい恥ずかしがり屋だった。面談の時間になると、視線をどこに向ければよいのか分からずにもじもじし、クォン博士の意地悪な冗談に少女のように顔を赤らめた。簡単な質問にもしどろもどろで、自分がしようとしている話にぴったりな単語が見つからず、いつもとんちんかんな話を並べたてるのがオチだった。しかしイチョウの木について語るときだけは違った。イチョウの木の話が出ると、自信に満ちて饒舌になった。顔にプライドをあらわにしてイチョウの木について何時間でもひっきりなしに喋り続けた。

「今月はだいぶ大きくなったんです。見えますよね？　根が肉にさらに深く食い込んでいるでしょう？　それから左側には新しい枝が生えかかっています。先月は根から腐った臭いがして、どれだけ心配したか分かりません。おそらく私の使う石鹸がイチョウに良くない影響を与えたのでしょう。なので最近は、洗剤のたぐいは一切触っていません。そうしたら確実に良くなったんですよ。店のレジも窓側に移しました。そうすればイチョウが日光をたくさん浴びられますからね、左腕はいつも固定させないといけません。腕をあまり強く揺するのも良くないです。木にストレスがかかりますから。見ていてください。もう扱い方は分かりました。これからはぐんぐん育ちますよ」

だがイチョウの木は、きっかり二・八センチまで育った後は伸びなくなった。私は、彼が訪ねてくる第三水曜日にいつもイチョウの木をカメラで撮り、背丈を定規で測ってファイルにまとめてあった。資料からいくと、成長が止まったことが明らかだった。我々としては幸いなことだった。指の先で育つイチョウの木が熱帯林のようにワサワサと大きくなるということは想像もできないほど不都合なことだから。

「なぜイチョウはもう育たないのでしょうか？」

彼は心配そうな表情でたびたび訊ねた。すると私は「そうですねえ、私にはよく分かりません」と言った。それは正直な答えだった。私としては彼にろくに言ってやれる言葉がなかった。当時の私は、地面で育つべきイチョウの木がなぜ人間の指みたいなところで育つのか、理解どころか認めることもできない状態だった。イチョウの胸ぐらを掴んで訊いてみたい心境だった。「おい、イチョウ。いったい何を考えているんだ？　おまえがいるべき場所はミミズやアリがのたうつ、あの土の中だぞ」

彼は高校を卒業してすぐに父親の文房具店を継いだ。父親が営んでいた頃には、商いはそれほど悪くはなかったという。しかし都会の人口が増えるにつれ農村の人口は減ってゆくものだ。そのうえ出生率も真っ逆さまに落ち続けている。彼の文房具店がある村も例外ではなかったから、子供の数は減り続け、いきおい文房具の売上も減った。

「私はこれまで情けない暮らしぶりでした。一日中ハエなんぞを追い払いながら、誰も買ってゆかない駄菓子や安物の玩具《おもちゃ》の番をしているような人生ですよ。考えてみると、あのたくさんの時間のあいだにやったことは何もありません。二十年を超える歳月を文房具店のすみっこにぼんやり座って過ごしてしまいました。二十年以上ですよ。大変だったと言っているんじゃありません。退屈な時間に耐えるのは慣れていますし、私にぴったりでもありますしね」

「文房具店の主人もなかなか素晴らしい職業に思えますけどねえ。考えてみてくださいよ。子供くらい可愛いものはないじゃありませんか。朝になれば、楽しくて生き生きとした子供たちがスズメのようにひっきりなしに喋りながら通っていくんですよ。子供たちが通る路地には楽しさと笑い声が絶える日はないでしょう。『やあ、おはよう』『おじさんもおはようございます』と挨拶を交わしたり」

するとと、彼は私の言葉にふふんと笑った。

「子供のことをあまりご存知ないのですね。あいつらは天使の仮面をかぶった悪魔ですよ」


私が検査の結果を記録していると、彼はいつも近寄ってきて、好転の兆しがあるかを尋ねたものだった。すると私は「特にありません。でも悪くはなっていませんよ」と言った。そのたびに彼はひどくがっかりした表情になった。

「毎日まいにちイチョウを眺めます。イチョウのために何かしなくては、と思うのですが、何をすればいいのか、よく分からないのです。こうしているうちにイチョウが枯れてしまうのでは、と考えるたびに恐ろしくてたまりません」

彼は自分の身体から生えている生命に何らかの責任感を持っているらしかった。私はがっかりする彼に何かを言ってやりたかったが、知ってのとおり、そんなイチョウについて知っていることもなかったし、よって、ろくに言ってやれることもなかった。私が彼に言ってやれるのは気休めだけだった。

「元気を出してください。イチョウは生命力がとても強い木ですから、枯れたりはしないでしょう。氷河期にも生き残ったそうですよ」

すると彼は私に向かって力なく笑った後、肩をがっくり落として家に帰っていった。


ところが、三年目に入ると、イチョウの木は突然、猛スピードで育ち始めた。過去三年間の鈍い成長からいくと、そのスピードは恐るべきものだった。エンドウ豆くらいだったイチョウの木は一ヶ月でクリくらいに育ち、二ヶ月が過ぎるとオレンジくらい大きくなってしまった。三ヶ月目になるとスイカくらいに育っていた。

「本当にすごいですよ。今月もうんと育ちました。糞《ふん》を混ぜた肥料を塗ったのが効いたようです。ちょっと臭いますけどね。ハハ。とにかくイチョウがよく育つのはとても嬉しいですが、こんなことでひとの関心を引くのは本当にうんざりなんですけど、それが心配です。テレビに出るとか、そんなことになったらどうしましょう？　皆がワーワー押し寄せてイチョウを見せてくれと騒いだらどうしましょう？　騒がしいのは本当に嫌なんですよ。イチョウにも良くなさそうですし」

だが我々にとってそんなものは、もはや心配のうちに入らなかった。我々は彼の健康が心配だった。当然ながら、地面に根を張っていないイチョウの木が養分を取れるのは彼の身体だけであり、それがどんな結果をもたらすかについて予測すらできなかった。イチョウの木はすでに彼の手首まで深く根を下ろし、したがって彼の左手はほぼ麻痺状態だった。しかし彼は我々の心配なんぞはどこ吹く風で、イチョウの木をどうすれば育て続けられるかについてばかり、とんでもないことをまくしたてた。

「おおっぴらに堂々と育てたほうがいいと思います。ちょっと疲れそうですが、社会で生活しながらイチョウも育てようとするなら、そうするしかなさそうです。山林庁のようなところには、たぶんイチョウの専門家もいますよね？　そういう人なら役に立つことをたくさん教えてくださるでしょう。訊きたいことがたくさんあるんですよ。日光はどのくらい浴びればいいのか、イチョウは雌雄異株だそうですが、だとしたら交配はどうすればいいのか、腕を広げておけば風が自然に交配をしてくれるのか、それともハチやチョウチョがしてくれるのか。私はハチが嫌いなんですけど、どうしましょう？　でも大丈夫です。チョウチョは好きですから」

　時が経つにつれ彼は次第に痩せていった。体重は減り続け、最初でっぷりしていた身体は見る影もなく、むしろガリガリになった。顔には黄疸があらわれ、手の麻痺症状は次第にひどくなり、腕全体を動かすことができなくなった。さらに近頃は、うまく消化できずに食べたものを全て吐いてしまうという。我々は、外科の手術で指の一部を切断して手に潜り込んでいるイチョウの根をひっこ抜くことが唯一の方法だ、と懇願するように言った。このまま放っておいたら、彼は本当に死んでしまいそうだった。だが、彼は我々の提案を丁重に断った。かわりに、死に赴く人のように自分の全てを整理した。

「みんな頭おかしいんじゃないの？　女ができたわけでもあるまいし、たかがイチョウのために家族を放り出すなんてとんでもない。イチョウがそんなに好きなら鉢に植えて育てるように説得してください よ」

　ひどく興奮した彼の妻が我々を訪ねてきて言った。妻の立場としては呆れた話だろう。私の考えも同じだ。だが彼の整理は断固としており、速やかで簡単だった。彼は店と自宅の名義を妻に移して家を出た。バスターミナルから彼は我々に電話をよこした。「もう行きますね。今まで本当にありがとうございました」どこに行くとも言わない簡単な通話だった。

　死体の上だけで育つ植物があるという話を聞いたことがある。だが、生き物の上で育つ木があるという話は聞いたことがない。なぜだったのだろうか。あのイチョウの木は母なる大地の祝福が施された豊満で聖なる大地を捨て、なぜ人間の血管と肉の中に根を下ろしたかったのだろう。まるで解せない。

彼はときどき我々に手紙をよこした。あるときは俗離山《ソンニサン》の洞穴で暮らしていた。あるときは太白山《テベクサン》にいた。彼がどうやって食事を摂りながら暮らし、人目を避けて動いていたのか分からなかった。最後の手紙は智異山《チリサン》から届いたものだった。

〈イチョウは元気です。私も元気です。もうイチョウが地面に根を下ろす時がきたらしいです。もっと山奥へ行かねばならないようです。イチョウが地面に根を下ろせば、もうお便りをすることはできませんね。ですが、今までお伝えしてきたように、これからも頑張るつもりです。私の身体の中にいのちを植えてくださってありがとうございます。何も心配しないでください。私が生きてきた人生のどんなときよりも幸せでたまりません〉

私の身体にはイチョウの木が生えていないので、どうやって吸血鬼のように人の血を吸って生きる気味の悪い木のおかげで幸せになれるのかよく分からない。だが彼は確かに、幸せだ、と言った。彼が未だ死んでいないならば、智異山の奥深いどこかでイチョウの木と一緒に暮らしているだろう。彼がこれからもずっと死なずに生きていくならば、それはイチョウのおかげだろう。自分よりもはるかに大きくなったイチョウの枝に葉や実のようにぶらさがり、今や地に根を下ろしたイチョウの木が大地の深いところから引き上げた養分でいのちを支えながら。

イチョウは三億五千万年前から地球上にあった。それらは恐竜の時代を耐え、氷河の時代さえも生き延びた。短ければ数百年から長ければ数千年を生きる。イチョウの木が彼をちゃんと養ってくれるだろう。

たまにはこんなことを考えてみる。今はもうイチョウの木になってしまったのではないか。彼の身体がゆっくりと伸びて、一部はイチョウの根になり、一部は枝になり、一部は葉になってしまったのではないか。そして高い枝の先で風に揺れながら、地上のつまらなくて面倒な生活を静かに眺めているのではないだろうか。

「イチョウのおじさん
高い枝から地上を眺める人生はいかがですか？
もちろんステキでしょうね。
ここ都会は本当にうんざりですよ」

「まあ、必ずしもいいことばかりあるわけじゃないよ。
キツツキにつつかれまくるし、
虫たちにも苦しめられるし。
それにアリがぞろぞろ行列を作って
実に熱心にオレの人生を食い散らかしているよ」

電話をとってください

月曜の午前は忙しい。二台の電話にひっきりなしに押し寄せる相談と格闘しなければならない。相談の内容をテープに録音し、時間と名前をメモし、電話をしながら素早く次のスケジュールを組んで相手に伝えなければならない。電話を切ると、嘘のように別の電話がかかってくる。そして前述のことをそっくり繰り返す。コーヒー一杯買いに行く時間もなく、午前中いっぱい電話ばかりとらねばならない日もある。トイレに行く時間さえなくて、昼食どきまで小便を我慢する日も多い。なので月曜の午前には、人間の膀胱が溜め込める小便の最大容量はどのくらいか、みたいなしょうもないことをよく考えるようになる。

電話をかけてくるのは、たいていシントマーたちだ。当然、ここにはふつうの問題もないし、ふつうの会話もないし、ふつうの結論もない。シャワーをして浴室を出るなり性器が消えてしまったという男と、いったいどうやってふつうの会話ができるのか。私が言えるのは、せいぜい「トイレの床をよく探してください。シャワーをしているうちに床に落ちたかもしれないでしょう」程度のことだけだ。こんなことを真面目に喋っていると、胸の奥底に何とも名状しがたい情けない気持ちが湧くのである。愚痴りたいわけではない。とにかく、これが私のやっている仕事だし、愚痴というものが状況を良くするためには何の役にも立たないことくらい分かっている。言ってみただけだ。

月曜の午前九時二十五分。最初の呼び出し音が鳴る。カン記者の電話だ。月曜の最初の電話をカン記者で始めるのはよろしくない。彼女は気難しくて神経質なうえに私より頭が良くて弁が立つ。いったん彼女が私を責め始めると、私としてはどうにも押しとどめる方法がない。なので彼女と通話が終わると、なぜかトンカチみたいなもので頭をガンガン叩かれたような感じになる。

彼女は時間を失くす特異な現象を経験している。我々はそういう人々をタイム・スキッパー（time skipper）と呼ぶ。時間を失くした直後のタイム・スキッパーは、たいてい不安でイライラしている。

「どうして電話をとるのがこんなに遅いの？」

「申し訳ありません。今日は出勤が少し遅れました」

「私の電話はわざと遅くとっているの、分かっていますよ。もちろん私みたいな女を相手にするのはうんざりよね」

「まさか。違いますよ、カンさん」

「まあ、そうだとしてもかまわないわ。でも、苦しんでいる私たちの身にもなってくださいよ。それがあなたの仕事ですし」

「は、はい、分かりました。ところで今日はどんなご用件でしょうか？」

「また時間が消えるんです」

「今までと異なる特徴はありますか？」

「回数がだんだん増えていて、消える時間も長くなっています。それから消えては困る大事な仕事の前にだけ消えるんです」

「経緯をお話しください」

「何日か前に出勤したときのことです。その日は会社の重役たちにプレゼンをする日だったんです。それで、いつもより早めに地下鉄に乗りました。でも、阿峴《アーヒョン》駅から七時四十分に地下鉄に乗ったのに、市庁駅で降りるときは十一時三十五分だったんです。ありえないでしょう？　たった五分の距離なのに四時間かかったんですよ。本当に他のことは何もしていません。地下鉄に乗って、いちど深呼吸して、地下鉄の路線図を見て市庁駅で降りただけですよ。それなのに四時間も過ぎてしまったんです。おかげでお昼どきに出勤することになりました。会議は当然、台無しになりましたし。お昼どきに出勤した私を、編集長は動物園のカバか何かを見ているみたいでしたよ。しかも昨日は、デスクの締切りの二時間前にこんなことが起きてしまいました。記事の資料を集めておいてノートパソコンを点けて、いざ記事を書こうとしたときです。パソコンの点滅するカーソルを見ながら焦って締切りの記事を書こうとしているのに、まばたきするあいだに二時間が吹っ飛んでしまったんです。文字どおり一度のまばたきで二時間が消えたんですよ。正確には一時間五十三分！　発狂しそうでした。編集長はもう私をカバとさえも思っていませんよ」

「時計は正常でしたか？」

「私の時計はいつも正確です。しかも常に二つ持ち歩いているんですよ。私の言うことが信じられないってことですか？」

「まさかそんな。当然カンさんの話を信じます。それに、ここでは何でも信じるしかありませんよ。正直に言うと、この頃は信じるべきことと信じてはいけないことの区別もつかないんです」

「状況はすごく悪くなっています。以前はどうにか生活することもできましたが、もう不安で怖いんです。とても生きていく自信がありません。そこでご相談ですが、他のタイム・スキッパーに会いたいです。こんな状況にどうやって対処しているのか訊いてみたいのです」

「カンさん、ご存知のとおり、タイム・スキッパーの方たちの連絡先は個人情報です。他の方たちはひとに知られることを望んでいないのです。申し訳ありません。かわりに私どもが適切な措置をとってみます」

「適切な措置って、いったい何が適切な措置だというの？　あなたのしょうもないアドバイスはもう要らないわ！　ぜんぜん役に立たないし。あなたに、時間を盗られた私の気持ちが解るわけがないわよね。私が欲しいのはアドバイスじゃない。私と同じ苦しみを味わっている人と話をしたいのよ、直接！　間抜けなあなたを介さず直接ね」

「落ち着いてください、カンさん」

「そんなこともできないくせに、この研究所はなぜ運営しているの？　私はあなたたちの実験台なの？　私は自分の人生の苦しみをいちいち説明するのに、あなたたちは何もしてくれないじゃないの。私の人生がどれだけ切羽詰まっているか解ってるわけ？」

「申し訳ありません。対策を考えてみます」

「あなたじゃ話が通じない。クォン博士と話すわ」

「クォン博士は最近とても体調が悪いのです」

「明日の朝また電話します。対策を調べておいてくださいね」

九時三十七分。二番目の呼び出し音が鳴る。カン・シネ。二十六歳。彼女にはドッペルゲンガー

(doppelganger)がいる。彼女とそっくりな姿をした分身が周期的に彼女を訪ねてくる。そして時間になると消える。だからといって、彼女のドッペルゲンガーがホラー映画のような雰囲気を醸し出すわけではない。簡単に言うと、ドッペルゲンガーは憎らしい妹みたいなものだ。

「彼女に手を焼いています」

「特別な問題を起こすのですか?」

「以前は私の周りをうろついてスッと消えるだけでした。ちょっとしたことはありましたが、たいした問題はありませんでした。少し驚く程度だったんです。でも最近はしょっちゅうトラブルを起こすんですよ。引出しの中に入れておいたクレジットカードで高い服をどっさり買うわ、テレビショッピングで必要もない物を買い込むわ。まったく、八坪のワンルームにバッファローのソファーセットが相応しいと思います? しかも、こないだは彼の会社を訪ねていったんです。人が見ているところで頬をひっぱたいて、別れようって言ったんですよ、ああもう!」

「恋人と別れたい気持ちがあったのですか?」

「いいえ。私たちは結婚するつもりなんです。まあ、絶対にこのひとだ、というほどじゃなくても、あのくらいなら条件が悪くないひとなんですよ。性格もいいし」

「じゃあ彼女は、なぜそうしたんでしょうね?」

「私には訳が分かりませんよ」

「話し合ってみましたか?」

「黙り込んで何も言いません」

「ドッペルゲンガーはいつも何時頃に消えますか?」

「決まっていません。短いときは五分で消えますし、長いときには二週間以上いることもありますから。今回は少し長引きそうです。なので、あの子のせいで不安で生活がまるで落ち着かないんです」

「クォン博士と相談してみます。とりあえず何日間かは家に閉じ込めておいてください。それから、職場から帰ったら話しあってみてください。暫くはそうするしかなさそうですね」

「それもやってみました。でも、いざあの子を閉じ込めてみたら、閉じ込められているのは私のほうなんです」

「またそんな、からかってます? 鍵をかける前に、自分がドアの外側に立っているのか内側に立っているのか確認してくださいよ。あっ! 別の電話がかかってきました。シネさん、申し訳ありません。次回またゆっくりお話ししましょう。では」


九時四十五分。たまにはシントマーでない人から電話がくることもある。正直、シントマーよりも手ごわい奴らだ。ファン・ボンゴン。彼はもう二週間ずっと電話をよこしている。


「どうしても猫に変身したいんです」

「電話をお間違えですよ。ここはそういうことをするところではありません」

「先生、一度だけ助けてください。私の人生がかかっているのです。本当に頑張りますから」

「もしもし、ファン・ボンゴンさん! いったい何を頑張るというのですか?」

「生きた心地がしないのです。仕事も、食事も、睡眠も、オナニーさえも何一つまともにできないんです。私の人生はドブのようです。先生、私の人生はめちゃめちゃです」

「もしもし、ファン・ボンゴンさん。あなたのおかげで私の人生もめちゃめちゃですよ。生きた心地がしません。食事、大便、小便、何一つまともにできるものはありません。ボンゴンさん、お願いです。どうかもうやめましょうよ」

「先生、私の人生の意味は全て、とにかく猫に変わることにあります。そこに方法を知っている方がいると聞きました」

「何度申し上げたら解るのですか。どこで何を聞かれたのか知りませんが、ここはそういうことをするところではありません。しかも人間が猫に変わるなんて、とんでもないですよ。たびたびこんなふうに仕事の邪魔をするなら、警察に訴えますよ」

「申し訳ありません。申し訳ありません。また改めてお電話いたします」

「もう絶対に電話しないでくださいよ」


私は今、水槽の中の金魚を見ている。水中の世界は素晴らしい。ブクブクと泡も浮かぶし、カタカタと水車も回る。しかも、どの金魚も水族館の管理人に向かって猫に変身させてくれと要求しない。金魚は静かに、何も要求しないまま、ひたすら口をパクパクさせるだけだ。パクパク。それは何かを要求しているわけではない。パクパク。それは何かを食べているのだ。水中の世界には、おそらく電話器も相談もないだろう。そこは天国だ。

　電話相談が辛いのは、こういった仕事をするには私の精神の世界があまりにも健全だからだ。私は猫に変身したい欲望が人間になぜ生じるのか、どうしても理解ができない。

午前十時五分。四番目の電話がかかってくる。アン・セチョル。彼は殆ど食物を摂らない。百八十一センチの身長に四十二キロの体重だ。それでも彼の体重はずっと減り続けている。昔、日本の禅僧たちが極限の絶食を通じて死後に自分の身体をミイラにしようとしたように、彼もまた生けるミイラになりたいのだろうか。

「食事はされましたか？　アン・セチョルさん」

「お腹がすかないのです」

「私たちだって必ずしもお腹がすくから食事をするわけではありませんよ。お昼の時間だから食べるだけです。お昼の鐘が鳴ったら食事をする、簡単でしょう？　決して難しいことではありませんよ。口を開けて食べ物を口に入れて顎の関節を動かして歯で何度か噛んでから喉の奥に押し込むだけでいいんです」

「でも私は、まるでお腹がすかないのですよ」

「アン・セチョルさんの症状は拒食症です。ここに電話せずに医者と相談してみてください」

「拒食症ではありませんよ。拒食症は食べられなかったり食べなかったりすることで、私はただお腹がすかないのですから。はっきり言いますが、私はただお腹がすかないだけなんです。食べ物を憎んでいません。単に食べる必要がないから食べないんです」

「そういう症状を拒食症というのです」

「拒食症じゃないって言ってるでしょう！」

　電話の向こうで彼がカッとなった。

「結構です。ひとまず拒食症でないとしましょう。とにかく最近は全く食べないということじゃないですか？」

「いいえ、ほんの少しずつ食べてはいますよ。食べざるをえないこともありますし、退屈で食べることもあります」

「非常に励みになるニュースですね。では、興味で食べるとか強要されて食べるとか、とにかく一日にどのくらい召し上がりますか？」

「一定ではありません。あるときは一週間ずっとニンジン一本でしのぐこともあります。でも、それも興味で食べるだけです。消しゴムとニンジンはどんなふうに味が違うのか、たまにそんなことを考えるときがあるんです」

「どちらが美味しかったですか？」

「もちろん消しゴムです」

「その他に興味で何を食べてみましたか？」

「花びらとか、宣伝のチラシとか、爪ようじの欠片みたいなものをたまに食べます」

「いったい、どうしてそんなものが食べたいのですか？」

「丸揚げチキンやハンバーガーが食べたいのと似たようなものじゃないですかね？」

「いや、ちょっと、丸揚げチキンとハンバーガーがどうして消しゴムと、ああ……！」

この人と話していると、私はいつも血圧が上がって頭がガンガンする。

「まあ、そういうことにしましょう。とりあえず似ているとして、その他にはどんな種類の食べ物を食べますか？」

「最近は主に月の光を食べています」

「月の光？」

「はい。満月は、量は多いですが味は落ちます。月の光の味をきちんと味わえるのは、何といっても三日月ですよ。量は少ないですが、一口齧っただけでも、何というか、月の光の本来の味を感じられるとでもいうか」

「そうですか、月の光を召し上がるときはコショウや塩みたいなものも振りかけたりするんですかね？」

「素晴らしい想像力ですね。今日の夕食に一度やってみよう。待てよ。今日は十四日だから月は満月で……」

「今日はここまでにしましょう」

「ところで先生、次の面談のスケジュールはどうなりますか？」

「もしもし、アン・セチョルさん。ラーメン、餃子、プルコギみたいな、なにか炭水化物、たんぱく質が入っているものを食べるまでは絶対に電話しないでくださいよ。忙しい人間をつかまえてからかわずに」


これが私の月曜の朝の風景である。ひょっとしたら火曜の朝の風景もこれと似たようなものだろう。このキャビネットの中には三百七十五個のファイルの目録があり、さらに三百七十五種類の魔法があり、三百七十五人の非現実的な人間と三百七十五の無茶と三百七十五の嘆願と三百七十五のゴリ押しと三百七十五の駄々がある。もちろんこれは私が考える一番少ない計算だ。三百七十五人の非現実的な人間たちが毎日電話をかけまくって吐き出す無茶と嘆願の組合せはいったいどのくらいになるというのだ。ああ！　そこについてはまったく、口を開きたくもない。

私はこのキャビネットの中の資料をめくりながら七年を過ごした。あのとんでもない人間たちと週に三、四回の面談をし、たまにその呆れた人間たちと酒も飲んだ。給料がたくさん出るのかって？　ネズミの尻尾くらいの活動費がちょっぴり出ることは出る。だが、私の給料は別のところから出る。信じられないだろうが、私は公企業で働くふつうの会社員だ。ならば、この仕事をするのは変わった趣味やボランティアをしたいからなのかって？　私はそんなに運のいい人間じゃない。じゃあ、面談をしながら生きがいを感じるから？　死にたくなるだけだ。

じゃあ、なぜ？　ひょんなことからそうなった。百分の一くらいは私の愚かな好奇心のせいで、残りの百分の九十九はクソったれな運命のせいである。一種の罠にひっかかったとでも言おうか。その経緯はあまりにもキテレツなので、次の項あたりで語らなければならないようだ。

ハーフムーンとプリンスウィレムよ、語りたまえ　ブンブンいうこの午後の暇さを

私が問題の十三号キャビネットにかかわることになったのは暇だったからである。その暇さ加減はあまりにも切実で、私は苦心の末に、その前に修飾語までつけた。〈イヌのガムでもクチャクチャ噛みたいほど凄まじく暇〉。それはイヌもネコもウシもウマも両手を挙げて降伏する、いや、両前足を挙げて降伏するほどの実にたいした暇さだった。

その頃、ずうっと私がしていたことといえば、事務所の隅の席に鉢植えのごとく静かに座って窓の外を眺めることだけだった。なんと六ヶ月のあいだにやったことは、きっかりそれだけだった。本当にイヌのガムでもクチャクチャ噛みたかったし、あれば本当に噛んだと思う。ただただ退屈で、ひたすら退屈で、果てしなく退屈だった。

私はY公企業の付設研究所に勤めている。こう言うと、たいていの人はちょっと驚いた表情をして「研究員ですか?　博士?」と訊く。すると私は「いいえ、そこで資料と資材を管理する仕事をしています。一種の行政職ですね」と正直かつ素早く答える。正直かつ素早く!　それが非常に重要だ。でないと、会話が終わった後、私と相手はソワソワしてギスギスした状態になってしまう。相手はなにか騙されたような気がするし、私としてはなぜか無視されたような気がうっすらする、とでも言お

うか。

もちろん、これは研究員でない人が研究所で働きながら感じることになる引け目だろう。しかし私は、病院で働いているからといって医者とは限らず、空軍に勤めているからといって戦闘機の操縦士とは限らない、という事実を知っておくべきだと思う。戦闘機が裏返って飛んだり、田んぼの畦に突っ込んで耕運機に嗤われたりしないためには、誰かがあの大きな車輪をきちんと取り替え、機体のあちこちを磨き、ネジを締め、油を差さねばならず、また誰かは旗を懸命に振らねばならないことを、だ。操縦士と飛行機だけでは空を飛べないということ、誰かが見えないところで冴えない仕事をしてくれるからこそ畦や下水溝に突っ込まずにちゃんと空を飛べるということ、それが我々の生きている世の中であることを理解してくれるよう願っているのだ。メジャーなものさしに頼らず個別のものさしで人に接してほしい、ということだ。私は、それが成熟して深みのある人間関係の始まりだと思う。つまり、相手を尊重する会話とはこういうものだ。

「どちらにお勤めですか?」

「H病院で働いています」

「お仕事は楽しいですか?」

「たまに。私はレントゲン室で撮影をしますが、人間の内側を覗き込む楽しみがあるとでも言いましょうか」

「内側を覗き込む楽しみなんて、わあ、ステキですね」

「人間の体内に自分だけの独特な空間があるのをご存知ですか?」

「そうなんですか？　初めて聞くお話ですけど」

「本当ですよ。みんなそれぞれの空間があります。私はその空間を覗き見るわけです。それを見ながら、ひとは自分だけの固有のものをそこに溜めておくのではないかと思うんです」

「すごいのね」

「内緒ですよ」

「いつか時間があれば私の内緒の空間も見られるのかしら？」

「もちろんですよ。全くもって光栄です。ぜひ一度来てください。スペシャルで撮ってさしあげますよ。内緒でね」


だんだんエロチックに、だんだん優雅に発展しつつあるこの会話の結末を追いきれなくて残念だ。とにかく、この会話は非常に友好的で何かラグジュアリーで、人間に優しく、深みのある方向に進んでいるではないか。すなわち、この会話の雰囲気は、内緒の方向であれ健全な方向であれ、無限に発展する可能性を我々に示している。これがまさに、型にはまった礼儀ではなく人間に対する本質的な尊重が我々の世の中をどれだけ美しくするかを示してくれる例だ。しかし、私がふだん出会う会話はこんなに粋ではない。主にこんな感じである。


「どちらにお勤めですか？」

「H病院で働いています」

「（ちょっと驚いて）お医者様ですか？」

「（ちょっと困って）いいえ、医者ではなくて」

「（ちょっと失望して）はあ……では、何を？」

「レントゲン室で働いています。つまり、ただの、まあ、レントゲン技師です。ひたすらレントゲンを撮るような」

「（はっきり失望して）ああ、そうですか」

「（特に話すことがなくて靴を床に擦りつけながら）なんかじめじめした天気だな」

「（それなりに話題を変えて）レントゲン技師のお給料はいいのかしら？」

「（この女、何でも訊きやがるなあ、という表情で）まあ、パッとしませんね。財布の紐を締めないと生活がカツカツで」

「（すでに完全に興味を失って）最近はみんな大変じゃないですか。誰も彼も大騒ぎですよ。景気がこの調子ですから。それでも専門医なら月五百以上はいくそうですね？」

「まあ、そうでしょうね。あいつらは、まあ、専門医なんかでいらっしゃる方々ですから」


この会話からこれ以上の発展の可能性がみられるだろうか？　私は終わったと思う。彼女はつまらなくて生活がカツカツのレントゲン技師とのこの味気ない会話をすぐに忘れるだろうし、レントゲン技師は彼女を失礼な女くらいにしか思わないだろう。この街で無数に生じる無駄でつまらない出会いのように。

私は研究員ではないが、堂々と試験を受けて百三十七倍という厳しい競争率を突破してここに入った。司法試験や会計士の試験のように大層な試験をパスした、と言いたいわけではない。そこそこのところだからそんなに競争率ばかりが高いのではないのか、と問い詰められたなら「そうです。実は私はそこそこです」と言うしかないし、その言葉は事実である。

だが私は、この会社に入るために、それなりに考試院《コシウォン》［主に受験生が勉強するための格安の宿泊施設］と学生街をアリのように真面目に往復し、食堂の貧しい食い物のせいで胃腸の病気にも罹った。塾や考試院が集まる街のどこにもゆっくり落ち着いて用を足せるトイレがなくて、あげく便秘になったこともあった。この時代のひょろりとした気の弱い就職希望者のように競争率の発表に怯え、失業のニュースを見ながら不安に震えた。頭は悪く、頼れるツテもコネもない情けない身の上の青年だったから、信じられるものといえば重い尻しかなかったゆえ、私は夏も冬も椅子に座って粘りに粘った。まあ、そうだった、というお話である。私の立場ではこの職場も大層なところだし、やすやすと手に入れたわけでもない、ということだ。

だから、ひとが何と言おうと、私はここに合格して、まるで司法試験にパスしたように歓声をあげまくった。最初の会食で派手に事故りさえしなければ絶対にクビにならない超安定の〈鉄の飯釜〉公企業という話を聞き、ずばり！　自分に向いているという運命的な手ごたえを感じた。やれることといえば、〈やれ〉ないことと〈あれ？〉ということしかなかった私の人生に、ついにこんな幸運も訪れるんだなあ、と感極まって泣いたりもした。私は国民年金、医療保険、所得税といった項目に該当する人間になり、税額控除、雇用保険、週五勤務のたぐいのニュースに聞き耳を立てる人間になった。〈エブリデイがホリデイ〉だった暗黒のような時期に比べて、それはあまりにも立派な変化だった。そして、月末には給与明細からザーッと差し引かれる諸々の社会保険料を見ながら、頑張って生きるぞ！　とまあ、そんなことも考えた。私は今や堂々たるサラリーマンになったのだ。

ところが、問題は実にとんでもないところから飛び出してきた。それは、会社が私に全く仕事をさせない、ということである。仕事がない、というのは、人々が死ぬほど働いて疲れて退勤する殺伐とした競争社会において贅沢な話のように聞こえるかもしれない。しかし、いざ仕事のない職場に通うのは心もとなく気抜けすることだ。その当時、私がしていた仕事を紹介すると次のとおりである。朝九時三十分になると、研究所に必要な品物を載せたトラック一台が来る。トラックの運転手が品物を下ろして私に書類を差し出す。すると私は書類を受け取りながら、スポーツニュースや天気について冗談や質問を投げかける。難しい答えを求めているわけではないので、運転手は私の話に適当に答える。そしてトラックから品物を運び出す。私は品物の個数が書類上の個数と一致するかを確認してハンコを押す。そうして事務所にとぼとぼと戻り、自分のコンピュータにデータを入力する。この全てを進めるのには十分もかからない。それで終わりだ。午前の業務が終わりなのかって？　いや、一日の業務が終わりだ。

　最初は、修習期間だからだと思っていた。だが、ひと月が過ぎ、ふた月になろうというのに、私の業務量には変化がなかった。私は一日中、ただ机に座っていた。本当に鉢植えのように、ただ座っていた。時が経つにつれて私はだんだん焦ってきた。何をしているのか分からないが、みんなは自分の席でのろのろと仕事をしている。私はぼんやりと、天井と蛍光灯と窓にくっついているハエのフンを眺めた。ノック式ボールペン〈モナミ《mon ami》〉を分解して（こんなに簡単な構造だったのか！）と感心し、芯を噛み、器用に組み立て直し、ボタンを狂ったようにカチカチしてから再びボールペンを回すといったことを延々と繰り返した。たまに、分解していて急に飛び出したスプリングを探すために机の下を這い回ったりもした。そうして誰かが私の名前を呼ぶと、悪事がバレたようにビクッとしてババッと立ち上がり、大声で返事をしたものだった。

私は自分を見つめる周りのたくさんの視線ゆえに、上水道計画や、住民登録証の新しいモデルに関する案件なんかを熱心に読んだ（その資料の束はどこか別のところにあったのだが、自分の空っぽの机が恥ずかしくて、仕事をしているように見せようと持ってきたものだった）。何人かが、それを読んでいる私を訝しげな眼差しで見たが、なおのこと私は《小学校の性別の比率が男児に及ぼすジェンダー・アイデンティティの変化》《江北区《カンブク》から江南区《カンナム》への転居者のマンションの坪数の変動》《都市部の野良猫の数と交通事故の頻度の関連性》といったファイルをますます熱心に読んだ。そして数日後にある女性が来て「どうしてよその部署の資料を黙って持っていくんですか？　探すのに苦労したわ」と言いながら丁重に私を叱って書類を持っていった。

誰も私に仕事をさせず、誰も私に関心がなかった。「他に仕事はありませんか？」と自発的に訊くこともできたが、そんな質問は入社して一週間以内にすべきだ。ひと月のあいだずっとプラプラ遊んでいて今さらそんなことを訊くのは、なんとなくありえないと思った。いざとなれば仕事をさせるさ、まさかこうやって遊ばせてずっと給料をくれるわけがないよな、と考えた。そうしてふた月が過ぎた。

二度目の給料を貰うと、私の不安は頂点に達した。

「現在のわが社の運営体制であなたがすべき仕事は全くありませんね。残念ですが、もう辞めていただかなくてはなりません」

こんなふうに言われるんじゃないだろうか？　私はあらゆることを考え、想像したあげく、休憩室でコーヒーを飲んでいるキム係長に近づき、おそるおそる尋ねた。それなりに話が通じそうな人だった。

「あの、ひょっとして私に他の仕事はありませんか?」

するとキム係長は黒縁メガネを押し上げながら私を暫く見つめた。

「何か問題でもあるのか?」

私は、ふた月のあいだにこの会社で自分がやった仕事を正直に打ち明けた。つまり、この会社で私がしたことは何もない、という話をしたのだ。

かくかくしかじか、なので気が弱くておとなしいうえに真面目を人生のモットーにしている私としましては……、何にも仕事をせずに給料だけをいただいているようで恥ずかしいですし……、青春に対する道義的な観点からもこれは違うのではと……、実に久しぶりに、生きるとはなんぞや? 自分はいったい誰? ここはどこ? といった哲学的な問いも自分に投げかけてみて……、会社はいったい私をなんと心得ているのか、ひょっとしてカレンダーとかハンガーみたいなものを選ぶつもりだったのに間違って私が選ばれたのではないか……等々をもって私の長い懺悔は締めくくられた。

十年のあいだ、寺、考試院、下宿を転々としながら司法試験の一次試験に三度もパスした、しかし二次試験にただの一度も受からなかった悲運の男、ゆえに、ときどき窓の外を眺めながら(俺は果たしてここにいるべきなのか? 俺の席は黒いガウンと木槌があるあそこではないのか)といった存在論的悲壮感を腑抜けた表情と共にあらわにしていたキム係長は、私の懺悔を聞いてニヤッと笑った。そして窓の外を眺めながらタバコの煙を長く吐き出した。

「頑張りすぎるなよ。ぼちぼち生きてみたらいい。たまに〈生活の質とはなんぞや?〉みたいな問題についてちょっと考えたりしながらな」

へぇえ! 生活の質! なんと、彼からもたらされた言葉は〈生活の質〉だった。さらに彼は、俺たちは一生懸命走っているだろう、それにもうこれまで一生懸命に走ってきたじゃないか、歴史のあらゆる時代で人間がこんなに一生懸命に疾走したことはないぞ、といった言葉を付け加えた。その言葉は、ぱっと聞いた限りでは説得力がありそうではあったが、私があれほど勇気を出してした質問といったい何の関係があるのか全く解らなかった。それで、私はもう一度質問をした。

「それでも給料をいただくサラリーマンとして、どんな仕事でもしなければいけないのではありませんか？」

キム係長は私を見ながら（飲み込みの悪い奴だな）という表情をした。そうして彼は飲み込みの遅い私のために、親切にもう一度説明してくれた。

「ここはただ、席を守ることが主な業務だ。考えようによっては、席を守るだけ、っていうのも、なかなか辛い労働だぞ」

実際にそうだった。こんなに大きな建物があり、あんなに多くの書類があるのだから、何か仕事がありそうなものだが、まるで仕事はなかった。つまり簡単に言うと、ここに他の仕事はない。ここは席をきちんと守ることだけが主な業務である。午前九時までにタイムレコーダーを押して出勤を伝え、午後六時が過ぎてからタイムレコーダーを押して退勤を伝えること。月末になったら二日ほど残業をして月末の精算をし（しかしそれをもって仕事が辛いと言ったら、何だかこの街のサラリーマンたちから石をぶつけられて死ぬ気がする）、その他にはひたすら席を守ること。それが私の職場の業務だ。課長もそうしているし、係長もそうしているし、主任もそうしている。すなわち！　みんな席を守る仕事をする。そして席を守れば給料が出る。「そんな職場があるかよ。ありえねえ！」ところが、ここはそういう職場だ。私もここに入ってから、この世にそんな職場があることを初めて知った。そして、ここに入って知ったことがもう一つあるのだが、みんなシーッ！　シーッ！　と言いつつあまり話さないだけで、世の中にはそんな職場が結構ある、ということだ。
　雑用であっても仕事がある部署があり、我々の部署のように雑用さえない部署もある。超安定しているわ、仕事もないわ、そのうえ国民の税金を基盤としているからなのか給料プラス手当も厚い。ヤッホー！　と歓声をあげただろうか？　いや。正直、少しがっくりした。

　席を守るのは大変だった。最初こそ不安、心配、緊張といったものもあったが、今では気楽に遊んでいるので、本当に鉢植えになった気分だった。課長は迷える（？）私を眺めながら、ひとつ趣味のようなものを始めてみろと勧めた。実際に、課長はハーフムーン（halfmoon）という十六世紀の帆船の模型の組立てに熱中しており、隅の席で何やら熱心に仕事をしていたキム係長は、実は武侠小説を毎日五冊ずつ持参して読んでいたし、パク主任はネットサーフィンもするし鶴も折るし、総務課にごまんといる女性職員たちとお喋りもするし……ひと言でいうと何も考えていなかったし、そして私は、耐えた。クリとサクラとモミジの木が仲良く一本ずつ枝を広げる窓辺に陣取り、六ヶ月のあいだずっと窓の外を眺めながらその時間に耐えた。いや。耐えたのではなく、私は何も考えずに窓の外を眺めていて、ただ時間が過ぎていっただけだ。木々が季節によってどのように変わってゆくかを見守り、サクラが覇権を握る季節とモミジが覇権を握る季節に注目し、夕方になると窓を開けて、クリが漂わせる精液の匂いを、いかがわしい想像をしながら嗅いだりした。道の向かい側でたい焼きを売る夫婦が一日で何個売るか全部数えた日もあった。（一日で七百五十二袋！　うわぁ、金持ちになるな）確かにその頃は、ひどく非現実的だった。

たまに私は、陽射しが温かく降りそそぐ窓辺に顎をのせて、俺の青春はこんなふうに過ぎてもいいのだろうか、こんなにブンブンいう俺の青春のハエの音はなぜこんなに残酷で、人生はこんなにダラダラとそこそこに流れていってもいいのだろうか、こんな有難くない幸運がなぜ俺のところに訪れ、この街の住民は俺たちがこんな具合に暮らしていることを知っていて税金をあんなに熱心に納めるのだろうか、とまあ、そんなことを考えた。

そして、なぜか晩秋のカサカサに乾いたトウモロコシの茎のように私は空っぽになっていった。この世は戦争だというのに、私の人生はこんなに何も考えることなく平穏でもいいのだろうか。毎日まいにちブラブラしているのに身体はむしろ疲れる。六ヶ月が過ぎると、私は職場にますます適応して〈ウワサの技士食堂〔タクシードライバー御用達の安くて手軽に食べられる食堂〕〉で豚肉と野菜の辛味炒めの昼食をとりながらキム係長と酒を一杯ずつ飲み、酒を飲むと気だるい午後に勝てずに研究所の向かいにある〈ハダカーニャ24時間サウナ〉にも行った。そこでたびたびソン課長に出くわした。ソン課長と私は、ロシア式スチームバスに仲良く入り、熱くなった石の上にピシャピシャと水をかけながら「肝臓が悪いらしい。いつも疲れてるんだよ」「私もこの頃そうですよ。寝ても寝た気がしません」「あんまり無理するなよ」みたいなこっぱずかしい会話を交わす。サウナから出ると、我々は水風呂にドブンと入って身体を冷まし、それぞれ仮眠室に入って、この気だるい午後を大悟覚醒〔大いに悟って心構えを正すこと〕しつつ昼寝を堪能した。そして会社に再び戻り、タイムレコーダーを押して退勤時間を伝えた。

研究所はいつもがらんとしていた。担当の研究員として割り当てられた教授たちはちらりとも姿を見せず、たまに大学院生が配達された品物を持っていったり、でなければ、使えない品物を持ち込むために研究室に寄ったりした。大学院生たちは研究室でラーメンを作って食べ、庭で足球《ジョック》［サッカーテニスのようなスポーツ］をワンゲームやってから「本当にいい足球場ですね」と言って戻っていった。当たり前だよ、この会社でまともに運営されているのは足球場だけなんだから。

そのくらいになると、たまに不安が襲ってくる。こんな生き方ではダメじゃないのか？ ずっと走ってきたのに、ひとより早く走れなかったけど、それでもひとが走るときにはたいてい一緒に走り、一緒に苦しんだのに。何よりも私は退屈だった。酒の席に出ると友人たちは、贅沢言いやがって、と嫌味を言った。そのとおりだ。私は想像妊娠のように腹だけがふくらみ、怠惰と屈辱と何も考えない日々と何もかも面倒くさい病がもぞもぞ這い出しては腹に入り込んで満たす。こんなんじゃない。本当に真面目に生きたかったのに。

他の職場をあたってみようかと考えてみたこともあった。もちろん履歴書を出したり採用情報を調べたりするようなことはなかった。私は二度と、考試院、図書館、鷺梁津《ノリャンジン》の就職対策セミナー、「釈迦塔が何メートルかは非常に重要なので必ず覚えておくように」とのたまうバカげた講師がマイクを持って立っている講義室に絶対に戻りたくなかった。まるで自信がなかった。私が百三十七倍の競争率を突破してここに入ったのは、ひと言でいうと奇跡だった。その奇跡が二度は起きないことは誰が見ても明らかだ。ゆえに私は何もしなかった。

そうして時は流れていった。課長はハーフムーンという帆船を完成させ、続いて大きな帆柱が三本もあって船体も非常に長い、一六五〇年に建造されたプリンス・ウィレム（Prince William）という大型帆船に改めて挑んだ。私は特に趣味がなかったので、課長の船にボンドを塗ったり、フリーセルのゲームをしたりして自分の巣である窓辺に戻ってきた。横にいたキム係長は課長の帆船の模型をあれこれ観察して「タイタニックはどうでしょう?」と口を挟んだ。「現代的なデザインは簡単すぎて物足りないんだよ」。ソン課長が言った。なるほど、と頷いたキム係長は、ぴちぴちした金魚二匹とぐったりした熱帯魚四匹がまとめて入っている水槽を二時間も覗き込んでいたかと思うと、いきなり「世界文学全集でも読んでみるかな」とひとりごとを言った。

私が十三号キャビネットを見たのはそのときだった。あのとき私がなぜ、空っぽの研究室ばかりがごっそりある四階に上がり、その廊下の端にある資料室まで入っていったのか、よく思い出せない。特別な理由があったようには思えない。ただ、人間は退屈すると何でもやるからだ、と言おう。いちおう私はそのキャビネットの保安担当補佐役だった。もちろんキャビネットは隅っこに押し込められて微動だにせずちゃんとあって、資料室を利用する人は殆どいなかったので、キャビネットはその場所でおのずと保安がなされて充分に安全だった。実際、その古いキャビネットに保安という用語を当てはめるのはバカバカしいことだった。

問題の十三号キャビネットに私が関心を向けるようになったのは、唯一そのキャビネットだけが四桁の番号を回して開けるようになっている粗悪な旧式の錠がかけられていたからだった。その錠が私を刺激した。私は錠を開けてみたいと思った。錠を開けることに特別に関心があったのかって? まさか。私はただ、下らないことに熱中する牢獄の囚人たちのように時間を潰す何かを必要としていただけだ。

私は一日に何時間もその四桁の数字を合わせた。0000から9999まで。そう大変なことではない。一度目をつぶって一回だけ回せばいい。幸い数字は7863で、つまり七千八百六十三回目で錠は開いた。

私はギイギイ音を立てるキャビネットの扉を開け、その内側を眺めた。その中には臨床医学の資料、診断書、うつ病やアルコール中毒のカウンセリングの問診表のような妙な資料がちゃんぽんになってキャビネットの天井から底までぎっしり詰まっていた。私は真ん中にあるファイルを一つ取り出して埃を払った。そして何の気なしに床に座り、それを読んだ。特に興味があったわけではない。ただ、こんなに頑張って開けたのだから何が入っているのか見てみようじゃないか、という気持ちだった。

キマイラ（chimera）—7 トカゲ

医師たちはみな女性の失語症を心理的な要因ゆえと断定した。だが女性が言葉を発しないのは口の中にトカゲを飼っていたからである。女性は幼少の頃からトカゲに対して非常に親近感を抱いていた。自分がトカゲと類似する形質を有していると信じていた。そして時が経つにつれて自分をトカゲと同一視するようになった。

二十歳になると、女性は口の中でスファエロダクチルス・アリアサエ（Sphaerodactylus ariasae）という極めて小さいトカゲを飼い始めた。頭から尾までの長さが十六ミリメートルしかないこのトカゲは、ドミニカ共和国の島で発見された世界で最も小さいトカゲである。

食物を食べるとき、女性は慎重に噛んだ。奥歯にトカゲが挟まったり、飲食物が食道に入っていくときに一緒に巻き込まれたりしないようにするためである。トカゲは女性の口内ですくすく育った。女性は舌下をカミソリで毎日少しずつ切った。トカゲにより多くの空間を与え、舌から出た血でトカゲが栄養分を摂取できるようにするためである。女性の舌下で過ごしていたトカゲは、次第に女性の舌根の中に潜り込み始めた。

トカゲは女性の舌をごく僅かずつ食べた。そのため女性の発音は少しずつおかしくなり始め、ついに他の者が聞くとまるで外国語のように聞こえるようになった。トカゲの穴はどんどん深くなっていった。穴が深くなるにつれ女性の舌は小さくなり、不自然なものとなった。そしてついにトカゲは女性の舌の根に自分の尻尾を深く差し入れ、女性の舌のごとく行動し始めた。

女性の身体はかつて食べていた食物を欲したが、女性の舌は昆虫類や幼虫、動物の腐った身体から出る汁を欲した。味覚はすっかり舌（トカゲ）のものだったので、女性はそれらを食べ、また、それらは美味だった。

この全てのことは非常に長い期間にわたってゆっくりと進行し、ゆえに女性は自分を化け物とは思わなかった。女性は舌になってしまったトカゲを愛した。舌になってしまったトカゲ、いや、トカゲになってしまった舌は言語になじまなかった。女性が話をするたび激しく動くせいでトカゲはあちこちぶつかるのが常だった。女性は口をつぐむようになった。女性は次第に言語を失っていった。女性は話す必要もなく、そして話すこともできなかったため、もしかしたら誰かが自分のトカゲを、トカゲと結託した自分を殺すかもしれない、という恐怖のために、いつも口をつぐんで生活した。

このぶ厚いファイルには、女性の口の中にいたトカゲが女性の舌になってゆく過程が日付別に詳しく記録されていた。ファイルの空欄には、爬虫類と哺乳類の遺伝子の塩基構造に関する表があり、怪種、キマイラ、異種交配といった言葉と、爬虫類と哺乳類の結合の可能性について簡単なメモもあった。

私は読んでいたファイルを元の場所に入れた。そして真っ先に私の口から飛び出した言葉はこれだった。

「いったい何なんだ、これは！　胸クソ悪い」

私は身震いして、人間が自分自身にこんなことをするのは不潔だと感じた。これが事実ではないフィクションとしても、人間がそんな想像をするのは頭がおかしいと思った。私はその資料室からさっさと出た。ひどく気分が悪かった。

だが、翌日の午後に、私は再び資料室を訪れた。そして十三号キャビネットの扉を開けて別のファイルを取り出して読んだ。嫌悪を感じ、身震いをし、虫唾が走り、申し訳ないことだが、ときどき悪態もついた。しかし、次の日にも私は資料室を訪ねた。そして別のファイルを取り出して読んだ。何かにしきりと毒されていく感じだった。

時が経つにつれ、嫌悪感は少しずつ消えた。ひょっとしたら嫌悪感にだんだん慣れていったのかもしれない。ファイルを読みながら、哀れみと悲しみを感じることも多かった。ファイルの中の話は面白かった。不思議で、風変わりで、途方もなく、何よりもお役所の臭いがしなかった。私は、用事のない午後には、いつも四階の資料室に上がった。換気扇がぐるぐる回る資料室の禁煙の表示板の下で規則違反のタバコを吸いながら、午後のあいだじゅうキャビネットに寄りかかったまま、その資料を読んだ。そうして私は少しずつキャビネットの世界に入っていくことになった。イヌのガムを噛むかわりに。

〈私はもう喋ることができません〉

トカゲの舌をもつ女性が紙の上に書いた。

「不便ではありませんか?」

私が訊いた。

〈全然〉

女性が肩をすくめた。


「いちど舌を見せていただけますか?」

〈驚くと思いますよ〉

「大丈夫です」

〈フラッシュを当てないでください。光にトカゲが驚きます。見るだけにしてください〉

「気をつけます」


女性がゆっくりと口を開けた。

女性の口のなかで、食道近くの赤くて湿った暗闇のなかで光を放つ爬虫類の目玉が静かに私を睨みつけていた。

トーポーラー

　トーポーラー（torporer）は極めて長い睡眠をとる人を指す言葉である。トーポーラーは、短ければ二ヶ月、長ければ二年のあいだ、食べることも目覚めることもなくひたすら眠る。人によっては、トーポーラーのかわりにハイバネイター（hibernator）という用語を使うこともある。だが、トーポーラーにしろハイバネイターにしろ、それを〈冬眠者〉と訳すのは間違っている。なぜなら、彼らは冬眠するわけではないからだ。実際、彼らは春夏秋冬を問わず、いつでも眠り、そしていつでも目覚める。当然、地面に穴を掘って潜り込むこともないし、体内に過度な脂肪を蓄えることもない。彼らはクマではないのである。「ひょっとして冷凍人間のことですか？」と問うなら、こう答えるしかない。

「違います。彼らは布団をかけて枕に頭を載せて寝るだけです」

　一般的に、ヘビのような爬虫類がエネルギーの消費を減らすために体温を極度に落とした状態で数週間以上の冬眠に入ることをハイバネーション（hibernation）といい、クマやタヌキのような温血動物が蓄えられた体脂肪で冬を越す冬眠をトーポー（torpor）という。トーポーラーの眠りは、大量の皮下脂肪を蓄えないという面においてハイバネーションに近く、身体を低温状態にして最適化を維持するのではなく摂氏三十度の比較的高い体温と活発な新陳代謝を維持するという面においてトーポーに近い。だが、これらの新陳代謝がどうして二年もの長い時間のあいだ可能なのか、未だに科学的に明らかにされてはいない。

トーポーラーの共通点は、長い眠りから覚めると、活気に満ちて情熱的に自分の仕事に没頭し、周りの人に親切になり、性格が肯定的かつ楽観的に変わり、さらに非常に健康になって、持病がある人は治癒したり好転したりすることもあり、身体の老廃物と宿便が抜けて脂肪が分解されてほっそりするということだ。なぜ宿便が取り除かれるのか、なぜ脂肪が効果的に分解されるのか、といったことだけに関心がある人たちがいるが、ここでは訊かないでほしい。今のテーマはそこではないのだ。宿便の除去の原理が気になってたまらないなら、病院や断食院といった場所に行くことをお勧めする。そこでおそらく詳しく教えてくれるだろう。


いちどトーポー状態が起こると、その次には一種のサイクルが生じる。なので、トーポーラーは次のトーポー状態に備えて色々と準備をする。問題は最初のトーポー状態が訪れるときだ。最初のトーポー状態は自分も知らぬまに突然訪れるため、様々なハプニングが起こる。

奉化《ボンファ》のビニールハウスで特殊作物を栽培しているクァク氏は、種子を保管する屋根裏の大きな発泡スチロール箱の中で昼寝をしていて、そのままトーポー状態に入った。クァク氏は九十七日間トーポー状態に陥っていた。クァク氏が眠りについて何日も経たずに、栄州《ヨンジュ》、奉化、春陽《チュニャン》一帯に大雨が降り、大勢の人が負傷して行方不明になり、溺れ死んだ人もたくさん出た。家族は三ヶ月待って、クァク氏は死亡したという結論を下し、葬儀を執り行った。遺体のない墓も作った。葬儀が終わった後に家族が食事をしていると、トーポー状態から目覚めたクァク氏が屋根裏部屋から降りてきた。家族みんなの目がまん丸になっているとき、クァク氏が初めて言った言葉は「まったく、飯を食うなら起こせよ。腹が減って死にそうなのに」だった。

トーポーラーは、普段は一般の人と同じように眠る。つまり夜に寝て朝に起きて出勤するのである。私は少し変だと思った。普段も規則的に寝て、また一度にそんなにたくさん寝たら、一生のあいだに多量の睡眠をとりすぎるのではないか。そう言うと、あるトーポーラーがそっけなく答えた。

「夜に寝ないとお肌に悪いです」

時は金なりの二十一世紀にトーポーは禍《わざわい》である。だが、ある人にとっては祝福でもある。ガス設備部品会社の社長であるホ氏はトーポー礼賛論者だ。

「契約日が近づいていました。中東のマーケットにかかっている最後のプラント部品の契約でしたが、文字どおり会社の死活がかかっていました。大げさではなく、取れれば続きますし、取れなければ潰すしかない状況でした。ご存知のとおり、あの頃はＩＭＦだ何だとゴタゴタしていたでしょう？　最初は二、三日ほど徹夜をして家に戻って少し眠り、また二、三日ほど残業して、という感じでしたが、いつの日からか眠れなくなりました。ものすごく忙しかったのです。スタッフとの関係も悪くなりました。叱りつけて、言い争って、何度も怒りましたよ。スタッフが思いどおりに従ってくれなくてね。恨めしかったですよ。それでも、自分だけではないみんなの会社だと思っていましたし、だから大なり小なり余禄ができるたびにインセンティブもきっちり支払ったりしました。ひとになんと言われようとも、私一人がいい暮らしをしようと思ってああしたわけじゃないんですよ。もちろんスタッフもすごく大変だったでしょう。あんなに追い込んだら大変に決まっています。それでも、会社が死ぬか生きるかというときに力を合わせるべきじゃないですか。会社が危ないと、みんなまずは自分が生きる算段をするんですよ。どっと不安に襲われました。眠れませんでした。そのうち、だんだん寝ない日が増えてきたのです。身体は鉛のように重いのに、横になると不思議と眠れませんでした。頭の中で水しぶきのようなものがしきりに吹き上げるようでしたし、自分が他人のようによそよそしく感じられることが多かったです」

「プロジェクトはどうなりましたか?」

「失敗でした。イギリスが技術指導してベトナムで現地生産する合弁会社が契約を取ったらしいです。技術力、価格、いずれも惨敗でした。最悪、破産を免れようとすれば、あれこれ後始末もしなくてはなりませんでしたが、無意味だと思いました。それで家に戻りました。空っぽの家ですよ。離婚した妻が子供らを連れてオーストラリアに行ってしまいましたから。そのときまでは、さほど追いつめられた心境ではなかったのですが、温もりのない空っぽの家を見たら、こんなふうに生きていて何になる、死のう、そんなふうに思いましたねえ。それで荷物をまとめました。昔、釣りに通っていた頃に買っておいたログハウスがあったのです。まあ、たいしたものではなくて、小さなあばら屋みたいなところです。そこに行きました。農薬を十本も買い込んで。クモの巣だらけのあばら屋でろうそくを点けて泣き続けました。どのくらい泣いていたのか分かりません。とにかく私の人生で残っていた涙をそこで全部流しましたから。どれだけ泣いたのか、泣いてそのまま力尽きてしまいました。あばら屋の片側に藁が山積みになっていたのですが、そこに潜り込んで眠りました。百七十二日のあいだ」

「百七十二時間ではなくて?」

「はい、きっかり百七十二日間でした。初夏に潜り込んだのに、目覚めたら秋になっていました」

「身体はどうでしたか?」

「とても爽快でした。生まれ変わったようでした。少しやつれましたけど悪くなかったです。そうして、また戻ってきたのです。戻ってきたら全てがめちゃくちゃでした。当然ですよ。あんなに無責任に立ち去って連絡もつかないのですから。でも、そこからやり直しました。状況は最悪でしたが、そのときはただ、生きていることが、仕事をすることが、とにかく楽しかったです」

「近頃マーケットのお金はホ社長が全部かき集めていると専らのうわさですが?」

「とんでもない。スタッフと私がやっと食べているだけです。あっ、そうだ! 少し前に妻ともよりを戻しました。オーストラリアに飛んで安いモーテルで寝起きしながらひと月じゅう平身低頭して頼んだのですよ、ハハ」


クマとヘビが過酷な季節を乗り切るために冬眠に入るように、トーポーラーたちも主に危機に直面したときトーポー状態に陥る。そしてトーポー状態から覚めると再び力を得て戻ってくる。私はトーポー状態がどんなものなのか正確に分からなかった頃、こんな質問をしたことがある。

「冬眠に入る前に何を準備するのでしょうか。クマのように脂肪を蓄えるのですか?」

すると彼はにやりと笑った。七回のトーポー状態を経験し、トーポー歴だけで六年くらいになるベテランだった。

「健康状態も大切ですが、クマみたいにそうたくさん集める必要はありません。かわりに夢を集めます」

「夢？」

「二度目のトーポーから覚めたとき、夢を集めなければいけないことを知りました。最初は何が何だか分からないままだったので、退屈でしょうがなかったです。一日に数時間ずつ寝起きしているときは感じませんでしたが、三、四ヶ月ずっと眠っていると、夢の中で目覚めている自分に気づくのです。そうすると現実のほうがぼんやりと感じられます。夢の材料がないと退屈です。死後の世界はこんなものではないかと思います。想像力で出来上がった世界ですよ。そこでは幸せも想像力から生まれますし、権力も想像力から生まれます。でも、初めていきなり入ったトーポーでは何の準備もしていなかったので、ちょっと退屈でした」

「そのままではいけないのですか？　どうせ想像なのに」

「それがいざとなると簡単ではないのです。私たちはあまりにも忙しく生きていますよね。なので、いざ長い夢を見ると、たいしたものがないのです。（夢をどう見ればいいのか分からなくてオタオタするなんて、とんでもない、どんな生き方をしたらこんなに想像するネタがないんだろう）と夢の中で自分を責め立てるんですから、ハハ。そのうえ、夢の中では全てのことがあまりにも早く進んでしまうので、三十年も数分以内でハイおわり、ですよ。もちろん短い瞬間が長く続くこともありますけどね。とにかく、そういうことです。夢を見るためには夢の材料が必要なんです」

「どうやって材料を集めるのですか？」

「昔の日記を読んでみたり、アルバムの写真をじっくり眺めてみたり、同窓生や昔の恋人といった会えなかった人たちに会ったり、それから最近は本もたくさん読みます。なるべく楽しい想像をたくさん持っているほど幸せになるのです。それでこそ夢の中でも目覚めてからも幸せですしね」

私はトーポーラーになる可能性が高いと思う。寝るのが好きだし、寝ると目覚めるのが嫌だから。実はただ、トーポーの沼に一度くらいドブンと落ちてみたい。会社をクビにならず、給料がちゃんと出て、保険料や積立通帳さえ〈パンク〉せず、周りの人たちから「人生をそんなふうに送るものじゃない」といった類いの小言さえ聞かないならば、全てを忘れてひたすら六ヶ月くらいぐっすり眠りたい心境だ。でもトーポーラーの多くは、そんなふうにちまちましたことを気にしているからトーポー状態になれないのだ、と言う。

「トーポーになるためには、ズタボロになって全てが廃墟になるか、でなければ、もう知らないからやっちまえ、みたいに腹をくくって無責任になるか、二つに一つでなければいけません。あれこれ心配していたら絶対に無理ですよ」

その言葉は正しいのかもしれない。廃墟を抱え込む勇気も、無責任を決め込む勇気もないから、我々は常に疲れてへとへとなのに深く眠ることができないのかもしれない。

「現代人は誰も深く眠ることができません。電気が発明され、メガロポリスが登場して以来、現代の夜は一種の攪乱状態に陥っているのです。しかも資本主義がもたらした最高の遺産はまさに不安です。保険、証券、不動産、株式……現代の経済は不安を基盤として動いていますが、ご存知のように、不安は熟睡の最大の敵です。そして不眠が再び不安をつくる悪循環が進むわけです。だから我々は、対内的に対外的に常に不安なのです。逆に、原始人は我々よりはるかに霊的な存在でした。日が昇っている時間は働く時間で、日が暮れてからは夢を見て休む時間でした。つまり、神の摂理に従うと、人生の半分は働き、残り半分は夢を見なければ、まともに生きていけないのです」

「つまり、それはどういう意味ですか？　夜には寝るだけにしようということですか？」

寝て起きたら何もありませんでした。
通帳も消え、
株式も消え、
職場をクビになり、
妻も去っていきました。
私の人生は完全に荒廃そのものです。
私はこれからどうしたらいいのでしょうか？

また暫くぐっすりお休みなさい。
そうすれば新たな人生が始まるでしょう。

ドッペルゲンガー

「どこで遭遇しましたか？」

「新林洞《シルリムドン》の市場で会いました。ヘジャンクッ［酔い覚ましのスープ］の店からの帰りでした。その店のソンジックッ［牛血の固まり入りスープ］が好きなのです。それでよく食べに行きます。そこは絶品なんですよ。なんというか、ひりひりして生《なま》の匂いがするんです。茹でた塊から血の匂いがするというか野生的というか、まあ、そんな感じです。好きな人は好きですが、嫌いな人は一度食べて文句を言って出ていきますね。マニアだけが訪れる場所です。ある女性は、ひと匙かふた匙食べて床に吐いてしまったらしいですが、実際そこまでのことではないと思いますよ。店のおばさんは口が悪くて頑固者でね。誰かが何か一言いうと、生臭いのが嫌なら家でキュウリでも食べてりゃいいのに、わざわざ食べに来て騒ぐんじゃないよ、といきなりどやしつけますよ」

「二人とも常連客なら、たびたび出くわしていたかもしれませんね」

「いえ、そのときが初めてでした。その店でソンジックッを食べて角を曲がったところで、その男に出会ったのです。私が出てきたばかりの店に向かっていくんですよ。横から見た姿に惹かれました。あんなふうにひと目でピンとくることは滅多にないんです。その、誰とでも公衆トイレみたいなところに行くように思われているでしょうけど、違います。私たちだって恋をするんです。それに、男女のあいだで恋が簡単に芽生えないように、私たち同性愛者もそうです。セックスではなく心が惹かれることは珍しいのです。それで、その男の後をついていきました」

「いつもそうやってついていくのですか?」

「ええ、たまに。でも、ゲイバーやそういう場所でなければ話しかけたりはしません。ぶん殴られるのがオチですから。そうしたいと思うだけです。切ないから後をついていくわけで。ひたすら遠くから見つめるだけですよ」

「はあ……」

「同性に惹かれたことはありませんか? ゲイでなくても一度や二度はそういう経験があるそうですが」

「私は全く」

私があまりにもきっぱり言いすぎたのか、彼の顔に赤みがさした。

「不愉快という意味ではないですよ。私はただ、そういう経験がないという意味で……」

「ええ、解ります。大丈夫ですよ」

「お話を続けてください。それで、その男についていったら?」

「後ろに座ってその男がソンジックッを食べる姿を見ました。好みのタイプでした。ほっそりして内気そうな後ろ姿の男。肩のあたりが寂しげでした。それで抱きしめてやりたくなったのです」

「近い距離でしたか?」

「十五メートル? 十メートル? 正確にはよく分かりません。すごく近かったわけではありませんでした。暫く見ていると、男がソンジックッを食べ終えたのか、立ち上がったのです。すると……」

「すると？」

「振り向いた男の顔が私でした。私そっくりの顔だったんです。はじめは、両親に双子が生まれて片方が行方不明になったのかとさえ思ったんですから。でも、明らかに私でした。本当に私なんです。その男を見ただけで分かりました」

「驚いたでしょう」

「はい、ものすごく驚きました」

「すぐに近づいて話しかけたのですか？」

「いいえ、気持ちを落ち着かせようと市場の入り口に行って、彼が出てくるのを待ちました。足がガクガク震えましたよ。タバコを二本も吸いました。二本目のタバコが半分くらい尽きた頃に彼が出てきましてね。そして市場の入り口に立っている私を見ました。彼もかなり驚いたのか、その場で凍りついたまま身動きができませんでしたね。それで、私たちは二人ともその場でぼう然と立っていたのです。十分間はそうやっていたと思います。お互いの顔を見つめながら。そのとき、こんなことを考えました。私が彼だったらこの瞬間に何と言うだろうか。自分がこんな混乱するような経験をしたら最初に何と言うだろうか、と」

「何と言ったのですか？」

「おそるおそる、つっかえながら、ちょっと声も震わせながら、私の名前はオク・ミョングクといいます、と言うんですよ。ハハ。その姿がちょっと滑稽でした。覚えのある姿でしたし、そうするだろうなあ、と思って。そして近づいて思わず彼を抱きしめました。まるで自分の身体の一部に触れているような自然な感じでした。穏やかで温かい感じ……」

「市場のまん前でずっとそうやって抱きしめていたわけじゃないですよね？」

「もちろんです。私たちは近くのカフェに行きました。そして注文をしました。彼は私がいつも頼むメニューを全く同じ方法で注文したのですよ。『エスプレッソを唇が火傷するくらい熱く』」

「エスプレッソはふつうそうやって飲みませんか？」

「でも〈唇が火傷するくらい〉という表現は使いませんよね」

「どうでしたか？　彼は少し違う人生を歩んでいましたか？」

「いいえ、私と似たようなものでした。彼は調理師でした」

「先生は建築設計の仕事をされているじゃないですか」

「似たような仕事ではありませんか？」

「調理師と建築家が似ていますかね？」

「私はそう思いますけど？」

「まあ、それは考え方によりますからね。でも、職業が違えば、やはり多少は違った人生を送ることになりませんか？」

「さあ。私はときどき自分が進まなかった道について想像して、自分が歩まなかった人生はどうだろうか、ということをよく考えます。でも、彼と暫く会話を交わしてみると、無数の選択と分かれ道があっても、つまるところ本質的な違いはないのではないか、という気がしました。彼は違う仕事をしていて、見かけは違う生活をしていましたが、結局は私と似たような人生を送っていました。趣味も似ていますし、食べ物の好みも似ていますし、退勤後にすることと……えっと、詳しい説明はできませんが、似ているということがよく分かりました」

「似ている、というのは気分が悪いですか？」

「いいえ、その反対ですよ。何か分かりませんが、そのことに慰められました。彼も私もとりたてて立派な人生ではありませんでしたが、それでも今現在の自分の暮らしがそれほど失敗ではない、という気がしました。なぜかは分かりませんけどね。そして私たちはカフェから出てホテルに行きました。セックスをしましたよ。楽しくて奇妙なセックスでした。自分が愛されていると感じられる、自分がこの人となぜセックスをしているのか充分に感じられる、そんなセックスです。温かくて、自然で、尊重されるセックス。それ以来、公衆トイレに行くのはやめました。結婚も考えています。できるかもしれませんよ。彼が結婚をしているからできそうな気もしますし」

「その後に会ったことはありますか？」

「いいえ、土曜になるといつもそのソンジックッの店に行きましたが、その後は一度も会ったことはありません。名刺に書かれた電話番号に連絡もしてみましたし、住所も訪ねてみましたが、どちらも存在しない電話番号と住所でした。わざと偽の名刺を作って持ち歩くわけがないですし。何が何だか分かりません」

彼は一枚の名刺を見せてくれた。名刺の中のオク・ミョングク氏は日本料理店の厨房長だった。私はそのとき、この男に日本食の調理師が似合うだろうか？　と暫く考えた。正直なところ、まるで似合わなかった。だがそれは、この男に最初から建築設計士として会っているからではないだろうか。

「私たちは同じベッドで一緒に眠りましたが、朝になって私が先に目覚めました。それで、眠っている自分の姿を、いいえ、眠っている彼の姿を暫くじっと見つめました。私は実は、鏡に映った自分があまり好きではないのです。鏡に映った自分の姿を長く見ません。鏡の中の私はちんちくりんで貧相です。劣等感が強いほうです。なので、ゲイバーでもあまり注目されません。でも、眠っている自分の姿は、何というか、とても愛おしかったです。かっこよくはなくても、このくらいなら悪くないと思える、そんな姿でした。成功できなくても、誰かに迷惑をかけたりはしなさそうな温かくて優しい顔でした。そして、こんなことも考えました。誰かが別の場所で私のぶんの人生を生きているんだな。だから私はここで別の人生のぶんをきちんと生きなくちゃ、みたいな。私の人生もそう捨てたものじゃない、ということ、存在感がとても小さくなったということと、そんな存在感でも充分だということ。とにかく、そんな複雑なことをいっぺんに考えました」

「……」

「彼が目覚めたとき、私たちは恋人のように濃厚なキスを長いこと交わしました。それから出勤するために連絡先を交換して別れました。でも、それ以降は一度も会えません。ところで一つ不思議なのは、私は左利きなのに彼は右利きだったということです」

「それがそんなに問題ですか？」

「変じゃないですか。私は左利きなのに彼はなぜ右利きなのでしょうね？　私たちは見た目に好みと性格までそっくりなのに。それで、たまにこんなことを考えます。私たち二人のうち一人が偽物だったとしたら、という、つまり、私たち二人のうち誰か一人が虚像だとしたら、その虚像はこの私かもしれない、と。鏡の中にいる左利きは、まさに私ですから」

「なぜこんなことが起きたのでしょうか？」

「そうですねえ、正直、私にはよく分かりません」

「不幸せでしょうか、幸せでしょうか？」

「不幸せでも幸せでもありませんよ。

こういうことは私たちの人生にただ存在しているのです。

あの風のように、あの木のように」

クォン博士

クォン博士に初めて会ったのは七年前だった。ある日、出勤すると、私の席に〈資材課のコン・ドックン氏は午前十一時ちょうどに三一一号研究室に必ず来ること！〉というメモがあった。〈ちょうどに〉と〈必ず〉という言葉から権威的な臭いがした。私はこの怪しげなメモの意味が解らず、一般行政職がなぜ研究室に呼び出されるのか、ソン課長とキム係長に訊いてみた。ソン課長とキム係長は、こんなことは今までなかったのでよく分からない、とそっけなく言った。だが、私が〈三一一号研究室〉と言うや、びっくりして「それはクォン博士の部屋だぞ？」と同時に口を開いた。

「大変なことになったな」ソン課長が言った。

「いったいどんな大ポカをやらかしたんだ？」キム係長が言った。

「私は何もミスしていませんが？」私はちょっと面食らって言った。

「よく考えてみろよ。でなきゃクォン博士みたいな人がおまえを呼ぶはずがないだろう」ソン課長が言った。

「あのじいさんに下手にひっかかったら頭をかち割られるぞ。天下りのキム部長がさ、最初にここに降りてきて視察だ何だとあのじいさんの研究室で威張りちらして、こっぴどくやられたらしいぞ。杖で頭をかち割ったそうだ。それも一回じゃなくて三回も。頭が二ヶ所もV字になって、病院で十七針も縫ったらしい」キム係長が愉快そうに言った。

「何をしたんでしょうか？」私は不安に震えながら訊いた。

「たいしたことじゃない。ただ『こんにちは。へへ、お仕事は順調ですか？』と言ったらしいぞ」

「それで頭が割れてキム部長は黙っていたのですか？　キム部長はコネがあるでしょう？」

「ところが、そんなふうにやられて身動きもできなかったそうだ。あとで、研究の邪魔をして申し訳なかったと付け届けまでしたとか。とにかく偏屈な年寄りだよ」

「すごい年寄りなんですね？」

「影の実力者の後妻の息子という説もあるし、財閥の腹違いの息子という説もあるし、色々いわれているが、うわさばかりが飛び交って、はっきりしていることは何もない。それから、この研究所の創立メンバーの一人だ」ソン課長が言った。

「なぜ、どれも後妻の息子なんでしょう？」

「あのじいさんは家族が一人もいないんだよ」キム係長が言った。

「とにかく、その方がどうして私みたいな人間に会おうとおっしゃるのでしょうか？」

「ああもう、知らないって言ってるだろ。こんなことは一度もなかったんだから。とにかく気をつけろよ。頭に風穴を開けたくなかったら、ヘルメットみたいなもんでも被っていくとかさ」キム係長が実に無責任に言った。


十一時になってすぐ私は三階にのろのろと上っていった。正直、足が少し震えた。クォン博士の部屋は三階の突き当たりだった。私はおそるおそるクォン博士の研究室をノックした。中から「入れ」

とイライラした声が聞こえてきた。そのイライラした反応は、私の筋肉をさらに縮み上がらせた。私はゆっくりとドアを開けた。鋭い眼差しの老人がデスクに座っていた。彼は私を見ると、近くに来いというように指をクイクイと曲げた。私は彼の指示どおりに、恭《うやうや》しくそちらに向かった。ネコのように身体を小さくしながら、なるべく恭しく、かつ、なるべく礼儀正しく。クォン博士はデスクの向かい側にあるテレビを観ていた。

「面白い映画なんだが、一緒に観るかね?」

クォン博士が少し落ち着いた声で言った。私はクォン博士が言うとおりにテレビを見た。ところが、なんと。画面には十三号キャビネットの前にしゃがみこんでクスクス笑いながら資料を読んでいる私の姿が映っているではないか。とつぜん喉から思わず声が流れ出た。「ヒック」あのみすぼらしい資料室に監視カメラがあるとは考えてもみなかった。クォン博士はデスクの上にある地球儀を弄ぶようにグルグル回しながら言った。

「誰の指示を受けた? もちろん企業の連中だろう。あいつらは恥も知らんからな」

「指示とは何のことで?」

「逃げる気か? おまえはこの状況が何を意味するかまだ分かっておらんのだな。これは、おまえがまもなくブタ箱に行き、そして破産するということだ。ブタ箱は研究機密を外部に流出させた刑事上の問題で、破産はおまえが研究機密を流出させて研究者が被ることになる民事上の損害についての問題だ。おそらく、おまえが想像したこともない物凄い金額になるだろうよ」

急に目の前が暗くなってきた。私は面食らいすぎて、いったい自分に何が起こったのか事態を把握することもできなかった。だが、怖気づいたことははっきりしていた。そこで私は、つっかえながら、しどろもどろに弁明を並べた。

「私はただ……たいした意味もなく……ただ……ですから……することもないし……退屈でもあったので……ええ、そうです。私はあまりにも退屈でした。それだけです。信じてください。私は退屈で、サウナにも飽きて、ソン課長のように帆船の模型みたいなものを作ろうと考えましたが、もともと模型の組立てみたいなものに興味がなくて……本当に申し訳ありませんでした」

クォン博士は私の本気の弁明に何の関心もなさそうだった。

「何か目的があったからキャビネットを開けてみたんだろう？　おまえは一週間のあいだ、ずっとあの鍵にかじりついていたぞ。まともな人間は何の必要もない鍵を摑んで一週間もウンウン言わないだろう。しかも実に頭の悪い開け方をしたな。1から999までひとつひとつ合わせて。何が目的だ？　おとなしく吐くならブタ箱には送らないでやろう」

私は、自分がなぜあのキャビネットを開けることになったのか、この研究所がどれほど退屈であり、暇なことが若者の生活をどれほど荒《すさ》ませるかについて取りとめもなく、実は話にもならないことを話した。それから、あの鍵の番号を合わせたのはルービック・キューブを合わせるように暇を克服する一環だった、と言った。クォン博士は私の話を聞いて、何やら悩む表情になった。

「どのくらい読んだのだ？」

「ほんの少しだけ読みました。ですから私は……」

ヒック！

「粗末に見えても、この杖で叩かれたらなかなか痛いぞ」

「全部読みました。それから、いくつかのファイルは繰り返し読みました」

「例えば？」

「自分の分身をいつまでも火葬し続ける結合双生児の姉妹の話とか、トカゲ娘の話とか」

「なぜだ？」

「分かりません」

「哀れに思ったのか？」

「哀れかどうかは分かりませんが、少し胸が痛みました」

「どういうわけで、パソコンを点けただけでもワクワクして楽しいことがいくらでもころがっているこんなに面白い世の中で、キャビネットに突っ込まれた埃の立つ資料なんぞを読んどるのだ？」

その問いに私は答えられなかった。正直、なぜそんなことをしたのか、あのキャビネットの埃がバフバフ飛び交う資料になぜこだわったのか、自分でも分からなかった。クォン博士は再び何か考えているらしい。私の話に一理あると考えたのかもしれない。私は勇気を出して言った。

「閲覧はしましたが流出はしていません。この先も流出することはありません。だいたい口の中にトカゲが住んでいる、そんな話にもならない話をどこかに持ち出すこと自体が変じゃないですか。話したところでアタマがおかしい奴と言われるのがオチですし。ええ、私はただ一生懸命生きてきた、ただの平凡な若者です。それに、そんな大事なものをお粗末な資料室に適当にほったらかしておいた博士も悪いのではありませんか？」

「この資料室がなぜお粗末なのだ。これまで四十年のあいだ、おまえ以外は誰もこの保安装置を突破できなかったのに。ひと言で、完璧な保安装置だろう」

クォン博士は地球儀を回しながら暫く考え込んだ。そして再び口を開いた。

「じゃあ、こうしよう。わしはおまえをブタ箱に送らない。送ったところでわしに残るものはないからな。そして、おまえのような貧乏人からカネをとるのも難しい状況だ。だからかわりに、おまえは明日の朝からここに来て、こまごました雑用をやれ。所長には私が話しておくから」

「えっ？」

「こんちくしょうめ、わしは同じことを何度も言わせる人間が一番嫌いだ。明日の朝からここに来いと言っとるだろう」

「研究の補助ですか？」

「おまえごときが何の研究だ。おまえは掃除して電話をとっておればいいんだ」

「下で私がしている仕事はどうなるのですか？」

「ふざけとるのか？　おまえはさっきからずっと、下ですることがなくてブラブラしていたと言い張っていたじゃないか。それに、この研究所の人間がみんなブラブラしているのは誰でも知っている。おまえは調子のいいことを言って、この状況から抜け出したいのだろう。まさかこのジジイがブタ箱に送るわけがない、とな。もちろんそうかもしれない。だが、わしはおまえがけしからんから、所長にこのことを話すことができる。そうすれば、おまえは少なくとも研究所から追い出されるだろうし、こう見えても私には多少力がある。ところで、おまえはここを出たら職安に飛び込むのか？　気の毒だな。これほどの職場も滅多にないのになあ。安定していて給料もなかなかだし、やることがなくて仕事も楽なのに」

「いったい私に何をお望みですか？」

「このクソったれのバカもんが、今まで何を聞いていたのだ。毎朝ここに来て、ゴミ箱を片付けて、床を拭いて、資料室の埃も払ったりしろと言っておるのだ。おまえが罪を充分に反省するまで。どうせ下にいたところですることもないだろう」

そのとおりだ。どうせ下にいたってすることもない。下手に粘れば研究所から追い出されるかもしれない。まさかそこまではしないだろう、という保証はない。あのキレ者の部長の頭をかち割っても一銭の治療費も出さなかった人間だ。暫くあれこれ頭の中で計算し、しぶしぶ口を開いた。

「はい、分かりました」

そうして私はクォン博士と仕事をすることになった。午前に来て掃除をするだけ、という条件で。ところが、仕事はだんだん増えていった。最初は、掃除をして研究室の留守番さえしていればいい、と言われた。私は掃除をして留守番をした。その次には、電話がかかってくるのになぜとらないのか、と怒られた。それで電話をとった。受話器の中で、とんでもない人間たちが本当にとんでもない話をした。そして私は少しずつ電話の内容もまとめ、面談のスケジュールも組み、ファイルも整理し、相談内容を録音したテープも書き起こし、インタビューする場所にお伴をしたりもした。そうして、ずるずると一年、二年が過ぎ、けっきょく七年になった。クォン博士と私は七年を共に過ごしたわけだ。とにかく下の階の事務室ではずっと仕事がなかったし。

だが、依然として解けない疑問がある。クォン博士に私のような助手がいったいなぜ必要だったのだろうか。彼は過去四十年のあいだ、たった一人の助手も置いたことがなく、たった一人の弟子も教えたことがなかった。チームを組んで研究をしたこともない。彼はいつでもひとりだった。なのに、なぜ科学と何の関係もない私のような者を助手にしようと思ったのか。これは本当に解けない謎である。

十三号キャビネットの扉の裏側には、こんな内容の文章が貼ってある。

木を丸ごと噛み砕くゾウの力と
尻尾に食らいついてサイを倒すハイエナの執拗さと
沼の中で六ヶ月のあいだ飢えるワニの気長さと
千匹のメスを従えるオットセイの精力が
世界の闇を照らさんとする汝の情熱と共にあらんことを！
—クォン博士

私はキャビネットを開けるたびにこの文章を見る。
この文章を読むと思わず胸が熱くなり
口から自然とこんな言葉が飛び出す。
「世界の闇なんてよく言うぜ。
俺の青春に垂れ込めた闇も照らせないくせに、この野郎」

メモリー・モザイカー

〈メモリー・モザイカーの女王〉と呼ばれるブードゥー教のタカ派、スーザン・ブリングが最初にしたのは、昔の日記帳をめくって誤字のいくつかを修正したことに過ぎなかった。たいした意味はなかった。彼女は記録された自分の過去が恥ずかしく、自分が死んだ後、ひょっとして誰かがその日記を読むことになったら気まずいと思ったからだ。それで彼女は日記帳の誤字をいくつか修正した。同時に、思い出したくない恥ずかしい文章もいくつか消した。そして、そこに別の文章を挿入した。時が経ち、彼女は自分が日記を書き直したことを忘れてしまった。彼女はいつも日記を書いていたし、昔の日記を読み返す癖があったので、このプロセスは繰り返された。

＊日記を読む。
＊自分の恥ずかしい過去を書き直す。
＊時が経って自分が日記を書き直したことを忘れてしまう。
＊再び日記を読む。
＊そうして修正された過去が記憶を支配し始める。

これは非常に原始的な形態の記憶操作法であって明らかに限界がある。しかも衝撃的な記憶や無意識の領域に対して全く手を打てないという短所がある。しかし、このレベルの記憶操作のみをもってでも、時には現在の生活を驚くほど変化させることがある。

スーザン・ブリングは、その代表的な例である。スーザン・ブリングの子供の頃の姿を覚えている人々は、彼女がカリフォルニア大学バークレーの法学部を出て弁護士としてかなりの成功を収め、ニューヨーク・タイムズの明晰で鋭いコラムニストとして人気を博し、全盛期の頃に突然マンハッタンの全てを捨ててチベットに五年籠《こも》って帰国してからは、なんとブードゥー教のタカ派となった彼女の華やかで怪しげな人生を、おそらく想像することもできないだろう。なぜならば、子供の頃のスーザン・ブリングは簡単な算数もできないほど頭が悪く、十二歳になるまで文字を習得できなかったので、事実上、教科書を読むことも黒板の文字を書き写すこともできず、そのうえ身体がひどく臭ってクラスメートたちに仲間はずれにされる内気な黒人の少女だったからだ。

スーザンの人生を変えたのはブライアン神父だった。客観的に見ると、ブライアン神父がしたことが大層なことだとは言えない。彼はただ、文字の原理をすぐに理解できない一人の黒人の少女に根気よく文字を教えてやり、また、生活しながら毎日まいにち日記を書くことがどれほど大切なことかを語っただけだ。

「世の中には二種類の人生がある。日記を書く人生と、日記を書かない人生。それは歴史のある国とそうでない国くらい人生の全てに影響を及ぼすのだ。スーザン、おまえはどちらの人生を選ぶ?」

スーザン・ブリングは日記を書く人生を選んだ。そして、ひととは違い、日記を少しずつ書き直す人生も選んだ。文字の神秘に目覚めた彼女は、過去の読み書きができなかった時代の埋め合わせをするように図書館で熱心に本を読んだ。そして他の人々の言語と自分の人生についてさらに多くのことを知ることになった。本の中の秘密に近づけば近づくほど、彼女はあまりにも愚かに過ごしてきた自分の過去が恥ずかしくなった。その恥ずかしさは彼女の現在を萎縮させた。彼女は堂々と生きたかった。彼女は人間の存在が自身の過ごした過去の時間によって決められていることを知った。だから彼女は過去を書き直した。それは効果があった。恥ずかしい過去が消されるたびに自信が生まれ、より積極的で挑戦的な性格になった。彼女は次第に多くの過去に手を入れるようになった。自然な忘却と忘却しようとする意志に励まされて、彼女の修正された日記は次第に彼女の記憶を支配するようになった。

スーザン・ブリングは長い試行錯誤と実験を経て、また化学と現代医学の助けを得て、チベットから伝わってきた様々な神秘的な秘法とブードゥー教で密かに使ういくつかの薬品に支えられて、初のメモリー・モザイクの原型をつくりあげた。

メモリー・モザイクの技法は、初代のスーザン・ブリング以降、二十〜三十年のあいだに飛躍的な発展を遂げた。二世代のメモリー・モザイクの技法は非常に多様で複雑になり、また、その多様さと複雑さゆえに危険になった。現代のモザイカーたちは、かつてのように、ささやかな記憶を一つ二つ忘れたり変形させたりするだけでは満足しない。彼らは記憶をまるでコンピュータのファイルのように扱おうとする。記憶を削除し、埋め込み、変形させ、他の記憶と連結させる。もちろん、これは非常に危険なことである。なぜなら、そういったことが短期間で可能となるためには、物理的であれ、化学的であれ、神秘主義的であれ、どんなやり方であれ、最も極端な施術と冒険を敢行しなければならないからだ。

　モザイカーたちが記憶を削除し、あるいは変化させるときに使う薬物は、医学的に全く検証されていないうえに、どのような副作用があるのかも全く分からないものである。ＬＳＤ、コカインといった麻薬類から始まり、ザナックス、フェンゾールフェン、フルオキセチン、シンドロフォームといった神経症とうつ病の治療剤、そして心臓の薬と血管拡張注射、果ては風邪薬までいっぺんに混ぜて使用する。また、何の科学的な証拠も論理もなく無謀な実験を強行することもある。ある者は中国の鍼で脳の一部を遮断する実験を行い、脳の特定の部分に超音波や電気ショックを長期間加える実験をした者もいた。当然、そのとんでもない実験は全て失敗し、被験者は脳出血で死に、あるいは身体が麻痺する深刻な後遺症が残った。

　しかもモザイカーたちの口から口へ伝えられる秘法というものは効果が定かでないものであり、たとえ効果があったとしても、自分の身体に合うのか確認する方法もなかった。自分で直接試してみるしかないのである。一般的に最も安全と信じられている自己催眠療法の安全性も、実は断言できないものだ、と専門家たちは言う。

　そのため、二世代のメモリー・モザイカーたちには不幸な事故が多かった。アル中の父親から虐待されながら育った記憶を消そうとしたチリの移民女性は偏頭痛に耐えられずドリルの刃で頭蓋骨に穴を開けて自殺し、小学校のときに仲間はずれにされた記憶を消そうとしていたアメリカ東部のある女性は近所の小学校に機関銃を乱射する惨劇を起こしたこともあった。

　にもかかわらずモザイカーたちは言う。

「悪い記憶を抱えて生きるほうが致命的で危険ですよ。なぜって、悪い記憶と共に生きる人生は地獄そのものですから」

モザイカーたちは過去を操作して自分を騙す。特定の記憶を消し去り、別のやり方で自分の過去を組み直す。新たな記憶を持つ現在をつくり、その現在をもって再び未来を創造する。モザイカーたちは現実逃避者ではない。逆に征服者である。女性たちが整形手術を通じて自分のコンプレックスを消そうとするように、モザイカーたちは現実の障害となる記憶を変形させようとするだけだ。それは、歴史を歪め、偽られた歴史の教科書を編纂しようとするのとどこが違うのか、と彼らは問い返す。そうだ。ひょっとしたらそうかもしれない。だが、モザイカーたちは、この世の何ものとも連帯しないひとりだけの操作された記憶がのちに自分にもたらす廃墟を考える余裕がない。

脳神経学の進んだ研究と感情中枢を管掌するホルモン系薬剤の発見、そしてコンピュータ産業の飛躍的な発展に支えられて、三世代のメモリー・モザイカーは前の世代よりも安全に進化した。脳神経の刺激とコンピュータ・プログラムの接合が成功を収め、化学療法によって恒常性を維持し、危険で破壊的な方法によって一気に全てを解決することはできないという教訓が一般化した結果である。だが、問題は依然として存在する。それは中毒である。

幸せな記憶を所有することに成功したメモリー・モザイカーたちは、結局それに溺れてしまう。彼らが変形された記憶に溺れるのは、彼らの現在と未来が常に過去よりも不幸だからだ。過去は栄光と賛辞に溢れているのに比べ、現在と未来は不安と恐怖に満ちている。現在には満足していない。未来はいつも過去よりも悪いやり方で動いている。ゆえに彼らは、まだ定まっていない未来を捨てて、定まっている過去を直す。そして過去の中に自分の人生をすっぽり押し込む。より多くの過去を修正すべく次第に破壊的な療法も躊躇《ためら》わなくなる。それは二世代のメモリー・モザイカーたちが行った危険なやり方に倣うことである。

わが国にも現在かなり大勢のメモリー・モザイカーがいることが知られている。だが、その数がどのくらいになるのかは誰も知らない。はっきりしているのは、危険で無謀なやり方を試みるメモリー・モザイカーが増え続けている、ということだ。

我々が管理する十三号キャビネットには八人のメモリー・モザイカーのファイルがある。彼らは全て〈赤薔薇会〉の会員でもある。赤薔薇会は、記憶を操作して失敗したり、変形された記憶のせいで深刻な副作用に苦しんだりする人々を治すためにつくられた会合である。そこには、ピアノと関連する全ての記憶を消してしまったピアニストがおり、十年前に別れた恋人を自分の妻だと思い込んでいる自動車整備技士もおり、記憶の回路が壊れて大勢の信者たちの懺悔と自分の実際の記憶を区別できなくなった不幸な神父もいる。

会合は毎週金曜の夕方に行われる。私は特に用事がなければ、たまにその会合に参加したものだ。赤薔薇会の会員たちは車座になって二時間くらい話をする。たくさん話す日もあるし、誰も話さず気まずいムードに耐えねばならない日もある。実際、それはどんな会合でも同じだろう。彼らは思い出す過去と漠然と推測する過去、変形された過去について語る。そして、記憶と記憶のあいだに詰まっている薄暗い時間についても語る。会合が終わると、それぞれ家に帰ることもあるし、たまには近所のバーに寄ってみんなでビールを飲むこともある。楽しくはないが、かといって深刻で憂鬱なムードでもない。

ピアニストだったYはピアノに関連する全ての記憶を消してしまった。そのため彼女はもうピアノを弾くことができない。身体が覚えていることを彼女は忘れてしまった。それは実におかしなことである。記憶がすっかり飛んでも、運転の仕方を忘れてしまうとか泳ぎ方を忘れてしまうことはないのではないだろうか。三歳から弾いてきたピアノをある日急に弾けなくなるのは、やはりおかしいことなのだ。彼女は、自分の全ての記憶が宙に浮いているような気がする、と言った。

「どんな記憶も繋がらないのです。頭の中に黒くて巨大な穴があって、ピアノと関連する記憶は全てその中に吸い込まれてしまいます。だから私が覚えていられる自分の人生はとても短いのです。それはたぶん、私の人生の全てがピアノと関連づけられているからでしょう。私が通っていた学校、私が付き合っていた人たち、私が結んだ全ての関係はピアノからスタートしました。家族を除いては、ピアノと関係のない人たちとほぼ付き合いがなかったみたいです。私はチェコでずっと音楽学校に通い、人生の殆どを、ピアノを弾いて過ごしました。なので私の記憶の殆どは空っぽです。でも、ピアノの他には何もない人生だなんて。そんな人生を想像できますか?」

我々は、ピアノの前で鍵盤をいくつか叩いてみれば記憶が戻ってくるかもしれないと考え、実際にピアノの前に彼女を連れていったこともあった。だが、一時間のあいだ、たった一つの鍵盤も押さずにぼんやりピアノの前に座っているだけだった。そして、こう言った。

「私はピアノの弾き方が分かりません」

L神父は、信者たちが自分にした懺悔と自分自身の記憶を区別することができない。そのため、彼の思い出は、自分が聞いた多くの懺悔と常にごちゃ混ぜになっている。

「懺悔は苦痛と恥辱の人生の物語です。幸せで美しいことを告白しに来る人は稀です。懺悔と私自身の記憶を区別できなくなってからは、全てがめちゃくちゃです。辛い記憶で私の頭は、はちきれそうなのです。ある日は父親を殺した殺人者の記憶が、ある日は娼婦の記憶が、まるで自分が経験した人生のように浮かびます。私にはこんな記憶があります。暗い路地を歩いていると、十代の不良少女三人が私の前に現れました。彼女たちは、神父とセックスをしてみたい、と言いながら私に付き纏いました。ある少女は舌で私の顔を舐めたりしたんです。別の少女は自分のスカートをめくってパンティを見せ、勃起したかどうか調べると言って私の性器を触ったりもしました。私はある少女の頬を思いきり叩きました。でも少女たちは引き下がりません。そのとき私は爆発しました。よおし、おまえたちの望みどおりにしてやろう。私は三人の少女とサディスティックなセックスをしました。なんということを！　あの子たちは未成年です。そして私は神父なのですよ。なのに、それが自分の記憶なのか他の信者の記憶なのかよく分からないのです。頭の中がごちゃごちゃになってしまって、何が何だか分かりません。でも、本当にあれが私に起こったことだとしたら、私はどうしたらいいのでしょう？　こんな身体でどうやって主に見《まみ》えたら良いのか分かりません」

独身の自動車整備技士ハン氏は、十年前に別れた恋人が自分の妻だと思い込んでいる。ハン氏は、恋人と別れるどころか、彼女と結婚をして十年間幸せに夫婦生活をした、というのである。

「こないだ彼女に会いました。他の男と暮らしていたのです。子供もいました。呆れましたねえ。帰ろう、と言いました。何を言っているのか、と逆に怒られましたよ。十年間肌を合わせて暮らしたのに、そんな覚えはない、としらを切るのです。私の身体のすみずみに、家のすみずみに、彼女と一緒に過ごした痕跡と息づかいがそっくり残っているのに、ですよ。私は過去十年をすっかり思い出せます。私たちが何を食べたのか、どんな体位でセックスをしたのか、彼女の下着が何だったかだって言えます。私たちには子供がありませんでした。彼女が不妊症だったからです。それで私たちはネコを飼いました。〈アマグリ〉という名前のシャムネコでしたが、彼女はそのネコをものすごく可愛がっていました。私もそのネコがとても好きでしたよ。私は、僕たちが育てていたネコも思い出せないのか、と訊きました。すると彼女は、私にはネコの毛のアレルギーがある、と言うのです」

江南《カンナム》で人気のあったルームサロン［ホステス付きの高級個室クラブ］のママだったマダム・ソンは、一九九八年の記憶を全て失った。一九九七年は非常に多事多難な年だった［韓国が経済危機により国際通貨基金の援助を受けた年に当たる。通称《IMF危機》］から、嬉しいこと、悲しいこと、うんざりすること、金を盗られたこと、マンションを二棟も買ったこと、たくさんの納税告知書等々が一気に絡まりあって浮かぶが、一九九八年を思うと何も浮かんでこず、ただ一つ、〈ニンジン〉だけが浮かぶという。びっくりした我々が口を揃えて訊いた。

「ニンジン、ですか?」

「ええ」

「どうしてニンジンなんでしょう?」

「それが問題なんです。私が一九九八年をニンジンにしたのははっきりしているのですけど、なぜ一九九八年をニンジンにしなきゃいけなかったのか忘れてしまったということです。それで私は、いつも考えてみます。どうしてニンジンなのか。ニンジンを切ってみたり、食べてみたり、顔にパックしてみましたけど、どうしても思い出せないのです。いったいなぜニンジンなのでしょうか？　キュウリ、ピーマン、タマネギだってあるのに、なぜよりによってニンジンだったのでしょうね？　私は本当に苦しいです。たいして美味しくもないのに」

赤薔薇会の会員たちは消えた記憶のせいで苦しむ。彼らは消えた時間を取り戻すことを望んでいる。だが、彼らが求める真実は、彼らに決して幸せを与えないだろう。不幸な記憶だから、その記憶と共に生きられないからこそ記憶を消したはずだ。彼らはなぜ、傷ついた記憶を、あれほど消したかった記憶を取り戻したがるのだろう？　なぜ、辛い真実と対面したがるのだろうか。それは、彼らが傷の原因を忘れてしまったからかもしれない。もし記憶を取り戻したならば、そして自分が消してしまった傷の原型を見ることになったら、おそらく彼らは再び記憶を消そうとするだろう。

脳のメカニズム、あるいは思惟と意識のメカニズムに関しては、未だにはっきりと解明できたものはない。一人の脳には一千億個のニューロンがあり、それぞれ別の一万個の細胞と繋がっている。ゆえに、脳はほぼ無限大の組合せによって神経衝突を起こし、化学伝達物質を分泌する。有限の人間が果たして〈無限〉というものを統制できるのだろうか？　にもかかわらず、多くの科学者たちは、ニューロンと神経細胞体のメカニズムを解明すればコンピュータと脳を直接繋げるシステムが遠くない未来に可能になるだろう、と言う。私は、このような種類のメカニズムが何の副作用もなく可能になるとは信じていないが、もしもそんなことが可能になるなら、コンピュータに自分の頭を繋げてみたくはある。モニターにいったい何が映るだろう。妻と子供らがみんな見ているのに、画面に数千個のポルノ動画が映るんじゃないだろうか？

人間の尊厳を主張する多くの方々は、機械と人間の接合という点についてかなりの憂慮を示す。そして、このようなニュースが出ると、早々と汝矣島《ヨイド》［大きな広場のある政治・金融・マスコミの中心地］に出かける準備をするために赤いはちまきを作り、プラカードに使う赤いマジックを買いに文房具店に行ったりもする。「機械と人間の接続なんてとんでもない。人間の尊厳を保障しろ！　保障しろ！」そんな方々がもし周りにいるなら、時期尚早であると伝えてほしい。コンピュータと人間の脳を繋げるのは未だはるか先のことだ。なぜなら我々は、未だに偏頭痛の原因もはっきりと解明できずにいるのだから。

「もしタイムマシーンのようなものが発明されたら
あなたが削除した一九九八年に戻りたいですか？」

「戻りたいです。
正直なところ一九九八年で思い出すことといえばニンジンしかありませんけど」

「怖くないですか？」

「怖いですよ。でも、考えてみたら
私たちに耐えられない時期はありません。

そんな時期があったなら、私はこれまで生きてさえもいなかったでしょう。
私たちは幸せな記憶によって生きます。
ですが不幸な記憶によっても生きるのです。
喪失と廃墟の力でね」

ピノキオ

私はこれから爪《つま》ようじについて話してみようかと思う。過去数千年の歴史のあいだ誰も関心を持たなかった、ささやかでちっぽけな商品。「小さい工場を運営しています」「うわあ、社長さんですね。ところで、どんな商品をお作りで?」「爪ようじを作っております」すると、なぜか、ふっと笑って、その社長という人物が間抜けに見えるような商品、爪ようじについて話そうと思う。そして、やむなく爪ようじと共に一生を送らねばならなかった男の話もしようと思う。その男は私に言った。「私はだんだん爪ようじに似てきました。でも心配していません。見ていてくださいよ。二十二世紀になったら全ての物は人間に似ているはずです。でなければ、全ての人間が物に似ているでしょう。二つに一つは間違いありません」

自然哲学が盛んだったギリシャ時代から大学が始まった中世初期まで、爪ようじの存在論的な本質に関心を持った哲学者はただの一人もいなかった。正直、誰が爪ようじなんかに関心を持つというのか。もちろん彼らは、椅子や浴槽、尿瓶《しびん》や蚊帳《かや》の存在論的な本質にも関心を持たなかった。殆どの人は何も考えておらず(古代や中世の人々は今晩の食事をどう賄うかを悩むだけでも頭が粉々になりそうだった)、少し学のある部類の人々、例えば、代々名門の貴族で家庭教師を一ダースずつお抱えで育った堅実なローマの青年とか、静かな修道院で退屈のあまり何かしら考えねばならない運命に直面した暇な修道士とか、その他に、建てられ始めたばかりの大学で教授という新職業（ギリシャのソフィストたちが蚤の市なんかを漁《あさ》って金持ちのバカ息子を対象に家庭教師の口を求め、あるいは小規模な塾を開いて食いつなごうと戦々恐々としていたとすれば、彼らはそれなりに小洒落た建物で積極的な営業活動をせずに学問というものを売ったという点において）に従事する者たちは、もう少し高尚で形而上学的なテーマについて悩んだ。例えば、神に果たして内臓があるのか、あるとすれば神の内臓でもガスが生成されて屁をつくりだすのか、といった、現実に全く役立たない、そんなものを。とにかく、これらの話を総合すると、古代から中世に至るまで、誰も爪ようじについて本気で関心と理解を向けてくれなかった、ということだ。

しかし十六世紀になると、神の内臓のかわりに、もう少し具体的かつ現実的なもの、堅いもの、投げて当たると痛いものについて悩む人々が登場するようになった。ルネッサンスを崇拝していた多くの人文主義者たちがそうなのだが、その研究の目次は、月、金星、火星といった恒星群と、地球、海、帆船、貿易風、地図、山脈、金と銀、ねじまき、羅針盤といったものでいっぱいだった。にもかかわらず、それらの目録には爪ようじがなかった。

最初に爪ようじの本質について著述を試みたのは、アラル・ラシードと呼ばれるアラブのある執事だった。彼は『失われた万物誌』という著書を通じて、文明が編み出したものについて考察を始め、また、文明が失ったものについても多くの研究を行なった。彼は時が飲み込んでしまった存在の本質を注意深く明らかにする作業を行った。

同書の七二三三ページには、爪ようじに関する話が載っている。それによると、爪ようじのフェーズを今よりもはるかに高めたのは、カスピという名の一人の商人だった。カスピは、大商人になるという遠大な夢を抱いてローマを目指した。地中海が再び交易の中心となり、教皇がローマのいにしえの建物を復旧しようとしており、あの有名なメディチ家の人々が芸術のために湯水のごとく金を使っている頃だった。

だが、野心に満ちた計画でダマスカスを出発したカスピの船は嵐に遭い、暗礁に乗り上げた。カスピは自分の全財産が波の中に吸い込まれていくのをぼう然と見つめながら、暗礁に一晩中しがみついていた。カスピは暴風の夜を耐え抜いた。やがて夜が明けたとき、カスピは通りがかったスペインの商船に救助されてローマに辿り着くことができた。目的地に到着したものの、カスピが売れるものは何もなかった。彼のポケットの中に入っているのはナイフ一つだけ。ローマの街角で乞食のように生活していたカスピは、何を思いついたのか、ナイフで木を削り始めた。カスピが作ったのは爪ようじだった。その爪ようじは、先が尖っているという側面においては一般的な爪ようじと変わらなかったが、男性の勃起した性器ほどに大きく、また、持ち手の部分がひときわ大きな性器の形をしているという点においてはまるで異なっていた。

気になった人々が近づいてきて、これは何に使うものかと訊いた。カスピは答えた。

「爪ようじです」

「なんと、爪ようじがいったいなぜ、こんな形をしているのかね？」

「これはただの爪ようじではありません。あの浅はかなローマの商人たちは、食事をして歯をほじらなければ歯の隙間で腐っていく食べカスのせいで臭うし歯の健康にも良くないので爪ようじを使わなくてはならない、と言っています。でもそれは爪ようじの本質を忘れた行いです。そんなものは真の爪ようじとはいえません」

「ならば、真の爪ようじの本質は何なのだ？」

「真の爪ようじは魔法を起こす道具であるべきです。つまり、ご主人様が与えた食べ物で腹を満たした下人が歯をほじるあいだ、これを食べた理由は何であって、食べた対価としてすべきことは何なのか、わがご主人様のご恩はどれほど誉れ高きことか、よって、この食事をしてどのように生きればご主人様のご恩の一万分の一ながらも報いることができるのか、また、どんな価値のある仕事をすればご主人様が喜ぶのかについての省察を可能にしなければなりません。そして、奴隷がこの爪ようじを使えば、食べたぶん以上に土地を耕して豊かな穀物をもってご主人様に報いるのはもちろんのこと、執事がこの爪ようじを使えば、決してご主人様のカネをくすねたり私的に不当な利益を得たりしなくなり、たとえウマとウシのような動物が使うとしても、身を粉にして駆け、妻や修道女がこの爪ようじを使えば……ああ！　もう止めなければ。異教徒である私が無礼を働くところでした」

カスピが話し終えると、みなが口をあんぐり開けた。そこに集まった地元の貴族たちは考えた。

（そうか、私の奴隷たちに必要だったのはムチではなく、まさにあの爪ようじだったのだな）

「何人かで同時に使ってもかまわんかね？」貴族が訊いた。

「使う人さえ嫌でなければ」カスピが答えた。

「よかろう。奴隷二十人につき爪ようじ一つ、とりあえず三十だけもらおう」

男の勃起した性器の形をしたカスピの爪ようじは、かなり高額だったにもかかわらず飛ぶように売れた。地元の貴族たちが自分の奴隷の数に合わせて買った後も、爪ようじは売れ続けた。どういうわけか推測さえできないが、貴婦人や寡婦、そしておてんば娘たちがカスピの爪ようじをこっそり買っていったからだ。修道女院でもひどく憚りながら大量購入したという説があるが、事実は確認できていない。とにかく彼らは食事をした後に、奇怪な形をしている爪ようじで歯をほじりながら考えたであろう。

「私はいったいなぜ食事をしたのだろう？　ああ！　こんなに孤独で寂しい夜、今からこの爪ようじでできる一番価値のあることは何だろうか？」

もちろんカスピは爪ようじの発明者ではない。不便は発明をつくるゆえ、爪ようじの発明者であると名乗る者は数千、数万を超えるかもしれない。カスピは発明者ではなく、爪ようじに正当な存在論的な価値を吹き込んだ発見者だ。ファンタジーと魔法を爪ようじに付与することによって事物のステージで放置されていた爪ようじのフェーズを正しく配置した者である。

さて、本格的に、爪ようじに変身した男の話を始めてみよう。ここに爪ようじについて悩みすぎて爪ようじになってしまった人間がいる。つまりこれは、人間から初めて爪ようじに進化し（退化ではないのか？　と誰かが指摘したが、それは間違いなく進化である）、今では爪ようじに変身した自身の人生に満足し、もう二度と完全な人間の人生に戻る気がない一人の男の話である。

爪ようじの歴史は彼の父親にさかのぼる。父親は零細な家内手工業で爪ようじを作る工場を営んでいた。爪ようじを作る父親。爪ようじを憎む息子。父と息子のあいだの長い歴史が証明するように、ここから彼の不幸は始まった。

彼が爪ようじを憎んでいたのは、彼のあだ名が、彼の本質が、彼の存在が全て爪ようじから出発し、爪ようじと関係していたからである。しかも彼はひどく痩せていて、〈爪ようじ《イスシゲ》〉というあだ名をつけられやすかった。そのため一度も自分の名前で正当な扱いを受けたことがなかった。いつでも〈ズキズキ《スシミ》〉〈どんより《スシミカドウク》〉〈スポンジ《スセミ》〉などと友人たちにからかわれなければならなかった。近所の大人たちにとって、彼はいつも〈ようじ屋の次男坊〉だった。なぜ大人たちが〈爪ようじ屋〉と言わずに〈ようじ屋〉言ったのかは、この二つの単語をそれぞれ五千回ずつ繰り返して発音してみれば分かる。言葉とは、発音が面倒なものを常に省略しようとする傾向にある。ゆえに生成と変化と消滅を繰り返す言葉の数奇な人生を鑑みて、新たな事物や理論に名前をつけるときには〈発音するときに面倒でなくうんざりしないように〉という原則を守ったほうがよい。何より彼が嫌だったあだ名は、爪ようじを作る父親と彼を同一視し、多少軽蔑のニュアンスも併せて加味された合成語〈ようじ野郎〉だった。

彼は爪ようじを憎み、世の中の数多《あまた》ある事物の中でよりによって爪ようじと結び付けられてしまった自分の人生を憎み、父親を憎み、父親の小さな爪ようじ工場を憎み、爪ようじを作りだす機械を憎み、作業をしつつ母親のもんぺから透けて見える尻を盗み見る工場のおっさんたちを憎み、野菜のおかずだけの貧しい食事をしても（たまにたんぱく質補充用として目玉焼きがあった）みんな爪ようじで歯をほじる家庭の風変わりな食事の習慣を憎んだ。ほじれない理由がどこにあろうか。彼の家には、諸葛孔明が曹操から戯れのごとくかっさらってきた弓矢十万本のように、爪ようじ十万本くらいはざらにころがっていた。

高三になって彼は陸軍士官学校に志願した。志願した理由は簡単だった。爪ようじと最も離れた学科を選ぶこと！　そうして選択したのが陸軍士官学校だった。だが、入学志願書には父親の職業欄があった。（やっと新しい人生を始めようとしているのに、また爪ようじから始めないといけないのか？）彼は長いこと迷い、悩んだ。そして素晴らしい妙案をひねり出した。彼は父親の職業欄に〈木材加工業〉と書いたのである。しかし、彼の願書を受け取った先生は、父親の職業欄に書かれた〈木材加工業〉を怪訝な目でじっと見た。彼は、その部分についてだけはどうかそのまま見逃してくれと願ったが、人生というのは思いどおりになるものではない。先生は低く落ち着いた声で彼に尋ねた。

「お父さんは木材で主に何を加工されるのだ？」

彼は黙った。正直、それに関してひと言だって言いたくなかった。だが先生は彼の答えをじっと待った。仕方なく彼は首まで真っ赤になったまま、ごく小さな声で言った。

「爪ようじを作っています」

ところが、先生は笑いも驚きもしなかった。ただ首を少し傾げただけだった。彼の担任はもともと無口であまり笑わない人だった。

「ならば、こんな書き方ではいかんだろう。こういうものを記載するときには、他の人が見て簡単に分かるように書くべきではないかな？」

先生は彼をやんわりと叱った。先生は暫く願書を眺め、〈木材加工業〉に二重線を引いた。そして、その上にこう書いた。

〈精密木材加工業〉

私は、その先生が爪ようじの本質に多少なりとも接近できた人だと思う。木材の材質と用途を職業方式と産業的な特性に従って正確かつ品位のある分類を成し遂げたのだから。その年の入試で、彼は陸軍士官学校に無事入学した。

さあ、彼の人生は彼が望んだとおりに爪ようじから遠ざかり続けた。陸軍士官学校を卒業すると、彼の人生は軍人の道へと果てしなく続いているように思えた。ところが、彼は軍人の道を歩み続けることができなかった。彼が指揮官だった部隊で自殺事件と脱営事件が立て続けに起こり、そのため彼は昇級を目前にして除隊をしなければならなかった。除隊後に、彼は上官の推薦状を貰って防衛産業の管理職として就職した。しかし軍の生活になじんでいた彼は、たびたび職員たちといさかいを起こし、研究員たちとも折り合いが良くなかった。退職後、彼は保険会社に再就職した。だが資本主義の華である営業は彼に冷笑を送った。「君は営業の素質が足りなさすぎるね。この地球上のどんな顧客だって命令調の営業社員は好まないんだよ」彼はそこでひと月も持ちこたえられなかった。軍隊から受け取った退職金で妻と丸揚げチキンのチェーン店を開いた。彼にもチャンスが訪れたのか、ちょうど大規模なマンション街が完工して入居が始まった。店はふた月のあいだ大盛況だった。そして三ヶ月目になると、マンション街の周りに十店舗を超える丸揚げチキンのチェーン店ができた。我々が知っているあらゆる丸揚げチキンのチェーン店がそこにでき、チキンを注文するとピザ一枚をサービスする店も現れ、あげくに中華料理店も副業として丸揚げチキンを売り始め、チキンを注文するとチャジャン麵や餃子がサービスでついてくることもあった。彼はハエの飛ぶ店内で三ヶ月のあいだチキンと白い大根だけで食事を済ませながら踏ん張ったが、権利金も取り戻せないまま店を手放した。その頃から彼は少しずつおかしくなり始めた。自分の全財産をつぎこんで株式に没頭し始めた。相場は悪くなかったが、彼はたびたび損を出した。だんだん危険なやり方で取引を始め、半年が過ぎる前に全財産を失った。彼は借金を始めた。そして、今度は競馬に没頭した。馬は疾走して栄光と賛辞を得たが、その馬はいつも彼が選んだ馬ではなかった。彼は返しきれないほどの借金を負った。彼はマンションを売り、車を売り、ピアノを売った。それでも借金はびくともしなかった。腎臓を売り、片方の眼球を売った。それでも借金はなくならなかった。妻は離婚を求め、彼はおとなしく書類にハンコを押した。

彼は全てを失い、かわりに病を得た。残っているものは何もなかった。今夜泊まるところもなかった。頼れるのはもう、あまりにも年老いた父親が暇つぶしにやっている爪ようじ工場だけだった。彼は父親のいる場所へ力なく足を向けた。そのとき彼は言った。

「ああ、分かったよ。爪ようじを作ればいいんだろう。あのクソったれの爪ようじを」

彼は爪ようじ工場で働き始めた。だからといって、人生大逆転のようなドラマが彼の人生に起きたわけではない。ただ、彼は父親がそうしたように、長いあいだ爪ようじを作り、今も爪ようじを作り続けている。もちろん、彼が十三号キャビネットに入ることになったのは、平凡といえば平凡で数奇といえば数奇ともいえる彼の人生の道のりのせいではない。そんな理由だったら、十三号キャビネットは、この街の大勢の人々と彼らの悲しいエピソードで、はちきれてしまうだろう。彼が十三号キャビネットに入ってきたのは彼の指のためだった。彼は作業中に切断機で指三本を失う事故に遭った。このような職業に従事する人たちにはよくある事故だ、と彼はこともなげに言った。

「指が何本か無くたって死ぬわけじゃありませんよ。みんな私を障害者扱いしますけどね。とにかく、それはたいした問題じゃありません。問題は、作業の都合上、少なくとも指が三本は絶対に要ることでした。親指と人差し指、それから親指と人差し指を支える指が一本。二本だけだったら良かったのですが、運がなかったようで、三本が切られたのです。それで病院に問い合わせましたが、義足のように補助の指もあるというんですよ。まったく、世の中には何でもあるなあと思いました」

彼は、中指の位置に補助の指を付けた。補助の指を調節できるよう固定ピンも付けた。だが、出来合いの補助の指はひどく不便で、作業の効率を落とす。彼は、固定ピンはそのまま残して補助の指を捨て、自ら木を削って作った指を付けた。いくつも木の指を作ったおかげで自分にぴったりの指を作ることができた。

「ところが、ある日、顔を洗おうとして固定ピンを抜いたのですが、私が作った木の指がそのままくっついているじゃありませんか。木の指を思いきり引っ張っても、まるで本物の指のように取れないのですよ。最初は可笑しかったです。だって、可笑しいじゃあないですか。木の指が本物の指のように振る舞っているんですから」

彼の指は三本が木だった。もちろん本物の指のように関節が曲がったりはしない。でも、彼の木の指は、まるで手から生えたようにぴったりとくっついていた。そのうえ木の指が肉と接する部分では、一種の肉質化が進んでいた。それはまるで木と肉を半々に混ぜたように見え、木のなかに小さな血管も何本か入り込んでいた。どうして削り出した木切れが肉と結合できるのだろうか。

「驚きましたね。生きている生物が人間の身体で育つケースはあっても、こんなケースは初めてです」

「そんなこともあるのですか？」彼が不思議そうな表情で訊いた。

「キマイラというのです。爬虫類の尻尾やイチョウの木といったものが人間の身体で育つ現象をいいます。でも、死んだ木切れが人間の肉と結合するのは初めて見る現象です。ちょっと触ってみてもいいですか？」

彼がすんなり手を差し出した。私は三本の木の指を長いあいだ見て、そして長いあいだ触った。それは、彼が爪ようじを作るときに使う平凡な木材だった。当然爪はなく、指紋のあるべき位置には年輪があった。作業の都合なのか、中指は鉤のように少し曲がっていた。そして、どういうわけか小指は一節ほど短かった。

「小指はなぜこんなに短いのですか？　まさか長さを測り間違えたわけではないですよね？」

「誤って切断機に指先を少し切られました。やはり木の指なので、最初は慣れなくて」

「幸い今度は痛くなかったでしょうね。木の指ですから」

「とても痛かったです。木の指ですけど」彼が淡々と言った。

「不便だったり違和感があったりしますか？」

「ええ、当然そうです。元から自分のものではありませんから。ですが、少しずつ違和感が消えつつあります。それに、指がゆっくり少しずつ変わっています。私が望む方向に曲がったり細くなったりもします。たまには私が望まない方向に変わることもありますけどね。最初は、この木の指を見ていると、自分を化け物のように感じました。借金のために眼球を売ったので、目も偽物です。指は木切れ、目はプラスチック。惨めな気持ちになりますよ。でも、もう大丈夫です。見ていてくださいよ。二十二世紀になったら全ての物は人間に似ているはずです。でなければ、全ての人間が物に似ているでしょう。二つに一つは確実です。物と人間はお互いに似てきていますから」

「今でも爪ようじが嫌いですか？」

私の質問に彼は暫く答えなかった。やがて彼は口を開いた。

「さあ、昔のように嫌いでもないし、かといって、今さら好きにもなりません。まあまあですね。最近はこんなふうに思います。人間は結局、自分が憎んでいた場所へ戻り、それと共に生きなくてはならないのではないか、と」
話を終えて、彼は人差し指と木の指のあいだにタバコを一本挟んで火を点けた。そして宙に向かって煙を長く吐き出した。

彼は私に、自分は爪ようじに似てきている、と言った。その言葉が正確に何を意味するのかは、よく分からない。物と人間がお互いに似ている未来の社会とはどんなものを指すのだろう。二十二世紀には、テーブルも、花瓶も、グラスも、人間のように恋をし、傷つけあい、ひどい寂しさに震えるようになるということだろうか。それとも、人間が愛しあうこともなく、憎みあうこともなくて、寂しくなることも傷つくこともないまま、あの水差しのように、あのテーブルのように、ただ自分の場所でぼんやりと生きていく、ということだろうか。

ある日、市場から戻ってきたピノキオが心配そうな顔で木工職人ゼペットに訊いた。
「おじいさん、ぼくは人間なの？　人形なの？」
ゼペットは悲しげな眼差しでピノキオを見つめながら言った。
「なあ、悲しんではいけないよ。
おまえが良い心をもって生きていけば何にでもなれる。
人間はもちろん、それよりも立派なものにもなれるさ」

するとピノキオが明るい顔で叫んだ。

「じゃあ、ぼくは立派な人形になるよ」

金曜日、ブラインドを下ろす

窓の外に闇が下りる。私は席を立ってブラインドを下ろし、事務所の中をざっと見回した。事務所は静かだった。所帯持ちの職員はみな早々に退勤した。金曜日の夕方なのだ。もちろん独身の職員もみな退勤した。金曜日には恋人とデートがあり、友人たちと約束がある。遊んで楽しむための健やかな肉体があり、独り身《ソロ》だから財布も厚い。会社に残るもんか。金曜日の夕方に事務所を温めるのは私のような人間だけだ。結婚もしていないし恋人もいない。そして一人暮らしだ。家に帰ったところで、冷蔵庫に冷や飯が一握りと、半分ほど残ったサンマの缶詰、気の抜けたビールが全てである。つまり要約するとこうだ。私はこのクソみたいな街で恋人もおらず一人で暮らしている。

最近は恋をしていない。不思議なことに、この七年間、付き合いたい女が現れず、現れたらいいなあという欲求も起きなかった。そのせいで不都合なことはなかったし、より憂鬱にも、より孤独にもならなかった。もちろん週末には困った時間がやってくる。レストランのような場所で、一人で食事をしたりビールを飲んだりできない。気の毒そうな目で見られる。ひどいときは、一人だと言うと、席が空いていないと言われたりもする。だから週末には、やむなく料理をする。大型スーパーでどっさり食料品を買って（ムカつくことに大型スーパーはそれをそれとなく強要する。バラ売りはできないからそのつもりで、というように）会計を済ませた後、その大量の食料品を家に持ち帰る。そして料理を始める。そのうちふと、一人で夕食をとるためにに料理をするというのは無謀な行為だと思う。無駄というより無謀な行為。かつてクロマニョン人たちも一人で夕食をとるためにイノシシを捕まえただろうか。当時は肉屋がなかったので、そうしたかもしれない。ひょっとしたら、一人で暮らすクロマニョン人なんかは最初からいなかったかもしれない。そんなクロマニョン人は何日も耐えられず死んでしまっただろうから。

退勤していないのは私以外にもう一人いる。総務課のソン・ジョンウン氏だ。彼女は毎日、夜遅くまで会社に残っている。事務所の一番隅の席で大きな身体を思いきり丸めたまま何かをして家に帰る。いったい、たいした仕事もないこの会社で何をやって帰るのだろうか?

会社の人たちは、彼女をとても変な人だと言う。私もそう思う。いくら贔屓目に見ても平凡なタイプとは言えない。彼女は全く口を開かない。ごく事務的ないくつかの言葉を除いては、他の人たちとちょっとした会話もしない。まるで口をきけないようだ。(もう地球人たちとは話をしないわ!)とでも決心したのだろうか。それとも話し方を忘れてしまったのだろうか。それだけでなく、彼女は公の会食であれ、プライベートな飲み会であれ、ピクニックであれ、運動会であれ、どんな行事にも参加することはない。会食を欠席する者は覚悟しておけよ、と部長がいくら脅しても、彼女は参加せず帰宅する。だから彼女はいつもひとりで歩き、ひとりで飯を食い、ひとりで仕事をし、ひとりで退勤する。つまり彼女は、この街で生存するために最も重要といえる社交行為を一切しない。過度に寡黙で、過度に笑わず、過度に臆病だ。自分の周りに誰かが近づくことを望まない。誰にも気を許さない。まるで巨大なハリネズミのようだ。

金曜日の夕方。彼女と私が事務所に残っている。私は十三号キャビネットの罠にひっかかったせいでこの研究所で唯一忙しい人間だからだが、彼女が会社に遅くまで残っているのは、いったい何のためだろう？

それは、彼女の仕事があまりにものろいからかもしれない。まるでスロービデオの世界のようにのろすぎる。歩くのものろく、動作もにぶく、話ものろい。どんな仕事もどんな事案も彼女の世界に入ると、いつものろくてイライラするものになってしまう。女性職員たちは彼女ののろさにうんざりする。「あのひととは一緒に仕事できません。息が合わなかったら何もできないわ」と文句を言う。ところが、我々の研究所で息をきちんと合わせてさっさと進めなければならない仕事なんかない。正直、我々みんなが知っている状況で、そんなセリフは恥ずかしくて言えない。息を合わせてすべき仕事はおろか、ひとりで暇潰しにすることもない有様だ。ただ、ごくたまに下されるネズミの尻尾くらいの自分の業務だけをやればよい。女性職員たちがイライラするのはただ、彼女の沈黙が、のろのろした動作が、本心が分からない無反応が癪に障るからだ。ただ、それだけである。

彼女の退勤が遅いもう一つの理由は、総務課のこまごまとした面倒な仕事が、どういうわけか全て彼女に回ってくることである。みんなで仕組んだわけでもないだろうに（もしかしたらみんなで仕組んだのかもしれない）いつもそういうことになる。それは、どんな仕事を任せても彼女が文句を言わないからだ。本当に彼女は文句を言わない。仕事がくれば黙々と席についてのろのろとその仕事をする。だから彼女が遅く退勤をするのは当然のことかもしれない。彼女は面倒で細かい仕事をし、作業はのろくてもどかしい。

ところで、のろのろした彼女の動作を見ていると、私も腹が立ってくる。なぜ、あんなもどかしい生き方をするのだろうか。彼女の悪口を一番たくさん言うチョン嬢が退勤時間の直前に何かをそっと差し出しながら「先輩、これ、ちょっとやってもらえますか？　急に用事ができて」と言うとき、その瞬間にだけ親しげに微笑みかけるとき、私は急に腹が立つ。その瞬間、チョン嬢の表情は（あんたはデートなんか絶対しないもんね）と語っているようだ。そんなとき、私は憎たらしいチョン嬢の顔を拳骨で一発殴ってやりたいという途方もない衝動にかられる。だが、本当に腹が立つのは、書類を黙々と受け取って席につく彼女の姿だ。チョン嬢が「お願いしますね、先輩」と言うと、彼女は分かったというように頷く。彼女がその書類を受け取ると、私も思わず腹が立つ。なぜ彼女は「いやよ！」と言わないのか。なぜ怒らないのか。なぜチョン嬢に「消えな、このクソ女。あんたの仕事は、その誰にでも開く下の穴でやるか、はちきれそうな胸でやるか、自分で決めな！」と罵らないのだろうか。

不思議な人生だ。まるでサンドバッグのような人生。（ああ、殴るなら殴ってみろ）式の、自分の肉体にいかなる名誉も保護膜も被せない、そんな人生。私はただの一度もそんな類いの人生を見たことがない。自分を保護しない人生なんて、そんなの耐えられるものか。だから彼女を見ていると、いちいち腹が立つ。まるで私自身が侮辱されているようだ。ボコボコにされた顔で鏡の前に立つ気分というか。でも、彼女を見て自分がなぜそんな気分に襲われるのか、よく分からない。

私は彼女を何年も観察している。彼女が歩くのを観察し、退勤する後ろ姿をブラインドの隙間から盗み見て、丸めた肩をチラチラ見てしまう。無意識にやたら目が向く。ひょっとして彼女に同情しているのか？　同情だなんて、それは可笑しな話だ。私なんかが誰に同情できるというのか。とすれば、ひょっとして彼女と恋でもしてみたいのか？　そうだ、と言えば多くの人が驚くだろう。女性職員たちは「まさか？」と笑いながら私の言葉を冗談だと思うだろう。キム係長は「こいつ、まったく困った趣味だな」と首を振るだろう。部長は「君は狂ったのか？　魂がどこかに出張してるのか？　さっさと呼び戻せ、こいつめ」と叱るだろう。正直、私が彼女にどんな気持ちを抱いているのかは自分でもよく分からない。その正体を確かめるチャンスがなかったというべきか。でなければ、特に確かめたくない気持ちがあったか、あるいは勇気がなかったというべきか。はて、本当に分からない。

明洞《ミョンドン》伯爵というあだ名の友人がいた。この友人は大学を卒業するまでに五百人を超える女とセックスをし、その女たちを悉く愛していたと口を極めて主張する変わった奴だ。彼は酒の席で〈愛とは缶詰のようなもの〉と言ったことがある。愛にも缶詰のように流通期限があり、注意事項があり、値札が付いている。財布を開いて自分の購買力を調べてから値札を確認し、注意事項を守りつつ、流通期限内に愛せばいい。そうすれば全てが順調だ。

ひょっとしたら、この街で愛というものは本当に缶詰のようなものかもしれない。金と缶切りと流通期限を確認する小さな関心さえあれば、どこでも簡単に手に入り、似たり寄ったりのうえに安全で美味しい恋ができるのだから。

事務所の時計が七時十五分になると、彼女は席から立ち上がった。立ち上がるときに椅子がキキッと鋭い音を立てた。他の職員たちはみな退勤をしたので、事務所はがらんとしている。しかし彼女は改めて事務所をいちど見回した。そして会社に初めて出勤したときから持ち歩いている古い革の鞄を持った。もちろん会社に初めて入ってきたときも新しい鞄ではなかった。肩の紐が取れているので胸に抱いて歩くあの鞄。きっと何か数奇な事情を一つくらいは入れていそうな鞄。私はいつも彼女の鞄の中に何が入っているのか気になっていた。

彼女はドアに向かって歩いていった。底がぶよぶよでぺたんこの彼女の靴からサクサクと雪を踏む音がした。彼女がドアのノブを回して出ていこうとするとき、私は何を思ったか「ソン・ジョンウンさん、お帰りですか?」と大声で訊いた。彼女は私の言葉にびっくりしたのか、肩をちょっとすぼめると、ゆっくりと後ろを向いて私のほうを見た。だが、私の言葉には答えず、ただ私の机に向かって（私ではなく、きっちり私の机に向かって）頭をぺこんと下げた。ピントがずれたように床に向かっている視線。たまに私は「あなたはなぜ人の目をちゃんと見ないのですか?」と彼女に訊きたくなる。だが、そんなことはできないのだ。それは「あなたの靴からは、なぜそんなぶよぶよした音が出るのですか?」と訊くように変なことだ。もしかしたら、それは「ねえ、君はいったい体重が何キロあるの?」と訊くように無礼なことかもしれない。私は彼女の挨拶に「はい」と言いながら頷いた。彼女の退勤を許す、という意味ではなかった。彼女もそういう意味ではないことくらいは分かっているだろう。彼女が背を向けようとしたとき、私は再び彼女を呼んだ。

「ソン・ジョンウンさん！　元気だしてください。みんながゴチャゴチャ言うことなんか無視してしまえばいい」

いきなりシチュエーションにも合わない突拍子もない言葉が出てしまった。その言葉を吐き出してから私もちょっと驚いた。おそらく私の無意識の中には彼女を勇気づけたい安っぽい同情心があったのだろう。だが、もっと正直に「ソン・ジョンウンさん、気をつけてください。部長があなたを狙っています。しかも、みんながこの会社から出て行ってくれることを望んでいます。だから、みんなと仲良くしてコーヒーを飲んだり、ちょっとお喋りしたり、たまには会食にも出席したり、カラオケでタンバリンなんかでも揺らしながらリズムを合わせて歌をうたったりすればよかったんです。ぶっちゃけ、私たちもまあ、好きでそんなふうに揺らしまくってるわけじゃないんですよ」と言うほうが勇気のあることかもしれない。

彼女は私がいきなり投げかけた言葉が不思議だったのか、首をちょっと傾げた。そして私が相変わらず彼女を見ていることに気づき、何を言おうか躊躇《ためら》った。彼女は眉根を寄せながら、自分と会社を評価するような表情をした。（私は大丈夫なのかな？　この会社の人たちにこんなふうに扱われても本当に大丈夫なのかな？　私は本当に辛くないのかな？）眉毛をしきりに上げながら問いかけた。

「会社は……楽しい……です」

彼女が少し震える声で言った。実に久しぶりに聞く声だった。小さくて弱々しい声は、まるで幼い子供のようだった。彼女はもう一度私の机に向かってお辞儀をした後、事務所の外にゆっくりと歩いていった。底がぶよぶよでぺたんこの靴の音が廊下から聞こえてくる。私は他の女性職員のように、彼女の踵からカツカツと音が出たらいいのにと思ったことがある。だが、彼女は高くて細いヒールの靴を履かないだろう。しかし、雪を踏む音とは。私はボールペンをカチカチさせながら彼女の雪を踏む音が廊下からだんだん遠ざかり、階段を降りていく音を聞いた。会社が楽しいだなんて、いったいこのクソみたいな会社の何が楽しいっていうんだ。

私は席についてタバコを一本吸った。事務所の壁の一面に赤で〈禁煙〉と書かれた文字が見えた。彼女は退勤をし、事務所には誰もいない。それでも事務所では禁煙だ。誰もいなくても禁煙は禁煙なのだから。私はタバコに火を点けて「ああ、事務所では禁煙だよな」と呟いた。ブラインドを上げて窓を少し開けた。錆びたブラインドがキッキッと音を立てた。面倒くせえな。このブラインドの奴は。タバコを半分ほど吸うと、会社の正門を出ようとする彼女が見えた。身体を思いきり丸めている。おそらく古い革の鞄を抱えるためだろう。気になる。彼女が胸にぎゅっと抱きしめて歩くあの鞄の中が。

ネコになりたいんです

ひょっとして、ネコに変身する想像をしたことがあるだろうか？

ネコは平均十六時間眠る楽天的で好奇心の強い可愛い動物だ。塀の上に軽々と飛び乗るしなやかな身のこなしと屋根から屋根へと飛び回る軽やかで優雅な動き、高い木の枝から落ちても一瞬で重心をとってふわりと着地する驚くべきバランス感覚を見よ。そして、いったい何を考えているのか見当もつかないあの瞳の深さを見よ。

ネコは本当に素敵な動物だ。ジャガーやチーターといった同族の仲間たちが、減りつつあるサバンナと熱帯雨林で生存を脅かされているあいだ、ネコは逆に都会に入り込んで立派に適応した。信号機のシステムはもちろんのこと、高圧線や電気鉄条網といった触ってはいけない危険区域もよく知っている。何曜日に食べ物のゴミが出るのか、そのゴミ袋が何色かも知っている。嗜好も非常に多様で、しかも寛容でさえあるので、ハムの切れ端、サンマの缶詰、カビの生えた食パン、何度も出汁をとった煮干しのだしがらまで全部食べることができる。このゴミのような食べ物は、優雅で気品のあるネコの口にさほど合うわけではないが、彼らは偏食をすることも不平をいうこともない。自分に与えられたこの世界の条件を黙々と受け入れるのである。

だが、都会のあらゆるゴミを食べていても、ネコは依然として野生のプライドを持っている。飼い主の懐で可愛らしく尻尾を振ってやる対価として餌と寝床を保障されるペット用のイヌたちとは次元が違うのだ。家ネコでも野良ネコでも、彼らは誰にも従属することはない。ネコには決して飼い主はいない。仲間や召使いがいるだけだ。あなたはネコを飼っていると思っているだろうが、ネコはあなたを決して自分の飼い主とは思っていない。おそらく執事や召使い程度に、よくて仲間程度に思っているはずだ。あなたがもし執事として当然すべき仕事をしなければ、ネコは厳しく「ニャオン！」と叫んで警告するだろう。「ニャオン！」それは餌入れが空だ、という意味である。

とりあえず腹を満たすと、ネコは再び公園と屋根と電柱とビルでできている彼らのジャングルを自由に歩き回る。飛び上がり、走り、伸びをし、潜む。都会で暮らしているが、ネコは依然としてジャングルの身体を持っている。野性的でありながら同時に都会的なもの！　ネコの肉体を持つということは、そのくらい素敵なことなのだ。

パブロ・クルーガーはこう言った。

「このえげつない都会で人間が幸せになれる唯一の方法はたった一つだ。それはネコに変身することである」

「おいおい、人生はおふざけか？　せいぜいネコなんかに変身する想像でもしながら時間を潰すほど人生は暇なのか？」とあなたは嫌味を言うだろう。私が言いたいのはまさにそれだ。人生はおふざけではないのだ。ネコがいくら魅力的でも、人間がネコに変身したりしてはいけないのだ。なぜか？人生はおふざけではないから。

だが私は、ネコに変身したいと毎朝電話をかけまくってきたあのひたすらうっとうしい男、ファン・ボンゴン氏とついに会ってしまった。もちろんそれなりの事情があった。先日、ファン・ボンゴン氏は本当に自殺を図った。どこで手に入れたのか、睡眠薬をなんと百六十錠も飲んだという。そんなに飲んで生き延びたことがすごいのではなく、そんなにたくさんの錠剤を喉にぎゅうぎゅう押し込んだことのほうがすごい。幸い発見が早く、適時に病院に搬送されて胃の洗浄を受けることができた。運がよかったわけである。

私が店に着くと、彼はすでに酒をしこたま飲んだ状態だった。テーブルの上では、もう四本の焼酎が空になっていた。疲れた眼で私を見ながらボンゴン氏が言った。

「私は今、恋をしています。私は恋をしてるんですよお。あなたはそれがどういう意味か解りますか？　愛する人が望む姿に完璧に自分の人生を変えられないなら、人生に何の意味があるんでしょうか？　彼女が決して愛せない姿で一生、生きていかなきゃいけないと思うと、辛くてたまりません」

彼は手に顔をうずめて泣き出した。ファン・ボンゴン。身長百九十センチに体重はなんと百三十キロもあるたいした巨軀である。そんな男が今、私の前で恋を語りながら泣いている。店の中で食事をしていた人たちが私をじっと見る。まったく、みっともないったらありゃしない。

「まったく、騒々しい恋ですね。だからといって、人間がネコに変わろうなんて話になりますか？」

私が言った。

「彼女はネコが大好きなんです」

「ええ、当然そうでしょう。ネコはとても可愛い動物ですから」

「彼女は私に全く関心がありません。彼女にとって私は木の切れっぱしみたいな存在なんです」

「ひとによって好みが違いますからね」

「当然ですよ。私も自分が嫌いです。見てください。いったい愛されるところが一つでもありますか？」

「まあまあ、そこまで大ごとにする必要はありませんよ。ボンゴンさんはある意味ちょっと重いタイプではありますけど、好みが独特な女性もたくさんいますから。ボンゴンさんのようにどっしりしたタイプが好きな女性も探せばたくさんいるでしょう」

「私は彼女だけを愛しています」

「努力でどうにかなることならともかく、恋というのはそうじゃないですよね？　しかもネコに変身するのはなおさらですよ。ここまできたら、そろそろ諦めてもいいいんじゃないですか？」

「私は彼女しか愛せないんです」

「今はそう思うでしょうけど、そんな気持ちはいっときのことですよ」

「そんな気持ちはもう十七年目です。時が経つほど強烈になるんです。私の人生は彼女に運命付けられています」

さっきから続いている輪唱みたいな言葉遊びに、私はすでに疲れた気分になった。出口のない迷路をずっと彷徨っている気分、というか。自殺しようとするなんてよっぽどだったんだな、と気の毒にもなるが、こんなたぐいの会話も私のタイプではない。

「どうしてもその女性でなければいけないなら、少し痩せてみるとか。少し痩せればスタイルがパッと変わって見えますよ。とりあえず背は高いですからシャープに見えるでしょうし。顔の肉は一番先に落ちるそうですから、今のようにゴム風船みたいに見えることもないですし。ですから、スポーツジムにも通って、ジョギング……そうですよ、体脂肪を取るなら有酸素運動、あれをしないといけないらしいですよ」

「私の話がまるで解らないんですね。私がどんな人間に変わったとしても、彼女は私を好きになりません。私でない別の人間であっても、です。彼女は人間に感情を持てないのです」

「それはどういう意味ですか?」

「彼女は感情を持てない病気に罹っています。人間とどんな情緒的な交感もできません。哀れみも、慈しみも、同情も、憎悪や怨恨のようなものさえも湧きません。だから彼女は人間に無関心なのです。彼女はこう言いました。『あなたがマツやススキに無関心なように、私は人間に関心がないの。私だって人間を愛そうと何度も努力してみたわ。でもだめなの。私の心には何も生まれないのよ』」

「解離性同一性障害ですか?」

「よく分かりません。医者はみな、感情をつかさどる脳が壊れているのだ、と言います。でも、それは医者がよく知らずにほざいていることです。彼女の脳が何の感情も持てないほど壊れているわけではありません。少なくとも彼女はネコを愛していますし、ネコのために悲しんだり喜んだりもしますから」

ボンゴン氏は酒を飲み続けた。感情が持てないという女を愛して十七年目のこの愚鈍で頑固な男のそばで私も酒を飲み続けた。かける言葉が浮かばなかった。

感情を統制する頭脳組織の異常によって愛情や恐怖が感じられない人々がいる。交通事故、疾病、放射能汚染、遺伝性疾患等の理由で脳が損傷した彼らは、論理と認知推論能力が全く損なわれないまま感情をつかさどる頭脳組織だけが損傷した人々である。直近の『サイコロジカル・サイエンス』に発表された研究結果によると、感情を持てない人々は、金融、投資、ギャンブルといったことに正常な人よりはるかに優れた能力を発揮する。彼らは恐怖という感情を持てないので、投資リスクが非常に高い状態でも冷静かつ理性的に賭けに臨むことができるからだ。実際にウォール街で名を馳せている投資家の中には、感情を持てない人々が相当数いるという。

ファン・ボンゴン氏が愛するキム・ユリ氏もそういう類いの疾患をもつ人である。だが、非常に特異なことに、ネコに関してだけは感情中枢が生きている。これに関して、どんな医者も適切な説明ができずにいる。キム・ユリ氏の病気は特別な外傷によって生じたものではない。それは彼女が幼少の頃から極めてゆっくりと進行した。見た目に何も症状が現れなかったので、誰も彼女が病気であることに気づかなかった。

「私は孤児院で育ちました。そして彼女は孤児院の院長の娘でした。院長は非常に立派な人でした。全ての子供を実の子のように扱ってくれました。だから彼女は、私たちと同じ服を着て、同じ食事をしました。そして私たちが寝る場所で一緒に寝ました。院長が全ての孤児を実の子のように扱ったせいで、むしろ彼女は孤児のように育つことになったわけです。でも彼女は優しい子供でした。院長の娘だからと威張ることもなかったし、自分に何かをもっと特別にしてほしいと不平を言ったりもしませんでした。誰かを妬むことも嫌うこともありませんでした。逆に、自分の持っているクレパスや人形といったものを孤児院の子たちによくくれたものです。とても静かな子供でした。笑うことも泣くこともない不思議な子供でもありました。彼女はいつも孤児院のケヤキの木の上に座り、みんなを見下ろしながら過ごしました。私は十七年前から彼女を愛しています。いつも彼女を見てきましたし、今も彼女のそばをうろうろしています。院長が亡くなるとき私に伝えた遺言も、彼女の面倒をみてほしい、というものでした。ですから、私は彼女の周りを相変わらずうろうろしています。そして、たまに彼女が私を呼ぶと駆けつけます。彼女はとてもたくさんのネコを飼っているので、一人では大変な役目があるのです。彼女はそんな私を有難いと思っています。もちろん理性的に。彼女は私に何か感情を抱いてみようと努力もしました。しかも私たちはセックスを試みたこともあります。でも、できませんでした。私がカバを愛したりカバとセックスをしたりできないように。彼女は私とセックスをすることができないのです」

ファン・ボンゴン氏の話によると、ユリ氏はネコに狂おしい愛情を注いでいた。彼女はすでに四十九匹のネコを飼っている。ネコは自分のテリトリーを非常に重視する動物なので、狭い家に四十九匹のネコを飼おうとすれば、並ならぬ愛情と関心が必要になる。しかも彼女はほぼ全種類のネコを飼っている。しかしそれは愛玩や庇護とは全く関連がない。彼女はどんなネコでもかまわない。高価なネコだろうが、雑種だろうが、可愛かろうが、不細工だろうが、彼女にとっては全く関係のないことだ。「彼女は四十九匹のネコを自ら育てています。そして餌が見つからない野良ネコたちのために、路地ごとに餌を置いたりもします。それを全部あわせると、彼女が育てているネコの数は実におびただしいでしょう。車にはねられて足が折れたり内臓が飛び出たりしたネコたちも放っておくことはありません。いつだったか、オートバイにはねられて内臓をむき出しのままズルズル這っていたネコを見て、狂わんばかりに声をあげて泣きじゃくりました。『なんて卑怯な人間なの、なんてひどい人間なの』と叫んだのです。そのとき彼女は悲しみにくれてわあわあ泣いたのですが、孤児院の頃を含めて彼女が泣くのを見たのはそのときが初めてでした。笑うことも泣くこともない子供でしたから。彼女はその内臓がむき出しのネコを胸に抱いて動物病院まで駆けていきました。でも結局そのネコは死にました。彼女は三日間、食事もしなかったのです。彼女は自分が稼いだお金の殆どをネコのために使います。ネコの餌を買い、ネコの砂を買い、ネコのシャンプーと玩具《おもちゃ》を買い、ネコが遊べるようにキャットタワーも自分で作って。怪我をしたネコを手当てし、野良ネコの世話をします。ネコに心から憐れみを感じ、ネコを心から愛しているのです。でも人間には関心がありません。ある日、彼女は私に、愛って何？　と尋ねました。私の胸は愛ではちきれそうなのに、彼女に愛とは何なのか教えてあげられませんでした。彼女は私に『あんたがネコになったら愛しあえるのにね』と言いました。その言葉が忘れられません。私は彼女に愛とは何なのかを教えてあげたいのです。愛がどんなにしっとりしたものか、愛がどんなに温かいものか、愛を交わすことがどんなに尊いものなのか。私たちにできる唯一の美しいことが愛すること以外にないということを」

ボンゴン氏のとろんとした目から涙がこぼれた。ボンゴン氏は手の甲で涙をぬぐい、焼酎を一杯あおった。私もかける言葉がなくて焼酎をあおった。酒は薬のように苦かった。

私は午後のあいだずっと酒を飲みながら、この巨軀の男が語る愛の話を聞いた。そして正直に言うと、愛する者のために自分の全てを、頭のてっぺんからつま先まで変えようとするこの男の純情に感動した。ボンゴン氏の言うことは正しい。愛する者のために自分の全てを全力で変えられないならば、この街でのクソみたいな生活というものにいったい何の意味があるのか。その日は酒をしたたか飲んだ。ボンゴン氏も酔い、私も酔った。その日、ボンゴン氏は泣いた。私も泣いた。そして私は決心した。

「よし、この男をネコに変身させよう！」

私は、人間は世界の鏡であると学んだ。ボンゴン氏を知ってから、自分が知っている世界の有り様を疑った。ボンゴン氏が映して見せてくれた世界は、私が知っている世界をひっくり返した。何かが間違っている。ボンゴン氏であれ、私であれ、その女であれ、この世界であれ、とにかく何かが間違っている。それが何であっても、何かが間違っているならば、我々に必要なのは、まさに変化だ。

それでも、ネコに変わりたいなんてとんでもない、とあなたは相変わらず嗤うだろう。嗤うなかれ。それは僅か数時間前に私が言ったことだ。嗤っても現実に何の役にも立たず、我々の人生のいかなる不幸も救えない。だからネコに変身する呪文や妙薬、あるいは特別な秘法を教えてくれるのでなければ、どうか口をつぐんでほしい。今の我々に必要なのは、ただネコに変身する魔法だけなのだから。

「本当にネコに変身した人がいるのですか？」

「ええ、いますよ。

パブロ・クルーガーというスペイン系アフリカ人です。

ネコの変身に成功した伝説の人です。

その方は人間としても立派な人生を送りましたし、

ネコとしても偉大な人生を送られました。

凄まじい孤独と忍耐、厳しい自己修練の末にその方は偉大なネコに生まれ変わることができました。ネコを夢見るこの世の多くの人々にとって真の鑑《かがみ》となられたのです」

「その偉大な方はネコに変身した後どうなりましたか？」

「よい家庭にもらわれました。ネコを本当に大切にするご夫婦でしたよ」

「あっ！　はい……」

魔法使い

偉大なる魔法使いにして著名なオカルト学者でもあったカラド・デ・ラックラは『消えた魔法使いを探して』という著書で魔法使いについて次のとおり述べた。

あなたは永遠に魔法使いを見つけられないかもしれない。それは魔法使いがこの世に存在しないからではない。あなたが夢みることを止めたからである。この世で魔法はあまりにもありふれている。従って魔法使いもありふれている。

魔法使いに会いに来た。バカバカしいことだ、というのは自分でも分かっている。人間がネコに変身するなんて、はなからバカバカしい考えだ。しかし、これが十三号キャビネットをひっくるめて私が知っている唯一の方法である。そして、ネコに変身できなければすぐにまた自殺を図るだろう人のために私ができる唯一のことでもある。だから、人間がネコに変身することが可能なのか、一応調べに来た。笑うなかれ。私だって恥ずかしい。

魔法使いは太白山《テベクサン》のふもとにあるキソク（奇石）という村に住んでいた。かつては栄えていたが、今は寂れつつある石炭産業の現場には、顔を黒くした鉱夫たちが別のチームと交代するために出勤していた。線路の片側にある石炭の野積場では風が吹くたびに石炭の粉が舞った。列車が一日にたった二回しか停まらない簡易駅では何人かがうろうろしていた。魔法使いのまがいものにでも見える者はただの一人も見当たらなかったので、我々は魔法使いが未だ来ていないのだと思った。ところが、駅の前でうろうろしていた人の中で（内心一番そうでないことを願っていた）みすぼらしい身なりの男が近づいてきて私に声をかけた。

「クォン博士の下で働いているというのはおまえさんかね？」

タメ口で始まる彼の質問に、私はうっかり「はい」と言った。その魔法使いが我々をじっと見つめて真っ先に尋ねたのは「ここまで来たんだから、もちろん少しカネはあるな？」で、私がそうだと答えると、その次に言ったのは、じゃあマッコリでも一杯おごれ、ということだった。なので、私はイイダコとサムギョプサル、キュウリとニンジン、ニンニクと唐辛子、そして魔法使いとネコに変身したい百三十キロの男と一緒にマッコリの店に落ち着くことになった。実にファンタスティックな出会いではないか。ワクワクしたかって？　ああ。ワクワクしすぎて、朝っぱらから列車に乗ってここまで訪ねてきた自分の足首を切り落としたい心境だった。

「なんと、女に振られてネコに変身する、とな？」

焼酎を立て続けに六杯も飲んでからようやく魔法使いが口を開いた。何日か絶食した人間が飯を食うように、しょっぱなから酒をがぶがぶ飲みまくる。アルコール依存の症状があるように見えた。風呂に長いこと入っていないのか、身体からむっと臭ってくる。仙人系は元来そういうものらしいが、なんだか私の前にいる魔法使いという人間はホームレス系のように見えた。

「振られた、振られてない、愛している、愛していない。その、そういう問題ではありません。その女性は人間には特別な感情を抱くことができず、ひたすらネコだけと情緒的な交感をする人なのです」私が横から言った。

「五十歩百歩。そういうことじゃないのか？　つまりその女は、ネコは好きだがおまえさんは嫌いなんだろう？」

「はい」ボンゴン氏はその大きな図体を精いっぱい小さくしながら恭しく言った。

「おまえさん、本当にネコとして生きられるか？」

「私は人間よりネコのほうがいいです。本気でネコに変身したいです。頑張ります。助けてください」

ボンゴン氏が魔法使いに恭しく酒を注ぎながら哀願した。一瞬、そのムカつく〈頑張ります〉という言葉にもうんざりし、うんと偉そうな胡散臭い魔法使いにも腹が立った。私がこの魔法使いを訪ねてきたのは、彼が十三号キャビネットに入っている唯一の魔法使いだったからだ。他の魔法使いをクォン博士は保管していない。偽物だと考えたからだ。殆どの資料はそのままゴミ箱に入り、何人かの研究対象は参考資料としてのみ保管されている。つまり今ホームレス風のこいつは、それなりに厳しいクォン博士の検閲をパスして魔法使いのファイルに陣取った唯一の魔法使いというわけだ。ひょっとしてファイルが入れ替わったんじゃないだろうか？　魔法使いとボンゴン氏はずっと話にならない話を交わしていた。

「ネコに変わってどうする。ネコになれば、その女が結婚してくれるとでもいうのか？」

「私はあの美しい女性の夫になって彼女とセックスをして子供を作りたいという不届きなことを考え

たことは一度もありません。私はただ、彼女のそばにいられればいいんです」

魔法使いはグラスを空け、生焼けのイイダコを口の中に入れて咀嚼しながら長いこと何かを考えているらしかった。そして口を開いた。

「その女を忘れちまえ。それがすっきりする」

そして再び口をぎゅっとつぐみ、酒を飲んでばかりいた。イイダコを咀嚼するその口を一発殴ってやりたいと切に思った。


魔法使いは風邪をひいているのか、ときどき鼻をすすった。彼が脱いだ靴からは、とうてい形容しがたい凄まじい臭いがした。彼が履いている靴下はあまりにも汚くて、本来の色が何だったか推測することさえできなかった。疑いに満ちた眼差しで私は彼を見つめた。

「簡単な魔法でも見せていただけますか？」

彼のグラスに焼酎を注ぎながら私が言った。

「簡単な魔法を見てどうする？　おまえさんはわしが胡散臭い薬売りに見えるのか？」

腹で（はい）と言いたい気持ちが煙突のように突き上げる。正直、彼は胡散臭い薬売りにも及ばない御仁のように見えた。しかし、ここまでついてきたボンゴン氏を思い、一応おだててやった。

「わが国で最高の魔法使いとおっしゃっていましたよ？」

「誰が？」

「クォン博士です」

「嘘だ！」

「本当ですよ」

「あのクソじじいは魔法を信じとらん。もちろん魔法使いも信じやせん。以前ここに来たときに、わしと大喧嘩をした。魔法を信じとらんくせに、何のために魔法使いを訪ねてくる？　イカれた老いぼれめが」

彼はクォン博士を思い出すと、不愉快になったのか、再び酒を急いで何杯か飲んだ。横でボンゴン氏は不安そうに座っている。イイダコとサムギョプサルはすっかり食べてしまい、鉄板が空になっていた。魔法使いは箸を持ち上げて、名残惜しそうに再び置いた。私は一人で生焼けのイイダコとサムギョプサル三人前を平らげたこのいまいましい輩のために、新たに三人前を追加した。

「たくさんお召し上がりください」私は魔法使いに焼酎を注ぎながら言った。

「あのな、この店はハマグリ汁も旨いぞ」

魔法使いがちょっとバツが悪そうに言った。ムッとしたが、ハマグリ汁も一つ注文した。

「魔法使い様、この人は遊びでネコになろうとしているわけではありません。本当に真剣で切実なんです。ネコに変身させてくれというわけではなく、そんなことが可能なのかお話しいただきたいのです。魔法使いの立場で」私が言った。

「おまえさんたちは人間が他の存在に変身することが遊びだと思っているのか？　映画に出てくる変身の魔法があるだろう。呪文を唱えると幽霊にパッと変わったりするやつ、あれは全部ウソだ。あれほどのベテランがいるという話は、魔法使い人生五十年で聞いたこともない。それに、あんなのは魔法じゃない。魔法は長い時間をかけて徐々に起きるものだ。実際つきつめてみれば、人生というものは全て魔法で、自然というのは全て魔法だ。生まれたばかりの小さい子供がこいつのように図体のでかい若者になり、再び小さくなって腰の曲がった老人になり、土に還って風になる。たいしたことでもなさそうだが、考えてみると奇跡的なことじゃないか？　あの木を見ろ。春には花が咲き、夏には果てしなく鬱蒼とし、秋には豊かに実り、冬にはあのたくさんの葉と実を落としきって四季の死を迎えるではないか。実に神秘的なことだ。こういうものは全て魔法だぞ」

何を下らないことを言ってるんだ。私はちょっとイライラしながら言った。

「いえ、役にも立たない哲学的な話ではなくてですね。つまり、ずばりネコに変わるのは可能なのか可能でないのか。ええと、それだけ教えてください」

「可能さ」

「可能なんですか？」ボンゴン氏と私はびっくりして同時に言った。

「もちろん。だが、昔の魔法の時代のあの超ベテランたちも十年二十年かかった。おまえさんのような者がネコに変わろうとするなら、少なくとも三十年は頑張らないとな」

「三十年ですか？」私がびっくりして訊いた。

「三十年なら可能ってことですか？」

ボンゴン氏が目を輝かせながら言った。まったくお人よしだ。あのなあ、三十年だぞ。君がネコに変身したら、その女はもう婆さんだぜ。

「三十年でも短いくらいだ。変身をしようとするなら、まず体と心をつくらねばならん。まずはせっせと節食と食事療法をして体内の悪い気を追い出さねばならん。体を鍛えつつ心も鍛えるのだ。つまり、異なる存在と和す精神と異なる存在と交わる肉体とが同時になくてはならんのだ。水と和し、木と和し、風と交わり、花と交わり」

「三十年あれば本当にネコに変身できるんですよね？」ボンゴン氏が不安そうに再び訊いた。

「しかし、わが国でネコに変わったという話はまだ聞いたことがない。やはりクマやトラがわが国では一般的かつ伝統的だな」

「それが一般的かつ伝統的なんですか？」私が訊いた。

「檀君神話［朝鮮半島の始祖とされる檀君にまつわる神話］にあるじゃないか。つまり檀君神話によると、その時代に人々はみんなクマやトラに変わろうとしたという話だろう？　今はみんな芸能人になりたがるが」

「檀君神話のどこにそんな話が？」

「おまえさんは大学を出たのか？」

「はい」

「大学まで出たのにそんなことも知らんのか？　大学の水を飲んだら、そのくらいは察しないといかん。旧石器時代に生まれたと考えてみろ。毛もまばらで皮もみすぼらしいわ、力もなくて弱いわ、しかも走るのも遅くてうまく逃げられない。そんな人間に生まれてあの殺伐とした野生の世界で暮らしたいか？　それとも、天敵もいない、そこらへんにシカ、シマウマみたいな新鮮な生肉の餌がころがっている。食いたければ食い、眠りたければ天下に憂いなく広い草原でのんびり寝そべって眠れるライオンに生まれたいか？」

「ライオン」

「沼ならフナやカエルとして生きたいか、ワニに生まれたいか？」

「ワニ」

「海ならイワシに生まれたいか？　サメに生まれたいか？」

「サメ」

「ほらみろ。僅か一万年前までは人間として生きたい者は一人もいなかった。みんな人間よりも動物になりたがり、動物を崇拝していた、ということだ。ところで、どんな動物に変身するかが問題だが、朝鮮半島の山岳地帯では、なんといってもクマやトラが相応しかった、ということだ。当然その頃には、クマやトラに変身する魔法が非常に発達していただろう。方法も様々で、変身による副作用と後遺症を減らす薬草学も発達していたしな。ところが、呆れたことに、ある日、熊女《ウンニョ》が桓雄《ファヌン》を訪ねてきて『人間になる』と言ったわけだ。みんなクマになろうと必死なのに、逆にクマから人間になろうとするとはな。これは魔法の歴史において我々魔法使いの運命を変えた驚くべき衝撃的なことだった。つまり熊女は初めて魔法の世界から抜け出して人間の力で生きてみようとした存在なのだ」

「それで、魔法使い様はトラやクマに変わってみたことがありますか?」ボンゴン氏が訊いた。

　すると、酒に酔った魔法使いがカッとなった。

「今の世でなぜトラに変わるんだ!　どの路地にも一一九［消防署］のおっさんがいるわ、どの通りにも警察がいるのに。トラに変わって動物園に連れていかれて飼育される必要があるか?　それとも見境なくクマに変わって侮辱されるつもりか、ってんだ。最近はクマを捕まえてストローで肝を吸って、冬眠しているクマの足の裏を切り取ってスープにして食うそうだが、恐ろしくてかなわん。おとなしくしているのに、誰かが自分の胸にストローをいきなりブスッと挿して肝をチューチュー吸うと想像してみろ。じゃあ、そこに向かって何と言うのだ?　『おじさん、食事中に申し訳ないんですけど、実は私、クマじゃないんですよ』とか言うのか?　わしは考えただけでもゾワゾワする。この世にはまったくおぞましい。いや、いや。最近はクマ、トラなんか流行らん。どこにも使えん。どこにも」

俺はこの情けない会話を続けなければならないのか？　俺はここにいったいなぜ座っているのか？　とまあ、そんなことを考えたが、すでにイイダコも三人前を追加してしまったし、今日一日はどうせ台無しになったのだろうし、それに帰る便もなくなったし、なので、なるようになれという心境で座っていた。ボンゴン氏も魔法使いに会ってちょっとがっかりしたらしい。私たちは暫く酒を飲んだ。

「その変なイヌの糞みたいな哲学じゃなくて、何か実体のあるものはありませんか？　こう言ったら本当に申し訳ないですが、全部口ばかりで、とても信じられませんよ」

私がちょっと意地悪く言った。酒も飲んだし、もうどうにでもなれ、という心境で。

「ああ！　こいつはまったく。わしを胡散臭い魔法使いにしたいんだな」魔法使いがぼやいた。

そして、グラスの上にゆっくりと手のひらを当てた。すると、グラスの中の酒がブクブク気泡を出しながら沸くと、卓球のボールの形に丸まって宙にフワッと浮いた。本当に宙に浮いた。テーブルからなんと三十センチも。酒はボールの形をした液体の状態でゆっくりと回転しながら魔法使いの手のひらの上にプカプカ浮いていた。ボンゴン氏と私は口をあけたまま、魔法使いの手のひらの上に浮いている酒をぼう然と見つめた。私は顔を突き出して三センチまで近づいてみても、この光景がとても信じられなかった。箸で宙に浮いている酒を上下にシャッシャッと切ってみても酒は変わらずプカプカ浮いている。魔法使いは、その宙に浮いている酒をボンゴン氏の空いたグラスに注いでやった。

「わしらは本質的にみんな同じ存在だ。自分と水、水と木、木と風は全て同じ存在なのだ。つまり、わしらは何にでも変われるのだ。互いに同じなのだから」

ボンゴン氏は魔法使いの魔術ひとつで、もう気が変わったらしい。感激してグラスを持ち上げると一気に飲んだ。すると、ちょっと怪訝そうな表情をした。

「これは水ですけど?」

「実に悲しいことだ。わしは酒を水にするが、水を酒にすることができん。だから、わしは何の役にも立たない魔法使いなのだ。わしが唯一学びたい魔法は水を酒にすることだけなのに」魔法使いが本当に悲しくて残念だという表情で言った。

「山に籠らなくてはいけませんか?」ボンゴン氏がひどく真面目な態度で言った。

「やぶからぼうに、いきなり山とは何だ?」

「道《どう》を修めなければ」ボンゴン氏が今度はきっぱりと言った。

「道を修めるのに山になぜ入る? そうでなくても方々のチンピラが山に潜り込んできてうるさくてかなわんのに。道は家で職場に通いながら修めればいいのだ。何しに山に行く? ゴミも片付けん奴らが道を修めてどうする? 基本がなっとらん、基本が」

「じゃあ、魔法使い様はなぜ山で修練を?」私が訊いた。

「こいつめ、それは基礎生活費が少なくて済むからだ。わしとて山で暮らしたくて暮らしていると思うか?」

魔法使いが山を荒らす者たちについて一席ぶとうとしたときにハマグリ汁が運ばれてきた。魔法使いが一席をやめてガツガツとハマグリ汁を食べた。ボンゴン氏と私も魔法使いに倣って味見をした。実に旨かった。

「本当に気絶するくらい美味しいですね」ボンゴン氏が心底感嘆しながら言った。

本当だった。もしも私が死刑囚になり、死ぬ前に最後に食べたい料理は何かと言われたら、躊躇わずこのハマグリ汁を選ぶくらい素晴らしい味だった。私たちは一切の会話をやめ、争うようにハマグリ汁に首をつっこんですぐに一杯を平らげた。

「料理も魔法の一種じゃないか。料理もやはり火と材料と妙薬と呪文の饗宴だ。でなければ、こんな素晴らしい味が出るはずがないからな」

私たちはそのハマグリ汁を立て続けに五杯も注文して食べた。本当にいくら食べても飽きそうもない味だった。九十歳を超えていそうな腰の曲がったおばあさんが五回目のハマグリ汁を運びながら「もうハマグリはないよ。この腐れ野郎どもが」と言ったので、かろうじて五杯で済んだのである。五杯目のハマグリ汁を平らげたとき、私たち三人はみな、かなり酔っぱらっていた。


酒に酔った魔法使いは、〈炎の歌〉という一度も聴いたことのない不思議な歌をフンフンと鼻で歌い続けた。魔法使いたちの精神的な故郷であるスペインについて一席ぶった。十七世紀に入って魔女が乗り回す箒の方向を変えたのは魔法飛行史において革命的なことだった、とも語った（それまでは穂のほうを前にして飛んでいたが、十七世紀からは柄のほうが前になり、ろうそくも付けるようになったという。一種のフォグランプのことである）。魔法使いは、自分の父親も祖父も魔法使いだと言った。祖父は北朝鮮にいる友人の魔法使いの家に遊びに行ったのだが、空中浮揚で休戦ラインを越えようとして鉄柵に服がひっかかり、警戒兵の銃に撃たれて死んだ、という、ありえない話をした。自分の額にある傷は若い頃に空中浮揚の練習をしていて木の枝にぶつかってできたものだ、とうそぶいた。人間がクマとトラを崇拝していた頃が懐かしい、と言う。クマに変身したら崇拝をすべきなのに、それをストローでチューチュー吸ってどうする、と嘆いた。魔法の凋落は無暗《むやみ》にクマから人間に変身した熊女のせいだ、熊女が憎くてたまらない、あのときから魔法の歴史はずっと凋落の一途をたどった、とありえないことを言った。ボンゴン氏は、ユリ氏のことを語りながらまた泣いた。ユリ氏が人間に対して抱いている唯一の感情はネコを苛める人たちに対する嫌悪だけだ、と言い、そんな地獄で生きている彼女が可哀想だ、と泣きに泣いた。魔法使いはボンゴン氏の肩を叩きながら、自分が責任をもってネコに変身させてやるから心配するな、と言った。ボンゴン氏は魔法使いにひれ伏しながら、本当に頑張る、この恩は忘れない、と言った。

私は、回る酔いとしきりに閉じようとする瞼で、こんなに情けない宴会は生まれて初めてだ、と思った。

もっと飲もうという魔法使いをやっとのことで帰し、ボンゴン氏と私はキソクの粗末な旅館の部屋で横になった。

「あまりがっかりしないでください。何か方法があるでしょう」私が言った。

「いいえ。私は魔法使い様のお言葉を信じます。今日は本当に大きな勇気を得ました。明日からはジョギングもするし、フラフープもやります。魔法使い様の言うとおり、異なる存在を私の体内に取り込んで、それと交われる精神と肉体を持たなくちゃいけませんから。明日からは本当に頑張って生きなくては」

そうしてボンゴン氏はすぐに眠りについた。キソクの真っ暗な旅館の部屋。図体くらい大きな鼾をかくこの男は本当に大きな勇気を得たらしい。私は想像力の力を信じる。私は十三号キャビネットの管理者だから。そこで起こりえないことは一つもないのだから。ゆえに、偽物の魔法使いの教えによって本物のネコが生まれるかもしれないのだ。体重が百三十キロもある超スーパーウルトラネコが。

ある魔法使いが私のところに来て言った。

「信じられないでしょうが、魔法使いはずっと前から南北交流を行なってきました。南北の魔法使いたちは四年に一度会って南北会談をするのです。実は、この程度でも南北の関係回復の端緒が開かれたのには魔法使いたちの役割が大きいのです。

ですが、最近は偽物が紛れ込んだりするので、それなりに試験があります」

「試験とはどんな？」

「東大門《トンデムン》を飛び越えます」

「その東大門というのは、ひょっとして鍾路《チョンノ》五街を過ぎると見えてくる、あの？」

「ええ、あれです。あれを越えられたら会談に参加できて、越えられなければ参加できないわけです」

「たかだか東大門を飛び越えた南北の修道者が集まって何をするのですか？」

「そりゃあ、離散家族、南北統一、北の核武装、食糧問題、話すことはいっぱいありますよ」

別の魔法使いが私のところに来て言った。

「信じられないでしょうが、魔法使いはずっと前から南北交流を行なってきました」

「その話は聞きました」

「じゃあ、偽物を見つけて基本的な道力をチェックするために南大門《ナムデムン》を飛び越える、という話も聞きましたね？」

「東大門じゃなくて?」

すると、その別の魔法使いがきっぱりと言った。

「南大門です。東大門は偽物が行くところですよ」

「あっ! はい……」

病室

「研究所はどうだ?」

クォン博士が読んでいた本を置いて訊いた。

「いつも同じですよ、ええ。落ち着かないし、ゴリ押しと邪魔立てが飛び交うし、しょうもない電話相談に……」

「週末に太白山に行ったそうだな?」

不思議な老人だ。この病室に横たわって、どうやってそんな情報を聞きつけるのだろう。最も近い者も信用しない妙な意固地。あちこちアンテナを張っていなければ不安で耐えられない偏執症。それがクォン博士を壊したのだろう。私はよそ見をするように窓の外へそっと顔を向けた。

「わしの話を無視する気か?」

「私が太白山に行かなかったら、ボンゴンさんは今頃、棺桶に入っていたでしょうよ。図体がデカいから特大の棺桶にね」

「無駄なことだ。しかもその魔法使いはインチキだし」

「酒を宙に浮かせる魔法も見ました」

「だからあいつはインチキなのだ。そんなことは手品師でもやれる。それを見せただけで、またデタラメなクソ哲学を並べたてたんだろう」

「大事なのは偽物か本物かじゃないんです。希望ですよ」

「で、その図体のデカい奴は希望を持てたのか？　偽物の手品に騙されてネコに変身でもしたのか？」

「ええ、毎朝ジョギングもしていますし、スポーツジムにも入会しました。週末には山にも登りますし、ヨガも習うそうです。いつになく健康に一生懸命に暮らしています。以前は夢にも考えられなかったことですよ」

「我々はブローカーじゃない。彼らに何もできないし、してもいかんのだ」

「じゃあ、博士はあの古いキャビネットに、なぜ四十年もしがみついていたんですか？　彼らにささやかな希望も与えられないくせに。私だって、その、好きで貴重な週末にキソクまで行ってきたわけじゃないですよ」

　思わずムッとなって怒鳴った。クォン博士は驚いた表情をした。何とか言おうとして、いつもと違って口をつぐんだ。そして窓の外に顔を向けると、暫く黙っていた。私たちはどちらも黙って窓の外を眺めた。病室は静かだった。クォン博士が入院した個室はどうにも侘しくて、点滴の落ちる音がポタポタと聞こえてきそうだった。ところで、クォン博士が個室に入院するなんて実に不思議なことだ。彼が自分のためであれ他人のためであれ贅沢をするのを、私はただの一度も見たことがなかった。地方に出張するときも列車とバスを利用した。不思議な人々が暮らしている場所はうんと奥まった場所でもあったので、ときには半日近くも歩いて行かねばならない道もあった。クォン博士は歩いた。昼飯としては、いつもカステラとバナナ牛乳を買った。クォン博士はカステラが好きだった。私はカステラが嫌いだった。しかし我々はいつもカステラを食べた。「この世にカステラより安くてきちんと昼飯を済ませられる方法はないな」とクォン博士は言った。だから私は、カステラよりもきちんと昼飯を済ませられる方法は少なくとも百万通りはある、と言ってやった。しかし、その後も我々はいつもカステラを食べた。なのに、そんな彼が個室とは、不思議な贅沢ではないか。

窓の外を眺めていたクォン博士がようやく口を開いた。

「我々はただ記録を保管する人間だ。彼らに何かをしてやれたらいいが、我々にはそんな能力はないのだ。しかも生半可な希望は、この厳しい現実を耐えるための助けどころか、むしろ毒になる。我々はただの保管者だ。ファイルをキャビネットに突っ込んで鍵をかける者。それ以上でも以下でもない。おまえには、それを肝に銘じてもらいたい」

その声は低くて力がなかった。それが落ち着かなかった。「もう一度そんなことをしたらトンカチで歯を全部へし折ってやるから、そのつもりでいろ」クォン博士はこういう口調が似合う。低くて力のない声で「肝に銘じてもらいたい」だなんて。やっぱり似合わない。私が自分の話を理解したと思ったのか、クォン博士はボンゴン氏を連れて魔法使いのところに行ってきたことについて、それ以上は話さなかった。再び窓の外に顔を向けてクヌギの木をぼんやり眺めているうちに寝入った。私は寝顔を暫く眺めた。

彼は死につつある。肝ガンと肝硬変が同時に肝臓のほぼ全部にわたって進行していた。「どうですか？　良くなるでしょうか？」と担当医に訊いたとき、クォン博士の高校の同窓生でもある老医師はほろ苦く微笑みながら「肝臓には奇跡がないんですよ」と言った。医者っぽく「そうですねえ、ちょっと様子をみてみましょう」と言ってもよかったはずなのに、そう言わなかった。肝臓は奇跡を育まない臓器である。クォン博士は研究にばかり没頭せずに、日頃からファイルのかわりに健康の管理もしておくべきだったのだ。カップラーメンやカステラのかわりに、きちんとした食事をしながら。

奇跡がないからクォン博士は死ぬだろう。本人もおそらく知っている。彼は結婚をしなかったから妻がおらず、しかも妻がいないのに性的に保守的でさえあったので子もいない。彼は生涯、研究だけをした。四十年間たった一編の論文も発表しなかったので、彼がいったい何の研究をしていたのか、もはや誰も関心がないけれど。

彼はいったいなぜ私を助手として使ったのだろうか。四十年間たった一人の助手もおらず、弟子も育てなかった彼が、なぜよりによって科学というものと何の関係もない私にこんな化け物たちを任せようとするのだろうか。この七年間ずっと私はそれが知りたかった。そして彼の余命がいく月も残っていないこの時点では、それが重たい。私が十三号キャビネットを任されるということは、どこから見てもどうにも話にならない。

夜遅くクォン博士は再び目を覚ました。私は家に帰ろうとするところだった。

「まだ帰らなかったのか?」

「博士が心配だからじゃなくてですね、地下鉄が混雑する時間を避けたかったんです」

「そんなこったろうよ」

そしてクォン博士は天井を見つめながら急に嘆くようなため息をついた。あれは助走だ。同情を引いて、また何か深刻な頼みごとをしよう、という。だが、もう騙されない。クォン博士は私が予想していたとおり、こちらを向いて草食動物の悲しい瞳で私を見つめた。私は心の中で(もう潮時じゃないですか。博士のかわりに電話相談を受けるだけでも頭が割れそうなんですよ）と言いたい心境だった。クォン博士が何を言おうとも、私はそれに耐える準備ができていない。準備だなんて、これが話にもならない話ということはクォン博士自身のほうがよく分かっているはずだ。

「分かっとるだろう？　わしはもういくらも生きられん。わしが死んだら十三号キャビネットの哀れな者たちはどうなるだろうな？」

「それを私に訊いてどうするつもりですか。博士、人は恥を知るべきでしょう。あれだけこき使ったら、少しは罪の意識みたいなものをもってくださいよ。しかも私は、博士がかかわっていた生物学、遺伝子工学、人類学、考古学、精神病理学について全くの門外漢です。博士に絶対に知っておいていただきたいことが一つあるんですが、つまり、それが何かといえば、私が国文科出身ということです。理工系出身の博士ですから、この専攻の特性をあまりご存知ないようですが、国文科は子音と母音の弁別的資質なんかを研究する学科で、十三号キャビネットにあるファイルがハングルで書いてあること以外にはまるっきり何の関係もないんですよ」

「おまえがぴったりだ。おまえは素っ頓狂なうえに頓馬だからな。しかも実に優しいときている。あのとんでもない詐欺で七年間、無報酬で働いたことだけ見ても分かる」

「私が頓馬だからじゃなくて、博士が可哀想だったからですよ」

「やはりそうか。おまえは頓馬なうえに情に脆いとあっては、この厳しい世の中で生きていくのはまったく大変だな」

「本気で私を博士の後継者にするおつもりですか？」

「わしの後継者？　いいや。わしは失敗した科学者であり敗北した人間だ。わしには後継者なんぞは要らん。わしのかわりに、十三号キャビネットにいるあの哀れな者たちの面倒をみる誰かが必要なのだ。まさにおまえのような者が」

「私にできることは何もありませんよ」

「それはわしも同じだ。この四十年間、わずかばかりの科学の力でわしが彼らにしてやれたことは一つもない。だから、おまえのほうがずっとましだ。わしより力もあるし優しいからな。全てを引き受けろという話じゃない。おまえはただ、彼らを記録して保管するだけでいいのだ。彼らは危険で不吉な化け物ではなく、我々の新たな子孫であり、いずれ我々が受け入れるべき新たな運命であることに人間たちが気づくように」

「もっと適任の方々がいるのではありませんか？　例えば同じ系列を専攻した科学者とか」

「奴らには理解できん。科学は自ら巨大な井戸をつくったのだから」

クォン博士は、もう何も解毒できなくなった肝臓のせいでげっそり痩せ細った手で、何度も刺された注射針のせいで青くアザになったその弱々しい手で、私の手を握った。布団の中から出たばかりなのに冷たかった。

「頼む」

私はどうすればいいのか分からず、それについてどうにかできる能力も資質もまるでないからどうすべきか分からないのは当然すぎて、しかし死にゆく者の前で嘘でもつかねばならない状況であり、けれど今ひと言でもうっかり口を滑らせたら私が丸ごと引っ被りそうな雰囲気だったし、クォン博士は充分に生きたし、だから少し悲しくはあったが人間は永遠に生きられないのだし、されど人道的な次元で何か勇気の出ることを言うべきであるような気もするし、この七年間にしてくれたことなんか一つもないくせにこんな頼みごとをするというのは何かムカつく気もするし、だけど死にゆく者の面前でズバッと「できません」と言うのは人間として冷たすぎるのではないかという気もするし、でも十三号キャビネットを引き受けるなんてそんなふつうのことかと途方もなく恐ろしくもあるし、クォン博士はその純真でウシみたいな瞳を悲しげにパチパチさせながら私を見つめているし、いやはやまったく。

それで私はぐずぐずしていた。宿題が大嫌いな私がそんな頭の痛いことを引き受けねばならないのか。クォン博士が自らの四十年の人生をそっくり捧げた仕事なのに、その仕事を私が引き受けてもかまわないのか。引き受けるとしたら、遺伝工学、分子生物学といった私にとってはメソポタミアの象形文字みたいな本を本当に読まねばならないのか。ああ！　頭がグチャグチャだ。しかし実はそのとき、私はこんなグチャグチャなことを考えていたわけではなかった。正直、私の頭はこんなグチャグチャなことを〈同時に〉考えられる構造になっていない。

私はたぶん、毎朝排便をする四階のトイレの換気扇のことを考えていたと思う。そのトイレには金属製のグルグルよく廻る巨大な換気扇があるのだが、タバコの煙が換気扇の羽にサクサク切られてスッスッときれいに出てゆく。コーヒーと新聞、そしてタバコ一本と共に気持ちよくいきんでいると、私はいつも、自分の魂はタバコの煙を通じて出てゆき、タバコの煙は換気扇を通じて出てゆく、だから私の魂のエキスは殆ど換気扇の羽にサクサク切られて出て行っただろう、という途方もない想像をしたものだった。

私の頭の中に僅かながらうごめいていた合理的な考えは、換気扇の羽にサクサク切られたままで、換気扇の中に吸い込まれていくタバコの煙のように、そうやってどうにも自分の身動きにしかるべき輪郭も持てないまま薄くなって散ってゆき、知らぬ間に舌が勝手に動いて声を出した。

「博士、私は十三号キャビネットが怖いです」

クォン博士は残念そうに私の顔を暫く見つめた。しかし、それ以上催促はしなかった。私はクォン博士にお辞儀をした後、鞄を持って病室を出た。

家に帰る道すがら「自分勝手だよな?」と私は私に問うた。

「ああ、おまえは結局いつも自分勝手な奴だったよ」と私の中の私が答えた。

缶ビールを飲む

誰にでも思い出したくない頃がある。私にとっては一九九七年がそうだ。一九九七年は何とも比較できないくらい最悪の年だった。銀行で働く友人がこんなことを言った。

「不幸は決して分割払いじゃない。必ず一括払いでやってくる。だからいつも処理に困るんだ」

その年の一月。突然お袋が倒れた。病院に運び込んだときには全てが手遅れだった。救急室にいた研修医はおたおたするだけで、看護師は状況を説明する私の話が理解できないらしかった。救急車に運ばれるとき、お袋は死ぬことを悟っていたのか、私の手を握って言った。「安定した職場に入りなさい。それがいいのよ」

いわばそれが、不甲斐ない息子に一番言いたかった遺言だったわけだ。

いまいましい親父は、私が子供の頃に家出したきり生きているのか死んでいるのかも分からず、私は物心ついたときからお袋と二人暮らしだった。母方の叔父が一人いる他には親戚といえる者もいないお粗末な家庭だったから、お袋の葬式はお袋の人生のように侘しかった。斎場の火葬炉にお袋を入れた後、私は叔父に言った。

「僕はもう孤児ですね」

すると叔父は地面でタバコを揉み消しながら言った。

「誰だって最後は孤児になるのさ」

その年の春、私は大学を卒業して世間に放り込まれた。もちろん何の用意もできていなかった。四年生最後の学期である一九九六年の秋から百二十六社に入社志願書を提出し、全て落ちた。私みたいな人間は会ってみる必要もないというのか、七十回くらいは書類選考で落ち、さらに五十回くらいは試験を受けて落ちた。それでも六回は面接を受けて落ちた。白髪まじりの面接官は私に、特別にアピールできる長所はあるかと尋ねた。中央に座っていた彼は社長のように見えた。私はすっかり緊張して「特別にアピールできる長所はありませんが、どんなことでも上手くやる自信があります」と言った。彼は口の端が上がる微笑を浮かべながら「私が君の年頃には世界を征服する自信があった。だが、このザマを見たまえ。君のような世間知らずの若者と言葉遊びなんぞをしているじゃないか」と言った。その面接官の言うとおりだ。今思うと実に世間知らずな答えだった。自信をもってやれることは二十一世紀に何もない。西部開拓時代ではないのだ。二十一世紀に必要なのは自信ではなく、自分の能力が検証された明瞭な資格証と認証書である。

その年の夏、八年七ヶ月付き合った恋人と別れた。正確には、別れたのではなく、彼女はすでに去っていたのに私がそのことをその年の夏に知った、というほうが正しい気がする。彼女は高校の頃から恋人で、いつでも私のそばにいたので、彼女が去ったということがひどく不思議に思えた。どの瞬間に別れることになったのか、よく分からない。別れることについてどちらも尋ねず、どちらも尋ねなかったから、どちらも答えなかった。ある日、電話をしたら彼女は結婚をしていた。笑い話のようだが本当のことだ。久しぶりに電話をして「今まで連絡できなくてごめん。試験の準備ですごく忙しかったんだ。それでなんだけど、週末に会って映画でも観ようか？」と訊いたとき、彼女は小さな声でつかえながら「私、結婚したの」と言った。その瞬間、ほかに言うべき言葉がなかった。あの状況で言うべき言葉があるだろうか。もちろん彼女も言うべき言葉がなかったはずだ。そうして私たちは何も言わずに暫く電話を握っていた。電話の向こうからテレビの連続ドラマの音声が聞こえてきた。ほんのちょっぴり、バリトン風の男の声も一緒に混ざっている。なんて言ったっけ？「ヨボ！〔夫婦が呼び合うときの愛称〕洗面所に歯磨き粉がないぞ？」だったかな。暫く沈黙した末に彼女は「大丈夫？」と心配そうな声で訊いた。私は大丈夫だと答えた。本当に大丈夫な気がした。そして、それが八年七ヶ月付き合った彼女との最後だった。つまり彼女は、私と八年七ヶ月のあいだ恋をして、ある日ふっとバリトン風に歯磨き粉を探す男と結婚した。それだけだ。

愛していたかって？　もちろん愛していた。私なんかがおいそれと見上げることもできないくらい優しくてきれいな女だった。だが逃がした。無気力と不安が霧のように私の人生の周りをうろついていた頃だった。就職は遠い国の話のように聞こえ、私にはアピールできる自慢も経歴も特技もなかった。だから、履歴書を前にして友人たちが「えっ、一人の人生をたった十行に要約しろだなんて、全然話にならんだろ」とこぼすとき、私はその中にぶち込むべきたった数行のまともな人生もなくて惨憺たる気分になったものだ。友人たちに「結婚しないのか？」と訊かれるたびに、私は「ちくしょう、どうやって結婚すんだよ」と腹の中で叫んだ。私は自分の未来の上に彼女の未来を重ねる自信がなかった。

ひどく残酷だったその年の夏には、お袋と私が十年間飼っていた犬が死んだ。ラブラドールレトリバーで、落ち着いていて静かで、理解力のある奴だった。具合が悪くてゼイゼイすることもなく、特に鳴くこともなかった。性格のとおり静かに死んだ。もしかしたら、あいつは私にサインを送り続けていたのに、私が気づかずにいたのかもしれない。もしかしたら、私が知らぬふりをしたのかもしれない。犬を飼ったことのある人は、長いあいだ飼っていた犬を亡くす気持ちが解るだろう。あの悲しみは簡単に説明できない。なぜなのかよく分からないが、私はその日、死んだ犬を抱きしめ、お袋の葬式のときよりもたくさん、より悲しげに泣いた。

翌日、私は死んだ犬を黒いビニール袋に包んで紙袋に入れてから郊外に向かうバスに乗った。山の頂上に犬を埋めるつもりだった。山に登る道すがら出会ったどこかのおじさんは、紙袋を持って山に向かう私の様子が怪しげだったのか、なぜ山に行くのかと訊いた。それで私は、死んだ犬を埋めに行くところだと教えてやった。おじさんは顔をしかめ、それは不法だと言った。私はその言葉にニヤッと笑ってやった。

夏の山は暑く、死んだ犬は重かった。私は見晴らしのいい頂上に犬を埋めようという考えを諦め、中腹あたりで地面を掘って犬を埋めた。もちろん不法に。犬の墓に酒を振り掛け、私も少し飲んだ。タバコを一本吸いながら、私は付き合いの長かった犬に訊いた。

「おまえと俺、そんなに悪い時間じゃなかったよ。そうだろ?」

帰る途中で私は何を思ったのか、通帳に入っている金を全て引き出した。通帳には、お袋が亡くなって私に遺してくれた小さな遺産があった。借家の保証金を除く私の唯一の財産でもあった。私はその金をはたいて缶ビールを買った。だいたい四百五十箱くらいで、缶だと一万本を超える膨大な量だった。大型ディスカウントショップの店員は、個人が一度にこんなに大量のビールを買うことは許されていないので困る、と言った。私は、この恍惚たる資本主義において自分の金を払って品物を（しかも火薬や銃でもない缶ビールなんかを）思いどおりに買えないという店員の言葉が理解できなかった。それで私は「何を訳の分かんねえこと言ってんだよ」と大声でわめいた。私が騒ぎを起こすと、すぐさま少し上の職位にある者が出てきて、電話番号と住所を書いてもらえば大丈夫だろう、と店員に言った。店員が私に電話番号と住所を尋ね、私は電話番号と住所を書いてやった。そして、その品物を家に配達させた。

自分がなぜそんな愚かな真似をしたのかは今でもよく分からない。優雅で贅沢な自殺なんかをしたかったわけではなかった。ただ私は、誰にも会いたくなかったし、誰とも話したくなかったし、誰にもどんな苦しい言い訳もしたくなかった。地面の中に消えてしまいたい心境だった。

その年の夏。私は家に閉じこもって缶ビールを飲み始めた。文字どおり何もせずに家に引きこもって缶ビールだけを飲んだのである。全財産をはたいて買った四百五十箱の缶ビールをベランダ、寝室、リビング、キッチン、果てはユニットバスの中にまで山積みにして、きっかり百七十八日間グビグビ飲んだ。朝に目覚めてすぐ缶ビールを飲み始めて疲れて眠るまで、私はその頃ずっとビールとピーナッツと水以外には何も摂らなかった。

しかし、それは思ったより大それたことでも難しいことでもない。ただ冷蔵庫を開けて缶ビールを取り出し、缶ビールを開け、缶ビールを飲み、ビール缶を潰して適当にヒュッと放り投げればいい。喉がヒリヒリしたり腹が減ったりしたらピーナッツを少し食べる。そして再び缶ビールを取り出して開け、飲んで、潰して、投げるプロセスをずっと繰り返す。缶ビールを飲み終えたら、缶を潰して放り投げる。缶を潰すこと！　些細なことのようだが、これが非常に重要なポイントだ。変な話のようだが、缶を潰す瞬間、（なるようになれ）みたいな破壊的な情緒が生まれ、その破壊的な情緒は再び冷蔵庫を開けて新たな缶ビールを開ける力をくれる。

自分がなぜそんなことを続けているのか自問さえしなければ、誰でも死ぬまでやれる。最初の数日間は、あまりにもたくさん飲んでしまったビールのせいで吐き気がするかもしれない。便器に頭を突っ込んで何度か吐いていると、とてもこれ以上は飲めそうもない気分にもなるだろう。だが、そんな気分はいっときに過ぎない。さらに数日耐えれば、もう吐き気なんかは催さない。たいして腹も痛くないし、苦しくもないし、自分が何かとんでもないことを仕出かしているという気も全く起こらない。ビールとピーナッツと水しか摂っていないのに腹が全く減らなくなる。ビールとピーナッツと水には人間の生存に必要な全ての栄養素がバランスよく入っているんだろう、という突拍子もないことを考えることもあるだろう。そうなれば、もう軌道に乗ったのだ。そのくらいになると、続けて缶ビールを開け、缶ビールを飲み、ビール缶を潰すことに集中できる。その頃になれば、疾走と恐怖と緊張に満ちた現実が押し出され、頭の中へ何らかの非現実がやみくもに押し入ってくるのが感じられる。そして、そんな瞬間には、むしろビールを飲むのを止めるのが恐ろしくなる。

私は百七十八日間、朝に目を覚まし、缶ビールを開け、缶ビールを飲み、ビール缶を潰し、ピーナッツの殻を剝きながら倒れ込んで眠ることを繰り返した。たまに便器に小便をしながら、自分の身体から出てゆくものをぼんやり眺めたりした。ときどき窓の外の太陽がジャングルのように燃えあがって電線に引っかかって倒れ、白くかすんだ自動車のクラクションが猛スピードで宙に向かって舞い上がる。だが、向かい側の共同住宅のベランダにかかっている洗濯物のように、それは私に何の関係もないもののように感じられた。風が向かいのベランダの洗濯物を揺らし、太陽がそれを乾かし、時間になれば誰かが出てきてカラカラに乾いた洗濯物を払って取り込む。何を払っているんだろう？　私はよく、向かいの共同住宅の女が太陽の粒を払い落としているところだと考えたものだ。もしかしたら、すでに太陽ですっかり干からびた夫の精液を払い落としているのかもしれない。二度と復活できない、干からびて萎びた精子たち。実は、向かいの共同住宅の女が何を払い落としているのか、さして関心がなかった。目の前にそれが見えたので、何の役にも立たない想像をしてみるだけだ。

ときおり都市ガスや電気会社から料金の支払いを督促する電話がきて、彼らが話すことを意味もなく聞いたり、金がないと言ってやったりした。税務署から何度か電話がきたこともあった。面白いことに、缶ビールを一度に四百五十箱買うと税務署から電話がくる。

「他でもなくビールを一度に四百五十箱も買われた件ですがね。個人がこのように一度にビールをたくさん買ったときには用途を申告しなくてはなりません。証書なしで不法に流通させる事例がありますのでね。何かイベントがあるのですか？　あるなら名称を教えてください。私どもも書類を作成しなくてはいけませんので」

「イベントなんかありません。一人で飲むために買っただけです」

「いや、もしもし。一人で飲むビールを四百五十箱も買うなんてことがありますか？」

ガチャッ！

私は百七十八日間、缶ビールを飲んだ。実は、缶ビールを飲むよりビール缶を潰すほうに関心があったのかもしれない。私の中で、自分でもどうにもできない強暴な絶望と無気力が川底のように密かに波打っていた。いや、波打っていたと信じていた。しかし、今考えてみると、果たしてそんなものがあったのだろうか？　人間は本当に愛のために死ねるのだろうか？　おそらくノーだ。人間は、いや、少なくとも私は愛のために死なない。

缶ビールもピーナッツも少し残っていたが、私は百七十九日目の朝にそれを止めた。始めたときに何の理由もなかったように、止めるときもまた何も理由がなかった。全てのことは、続けるか、それとも止めるか二つに一つだから。とにかく、そのとき私の家には、アルミニウムの鉱山ができそうなほど大量のビール缶が潰れたままあちこちに積まれていた。最後の日、その膨大な空き缶を片付けながら、私は自分に言った。

「これ以上逃げるところもないな。もう外に出なきゃいけないよな？」

私はその日、百七十九日ぶりに家の外に出て食べたソルロンタンの味を永遠に忘れられないだろう。私はソルロンタンを食べるあいだじゅう泣いていたのだが、それは、いかなる反省のせいでも、いかなる悔恨のせいでもなかった。今思うとそれは、ソルロンタンに入っている熱々の飯粒があまりにも旨かったからである。

第二部　天国の街

タイム・スキッパー

一九九九年六月十四日。キム・ユンミ氏は恋人Bに会うため鍾路《チョンノ》三街に出掛けようとして地下鉄の中で失踪した。彼女の家族と警察は二年間、懸賞金をかけて彼女を探したが、まともな通報はただの一件も入ってこなかった。彼女は跡形もなく消えた。そして、きっかり三年後の二〇〇二年六月十四日午後五時に鍾路三街のクムガン製菓の前で発見された。その日はワールドカップのベスト十六の最終予選があった日で、鍾路は市庁前の広場の街頭応援のせいで騒然としていた。病院に通報をした通行人は、キム・ユンミ氏は自分に日付と時間を尋ねていきなり気絶した、と言った。

キム・ユンミ氏が三年間どこで何をしていたのかは誰も知らない。三年間に彼女を見た者は誰もおらず、何の行跡も現れなかった。キム・ユンミ氏は家を出たときと同じ服を着て同じ靴を履いていた。消えた三年間について覚えていることはまるでない。消えたときの姿のままで現れた。

キム・ユンミ氏にとってこういうことは初めてではない。高校一年のときに三ヶ月ほどいなくなって洋服ダンスから発見されたことがあり、浪人生の頃にもやはり六ヶ月いなくなった経験があった。ところが彼女の家族は、時間が跡形もなく消える、という彼女の言葉を鼻で嗤う。

「高校の頃は友達に仲間はずれにされていましたし、浪人中は入試のストレスがひどかったのです。理解はしますよ。あの子はいつも逃げたがっていましたから。どこで身体を売ってきたのか、どこのヒモ男とくっついて暮らしてきたのか知りませんが、健康で戻ってきたから、それだけでも幸いですよ、ふん」

四度目に彼女の時間が消えたのは二〇〇四年六月だった。今度は彼女もたいしてショックを受けなかったらしい。期間もふた月ほどと短かった。消えた時間について家族に言い訳もしなかったし、タイム・スキッパーにありがちなヒステリックに騒ぐこともしなかった。ごく当然のように戻り、静かに日常に復帰した。彼女と面談をしたとき、私は「特に具合が悪そうには見えませんね」と冗談も言った。彼女は「もう慣れたみたいです」と苦笑いしながら言った。そして一週間後に自分の部屋で首を吊って自殺した。

彼女は以前、私にこんなことを言ったことがある。

「私には死がどんなものか分かります。それは時間を預けておいた自分の通帳に残高が全く残っていない状態なんです。すでに使いきってしまったか、でなければ他の人に差し押さえられたか。たいしたことじゃありません。ただ、破産した人生を立て直す残高がないんです」

苦痛は計量化できないので、私は彼女が時間を失うことによってどんな苦痛をどのくらい経験したのか分からない。だから、彼女が自殺を選んだのはあまりにも性急だ、と言ってはいけないのだろう。だが、私は今でも彼女の通帳には残高が充分にあっただろうと思う。人生を立て直す充分な残高が。そう言ってあげられなかったことがずっと悔やまれる。どうせ私の話なんかは役にも立たなかっただろうが。

時間が消える人々がいる。地下鉄に乗っていて、なにげなく本をめくって、約束の場所に行くために足を踏み出して、あるいはぼんやり時計を見ていて、短いときは十分から二、三時間を、長いときは数日から数年に達する時間を一気に失くしてしまう。本人はわずか数秒が過ぎただけだと思うのだが、実際にはとてつもなく長い時間が過ぎてしまうのだ。正確に言うと、過ぎるのではなく消えるのである。そして消えた時間には、どんな記憶もどんな事件も存在しない。彼らの記憶の中でも、世間の記憶の中でも、だ。

失踪した時間と存在の不在。そんな現象を経験すると、我々の想像よりずっと深刻なトラウマになる。私がどんな気分か尋ねたとき、会計士のイ・スア氏はこう答えた。

「人生を丸ごと盗まれた感じですね」

非常にアイロニカルなのは、タイム・スキッパーが揃って時間を徹底的に管理する人々である、ということだ。彼らは非常に規則的かつ正確な生活を好み、時間について強迫的なまでに徹底している。

「規則と計画がないと不安なんです。だから規則的に生活しなくちゃいけないんですよ。意味もなく時間を浪費しないようにしています。アクシデントは最小限に減らし、こま切れの時間を最大限に活用して、翌日のために適正な睡眠時間と運動時間を考慮して、人に会うときは次のスケジュールに支障がないよう常に細かく気を配ります。週末にはストレスを発散する時間も用意しておくんです。なのに何が問題なんですか？　規則的に暮らせば健康にも良い、とあらゆるマスコミが言っているじゃないですか」

はて、何が問題なのかは私にも分からない。だが、現代の物理学の理論によっても、時間は充分に消える可能性がある。時間は我々が一般的に考えるように連続的でも規則的でもない。増加することも減少することもあり、膨張することも収縮することもある。時間は歪められ、膨れ上がり、捻じ曲がることもあり、また消えたり生まれたりもする。

　だからなのか、たまには時空間が大きく捻じれて、とんでもない場所に現れるタイム・スキッパーもいる。船舶設計士のク・ドンジン氏は地下鉄の駅三《ヨクサム》駅で消えたのだが、面白いことに三年後、南太平洋の小さな島で目が覚めた。

「三分ずつ、三十分ずつ、ちょくちょく時間が消える現象はそれ以前にもよくありました。でも、三年も一気に消えたのはそのときが初めてでした。気がつくと、どこかの島でした。原住民の子供たちがロブスターを捕まえていましたよ。肌がココア色に焼けた美しい娘たちが胸をあらわにカラカラ笑っていて。日差しは強烈で海は澄んでいました。まるで天国のようでした。それをぼんやり眺めていました。当然、夢の中だと思ったんです。一分前には会社に出勤しようと、すし詰めの地下鉄の中にいたのに、いきなり南太平洋のサンゴ礁なんて、ありえますか？　暫くそこでぼんやりしていました。優しい原住民の子供たちが焼いたロブスターを持ってきてくれましたし、蒸したバナナもくれました。旨かったですねえ。言葉も通じないわ、もちろんケータイも繋がらないわ、カードも使えないわ、パスポートもないわ。そこで何ができますか？　最初は仕方なしにそこに何日かいたのですが、少し時間が経つと何も考えるのが嫌になりました。頭が空っぽになって正直な肉体だけが残った感じでしたね。それで、ずっとそこに留まりました。原住民の子供たちにロブスターの捕り方を教わったし、銛《もり》で獲物をとる方法も教わりました。水泳もしたし、潜水もしたし、バナナとココナッツも採ったし、ハンモックでたっぷり昼寝もしました。カレンダーに載っていそうな美しい原住民の娘と結婚もしました。名前はブーバです。名前もきれいでしょう？」

「韓国に戻る気はありませんか？」

「ありません」

「なぜですか？　それでも故郷じゃありませんか」

「故郷ですか、面白い言葉ですね。故郷という言葉のために私たちはそこに留まります。そこで飯を食い、金を稼ぎ、結婚をし、家を買います。サッカーの応援もするし、ただ同郷の人間というだけで友達になることもあります。ですが、韓国で私は間違った時間を過ごしました。空間的にも時間的にも何かが間違っていたんです。私はもう幸せな人生とは何かを知っています。ひどく遠回りをしてここまで来ました。故郷は重要でないと思います。自分が誰なのか知りたければ、たまには故郷を忘れて遊牧民にならなければいけません」

彼はきっぱりと言った。


タイム・スキッパーの問題は、時間が消えてから戻ってきた直後に日常へ復帰するのが非常に難しいことである。世の中は変わりなさそうなのに、彼らにとっては全てが見慣れず馴染めない。消えた時間はハサミでフィルムを切り取って再びくっつけたように奇妙に繋がる。まるで寝て起きたように。しかし世の中は自らのペースで猛烈に駆けている。彼らが不在のあいだにサボテンが育ち、主任だった後輩は課長になり、赤ん坊だった子供は憎らしい七歳になり、子犬は成犬になっている。ひとり停止してしまった人生は、まるで砂漠に捨てられた人生のごとく荒廃しているように感じられる。時間を失くして廃人になってしまったパク・チュング氏がそういうケースだ。

「あだ名は猛牛です。いったん始めたらとことんやる派なんです。私でなければ何もできないと思うタイプですし。実際にもそうでした。『パク部長がいなければ、うちの会社はとっくに潰れていたよ』酒を飲めばいつも会社の重役たちが私を思いきりおだててくれました。そういう言葉を聞くと良い気分でした。やり甲斐もありました。それで、辛いとも思わず、仕事ばかりを死ぬほどしました。会社で重要なプロジェクトはみんな私のものでした。それなのに、いきなり六ヶ月の時間が消えました。一度まばたきしたと思ったら、私の人生に六ヶ月がぽっかり空いてしまったのです。ひどく狼狽えましたが、どこにも訴えるところがありませんでした。信じてもくれないでしょうし。とにかく私は会社に再び戻りました。私が消えているあいだに会社は大変なことになっていると思ったのに、その、どうってことはありませんでしたね。私が担当したチームは他のチーム長が引き受けてちゃんとやっていて、会社は私がいなくてもきちんと回っていました。重要なプロジェクトが潰れなくてよかったと思わなくてはいけないのに、心の片隅では惨めでした。「こんちくしょう、このパク・チュング様がいなくても世の中はちゃんと回りやがる」と思いましたね。がっくりですよ。主要な部品が取れた機械のようにガタガタになるとばかり思っていたのに、あんなに猛牛のように駆けたのに、結局、私は核心部品ではなかったんです。ただの消耗品に過ぎなかったわけです。辞表を出して、最近は家で酒ばかり飲んでいます。妻が稼いでこいとせっつきますが、また働きたいという気になりません。まだ貯めてあった金もありますし、退職金も残っていますから、もう少し休もうと思います。金がすっかりなくなったら、ぼちぼちどうやって暮らすか考えてみないとね」

もう少しポジティブに生き方を変えた人々もいる。ワーカホリックとの診断を受けたデザイナーのファン・ミオク氏は、長期間のタイム・スキップ現象を経験してから生き方を丸ごと変えた。二年間のタイム・スキップを経験してから少し怠惰になり、少しのろまになり、少し無能になった。しかし彼女は、その怠惰のおかげで少し幸せになったと言う。

「仕事から手を離せませんでした。本当に狂ったように働きました。会社が終わればカルチャースクールに駆けつけてスペイン語を習い、夜学の大学院に在籍して経営学課程に通い、授業を終えたら再び会社に戻って仕事をしました。明け方の二時か三時に退勤するのが普通だったんです。そして朝に再び定時に出勤して。私たちがやっているデザインの仕事というのは、もともとそういうものです。手を入れ始めると果てしなく仕事が増える作業なんです。その頃は、自分に少しも休む暇を与えませんでした。無限競争の時代じゃないですか。そうしているうちに二年くらい吹っ飛んでしまいました。ショックがとても大きくて精神科の治療を受けました。もちろん医者が言うことなんか全く役にも立ちませんでしたけど。ともかく私は会社に戻りました。もともと仕事もきちんとこなすほうでしたし、母方の叔父が取締役をしているので、復帰するのはそう難しくありませんでした。でも何かがおかしくなったわけです。違ったことも変わったこともありません。会社の人たちも仕事もそのままです。なのに、あのことがあってからは、ほどほどに生きるようになります。仕事も適当な線でほどほどに切り上げて、退勤時間になれば仕事が少し残っていてもさっさと席を立ちますし。部下のデザイナーたちにガミガミ言いがちだったのですが、最近はこう言うんです。『大丈夫よ。服がちょっとくらいきれいじゃなくたって人が死ぬわけじゃないから』退勤してからは遊びます。何の記憶も、何の感情もなく二年も無駄にしたのに、退勤してたった四、五時間くらいどうってことないでしょう。ただビールを飲んだり、スタイルが良くて気の合う友達とナイトクラブに行ったりもします。私は生理のとき特に辛くはないのですが、ギャンギャン言って生理休暇を必ず貰います。あら、当然の権利なのに、そのことでなぜ上司たちの目を気にするのですか？　だからといって私の生活がめちゃめちゃになったわけじゃありません。まったりしたというか、バランス感覚が生まれたというか。だって分からないでしょう？　ひたすら懸命に暮らしていたのに、急にパッ！　と時間が消えて、おばあちゃんになって現れたらどうします？　そのときはナイトクラブのかわりにキャバレーに行かなくちゃいけないのかしら？」

我々は不安ゆえに規則的な生活をする。綿密に計画を立て、その計画に生活を合わせる。生活を反復的かつ規則的に動かして、最も効率的なシステムに人生を支配させる。習慣と規則の力で生きていく人生だ。だが、効率的な人生だなんて、そんな人生がこの世にあるのだろうか。もしかして効率的な人生とは、常に同じように暮らしているせいで、死ぬ前に思い出す値打ちのある素晴らしい日が何日もない人生を指すのではないだろうか。

六度のタイムスキップ現象を経験したイム・ユナ氏は、私にこう言った。

「私の消えた時間は今どこをゴロゴロ転がっているんでしょうね。それを思うと、とても胸が痛みます。誰かを愛することも、誰かのために美しい行いをすることもできた時間じゃないですか。消えた時間の中には何もありません。浪費も、廃墟も、後悔も、傷も、そしてあの頃を生きたという実感もないのです」

統計的にみると、規則的に懸命に生きる人たちは
そうでない人たちよりタイム・スキッパーになる確率が
なんと八百倍も高いです。

あまり懸命に生きないでください。
予定をぎゅうぎゅうに詰め込まないでください。
ひとより成功してやろうとジタバタもしないでください。
そんなことを続けたら時間がドカッと消えます。
悔しくないですか?
それは預金の満期の前日に
交通事故で死亡するように悔しいことです。

時間を貯める唯一の方法はまったり生きることです。
生理休暇は必ずとりましょう。
有給休暇も絶対に前倒しでとりましょう。
締切りは一回は守らないセンス!
休暇を返上するかわりに特別ボーナスを受け取る気はないか?　と上司に訊かれたら
カッコよくファックユーを一度かましましょう(指の形はみなさんご存知ですよね?)

気分が鬱々する日には無断欠勤も一回！

以上、〈ぼちぼち生きよう運動本部〉からお送りしました。

ネオヘルマフロディトス

胸に赤いサソリの刺青がある女に会った。

おそらく去年の秋頃だったと思う。彼女は身体にぴったり張り付く黒いドレスを着ていた。なかなかお目にかかれない素晴らしい体つきだった。たいそうな美人だったが、体つきに比べれば顔は平凡というべきレベルだった。彼女のドレスは胸がV字形に深く切れ込んでいて、豊かな胸とスレスレの緊張を醸し出していた。ドレスに隠れて赤いサソリの胴体は見えなかった。かわりにサソリの偉そうな尻尾だけが左胸からちらりとはみ出て鎖骨のほうに向かってぴんと立っていた。その尻尾はまるで〈私の胸には毒があります。みだりに触れると怪我をしますよ〉とみんなに警告を送っているようだった。口の中がカラカラになるほど魅惑的な胸だった。ブラジャーを取ったら中にどんなサソリがいるんだろう？　乳首を取り巻いているだろうサソリは、彼女が息をするたびに心臓の上で蠢《うごめ》くサソリは、どんな形をしているのだろうか。彼女の服を脱がせて確認したい、という無礼なことを思っていた。私が変なわけじゃない。その女を見たならば誰だってそう思ったはずだ。

魅惑的なのは体つきや顔だけではなかった。彼女は洗練されて知的な話しぶりで相手を寛がせる方法を知っていた。自分が研究している古代のケルト民族の遺物と壁画について説明をしてくれたのだが、私がよく知らない考古美術学の専門用語が出てくると、初心者にも解りやすく詳しく丁寧に説明してくれた。しかし、どこか不安げな眼差しをしていて、楽しい会話の途中でも、たまに深いため息をつくことがあった。奇妙な印象を与える女だった。そのとき私は三十三歳で、彼女は四十四歳だった。その女と寝た。

　もちろん私は、彼女と純粋に事務的な理由で会った。彼女にどんな兆候があるかを知らずに会ったことを除けば、週に三、四回している一般的な面談と変わるところのない出会いだった。彼女があらゆる男をあっけなく誘惑するほど魅惑的すぎる肉体と知的で気品のある雰囲気を持っていることと、私がしょうもないオスで、あっけなく誘惑に負けた点だけを除けば。正直に言うと、私は彼女が誘惑したい男性の中に自分が含まれていることに感激したくらいだった。

　彼女が提案した待ち合わせ場所は、分かってみるとゲイバーだった。そのとき私はゲイバーに行くのが初めてだったので、この怪しげな待ち合わせ場所について彼女に訊いた。

「ここには特別な男だけがくると聞いたのですが？」

「あら、そんなバカげた話は初めて聞きました。じゃあ、植物園にはメキシコサボテンやアメリカトネリコだけが入場しないといけないのかしら？」

「当然ですよ。規定上、植物園には植物だけ、動物園には動物だけが入場することになっています。こないだはナマケモノ《ナムヌルボ》が自分を木だと思って植物園に入場しようとして追い出されたこともあります。警備員がこう怒鳴ったのです。『このアホたれ、しっかりせい。おまえは〈木《ナム》〉じゃなくて〈ぐうたら《ヌルボ》〉なんだぞ』ってね」

　彼女は私の話に腹までかかえて大笑いした。

「可哀想だわ。そのナマケモノ」

彼女はマティーニを、私はバドワイザーを頼んだ。彼女がバドワイザーを飲む私の姿を不思議そうに見つめて言った。

「バドワイザーは安物のビールですよ」

「かまいませんよ。僕の人生も安物ですから」

「入れ物はちゃんとしてそうですけど」

「中身は不良品ですよ。もう流通期限もとっくに過ぎてしまいました。投げ売りされるかバーゲンでうんと値引きされなければ売れる可能性が全くない、そういう人生ですよ」

「もう歳を取ってしまったと思います？」

「ええ。僕はもう、十五歳の頃から歳を取りはじめました。それもすごいスピードで。十五歳以降は全てが面倒です。たいていのことに関心がないんです。つまらない人生でした。でも、あなたはまだ若々しいですね。身も心も」

「そうでもありませんよ。二ヶ月前に閉経しました。それで、暫くとても悲しかったです」

「それはそんなに悲しいことですか？」

「ええ。とっても悲しいです。もう子供ができないじゃないですか」

「ご結婚はされていないのですか？」

「子供ができることと結婚は何の関係もありません。私はただ、自分のような化け物が生まれたらどうしようと不安だっただけです」

「まさか。あなたのようなひとが、どうしてそんな突拍子もない想像ができるのですか？　娘が生まれらたぶんすごい美人だったでしょう。そういう娘がこの世に生まれなかったのは非常に悲しいことですよ。とにかく、この地球上から美人が一人減ったわけですから」

「すごく子供が欲しかったのですけど、ずうっと不安で心配ばかりしているうちに、もう生めないくらい歳をとってしまったのです」

彼女はグラスのマティーニを飲み干してウォッカに切り替えた。バーテンダーが酒を持ってくると、一気にあおってもう一杯注文した。そして暫く何も言わなかった。彼女が黙って座っているのに、不思議と気まずくなかった。初めて会った人と長いこと沈黙できるというのは非常に特別なことだと思った。私はピーナッツを齧りながらバドワイザーを飲み続けた。気分がいいからか、バドワイザーが旨かった。（旨いなあ。この安物のビールは俺にぴったりだ）と私は腹で言った。

たまに彼女がウォッカのグラスを私の安物のバドワイザーの瓶に当てて乾杯をしてくれた。私は畏れ多いという表情で頭を下げ、彼女に敬意を表した。そのたびに彼女は面白そうに笑った。彼女がウォッカを六杯ほど飲んだとき、私が言った。

「そろそろ事務的な話もしましょうか」

「いいえ、事務的な話は、今日はしません。かわりに、その安物のバドワイザーを飲んだら、私と寝に行きましょう」

バーテンダーにも聞こえるくらい、はっきりきっぱりした言い方だった。私はちょっと狼狽えたが、一も二もなくバドワイザーをすぐに飲み干し、彼女と寝に行った。酔いに助けられ、ホテルも近いところにあった。

彼女の左胸には赤いサソリがいた。彼女の身体は美しく、膣は深くて温かかった。手と舌は思いやりがあって、息づかいはこだまのように耳の中で長く響いた。彼女が興奮して叫ぶと乳首が容赦なくピンと立ち、胸の上を這っていた赤いサソリが毒を含んで立ち上がる。彼女が喘ぐたびに毒を含んだ赤いサソリが激しく身を捩じらせる。頭のてっぺんからつま先までアドレナリンが流れた。私はセックスをしているあいだじゅう(これは俺の人生で最高のセックスだ)と心の中で嘆声をあげた。

朝起きると、彼女は横向きで眠っていた。黒い下着に透ける彼女の身体は相変わらず美しく、無防備な状態だった。左の乳房にある生意気なサソリだけが彼女の守護神のように目を光らせている。再び性欲が起きた。私は彼女のパンティの中に用心深く手を入れた。そして指で膣をそっと触った。膣は未だ濡れていた。私はさらに深く指を入れた。眠りから覚めようとしているのか、彼女がモゾモゾしながら脚を少し広げてくれた。私は指で濡れているクリトリスを触った。

ところが、そのとき突然、彼女の膣の中から、実にとんでもないことに、男の性器が飛び出した。私はぼう然とそれを見つめた。膣から出た性器は、ちょうど包茎手術をしていない思春期の少年ののようだった。

私は何度もホテルのカーペットに嘔吐をした。私が吐く気配に目が覚めた彼女は、すぐに事態の原因に気づいた。あまりにも堂々としていて優雅だった昨夜の様子とは違い、彼女は恥じ入りながら、嘔吐している私を見て涙を流した。

「ごめんなさい」

彼女は涙を流し続けながら言った。私は答えなかった。泣いている彼女を、まるで虫ケラを見るように見た後、さっさと服を着替えて部屋を飛び出した。早足で廊下を歩いて出てきたのに、じめじめとした気分の悪い感覚のせいで皮膚に鳥肌が立った。

たまにその女のことを考える。その女のことを考えると、あんなふうに慌ててホテルから飛び出した自分の様《ざま》が恥ずかしくなる。本当に恥ずかしいのは、多くのシントマーと会って異質な存在をある程度受け入れられるだろうと考えていた自負に裏切られたことだ。それは錯覚に過ぎなかった。私は自分の身体に直に押し入った異質なものに狼狽え、疎しくなり、怒った。それによって私は、自分という人間の器を自分に晒してしまったのである。

あのとき、兆候について予め教えずにあの女と会わせたのは、クォン博士のいたずらだったはずだ。もしかしたら、あのクソじじいは私にこう教えたかったのかもしれない。

「いくらほざいても、おまえの肉体と精神を支配するのは古くて病んだ保守主義だ。おまえは自分と異なるものを、自分の垣根の外にいるものを受け入れる用意ができていない。そういう奴を臆病者と呼ぶのだ」

おそらくそのとおりだ。私は怖かったのだ。彼女に男の性器があるからといって彼女の美しさが消えるわけではない。彼女は知的で優しく、思いやりのある人だ。私はそのことを知っている。だが、彼女からたまに仕事上の電話がくると、私の声はドライで事務的に変わる。会う用事があるけれども会わない。彼女が失望して電話を切る姿を想像すると胸が痛い。クォン博士は私のそんな姿を嘲笑う。

「まったく、がっかりだな。おまえは記録の保管者としての姿勢がまるでなっとらん。記録を保管する者は下心も偏見もあってはならんのだ」

だが、私の気持ちも少し理解してほしい。彼女は初めての恋人と別れた後の七年間に心を躍らせた

器を持っている。唯一の女だ。私はあの日の夜、自分が恋をしたと確信した。そして私が七年ぶりに恋した女は男の性

完璧な男の性器と完璧な女の性器を併せ持つ人々を、我々は〈ネオヘルマフロディトス（neo-hermaphroditus）〉と呼ぶ。前に〈ネオ〉という語を付けるのは、それらを染色体の非分離現象や遺伝子的な異常から生じたクラインフェルター症候群、ターナー症候群と区分するためだ。わが国の伝統社会においても、まれに〈半陰陽〉〈ふたなり〉と呼ばれる男女の性器を併せ持つ人々がいた。もしかしたら、このような人々がネオヘルマフロディトスたちの前身だった可能性もある。XXYの染色体をもって生まれるクラインフェルター症候群やX染色体を一つだけ持つターナー症候群の人々はアンバランスな存在だった。彼らの遺伝子は不完全でIQは平均以下だった。しかも生殖能力もなかった。しかしネオヘルマフロディトスは違う。彼らは遺伝子的に安定していて生殖能力もあり、IQも一般の平均に比べて非常に高い。

ネオヘルマフロディトスは男でもないし女でもない。ゲイでもないしレズビアンでもない。だが、同時に男であり女であり、ゲイでありレズビアンである。男の性器を、女の膣と乳房を一つの身体に持つ存在。中性的な顔と感受性を持つ存在。強いのに柔らかい存在。火と水を同時に持つ存在である彼らは、誰とでも恋をする用意ができている。

しかしネオヘルマフロディトスは、男にも愛されず、女にも愛されず、ゲイにも愛されず、レズビアンにも愛されない。彼らは、この全てに軽蔑され、冷遇される。恋をするたびに経験することになる悲劇と哀しみゆえに、ネオヘルマフロディトス族は仲間内でセックスをする。だが、ネオヘルマフ

ロディトスを兆候として持つ者の数はごく限られている。だから、全てを愛せる存在でありながら全てにそっぽを向かれる彼らは、いつも寂しく孤独に過ごす。

「私たちはとりわけ寂しがり屋です。愛し、愛されるために生まれた存在ですから」

甚だしくは、自分の精液を自分の膣に入れて一人で妊娠をすることもある。おぞましいことだろうか？　もちろんおぞましいことだ。

たいていのネオヘルマフロディトスは、この街で他の人々と共に生きていくために、性器の片方を諦める方法を選ぶ。男性性を選んだ者は、生理を避けるために子宮を取り除き、膣を縫合する手術をした後、ホルモン剤を投与して乳房を平らにしたり、なるべく小さくしたりする。女性性を選んだ者は、男根を切除する手術をしたり、これを鼠径管に深く押し込めて隠す訓練をしたりする。

彼らが男根を隠す方法は極めて驚くべきものだ。彼らは腹膜と睾丸のあいだを繋ぐ鼠径管という通路に性器を隠す。興味深いことに、人間は生まれるとき、女であれ男であれ、みんな腹の中に睾丸がある。男の睾丸は鼠径管を伝って下りてきて睾丸になり、女の睾丸は腹の中で退化する。睾丸が下りてゆくと鼠径管は完全に塞がるが、まれに腹圧が異常に上昇して腹膜が破れると、この鼠径管を突き破って腸が急激に流れ落ちる。このような現象を医学では急性鼠径部脱腸という。鼠径部脱腸の患者は、脱腸が起こる瞬間、睾丸に流れ込んだ腸のせいで睾丸が三十倍近く肥大する。睾丸の中にある腸を再び腹膜の中に引き上げた後、破れた鼠径部を縫合する手術をする前に、応急処理と称して病院でしてくれるのは、睾丸をそっと撫でて再び鼠径管に沿って腸を押し上げた後、一摑みの下痢止めを与えながら「ふんばるときに絶対によけいな力を入れないように！」と言うのがせいぜいだ。だから、腸が睾丸まで下りてこられるなら、その反対の方向に性器を押し込むことも充分に可能である。だから、誰でも睾丸を身体の中に押し込む訓練を続ければ、最初に睾丸が下りてきた鼠径管の中へ睾丸と一緒についでに陰茎まで押し込むことができる。

女性性を選んだネオヘルマフロディトスは、セックスをするとき、膣の外に性器が飛び出さないよう気を付けねばならない。性的に興奮をすると、男根もつられて勃起をするからだ。なので、彼女たちは身体の奥深く男根を押し込んだ後、性器が飛び出さないように会陰をぎゅっと締めたままセックスをする。

「ペニスを身体の中に押し込むと、ちゃんとオーガズムを感じることができません。自分の身体の中に隠れているペニスは飛び出そうと狂ったように蹴きます。でもダメなんです。それが飛び出せばおぞましいことになります。私は相手の男性が射精するのを待ちます。射精をしたら、彼の身体から離れて静かに浴槽に入ります。そしてシャワーをするふりをしながら、私の可哀想なペニスを取り出してオナニーをするのです」

「再び生まれるならば女に生まれたいですか、それとも男に生まれたいですか?」

「私はこの暴力的な二分法の世界に二度と生まれたくありません」

バベルの時計

バベルの時計が街で一番先に行うのは地下鉄のシャッターを上げることだ。すると街は漸く動きだす。駅員があくびをし、改札口に電灯が点き、地下鉄が動く。そしてほどなく人々が押し寄せる。バベルの時計は自分の決められた時間に従って地下鉄を動かし、街灯を点け、信号を上下に点灯させる。そして街じゅうのアラーム時計を作動させる。

「おい、起きろ。リストラ対象ゼロ順位の分際で遅刻までする気か？」

だが、我々の生物学的な時間はあまりにもスローか変則的なので、とてもバベルの時計に身体を合わせられない。身体は睡眠を求めているのに、もう起きて出勤をしなければならないと言う。まるで腹が減っていないのに、昼食の時間だから食事をしなくてはならないと言う。我々の舌は沈黙を望んでいるのに、会議の時間だから舌を素早く動かして斬新なアイディアを出せと言う。

この街の警察署と消防署と信号と上下水道管と狂ったように疾走する電気と電話線を統制する巨大なバベルの時計。誰かがあの時計のぜんまいを壊したならば、この街は一瞬にしてメチャメチャになるだろう。

「このうすのろめ。さっさと動け。今は二十一世紀だぞ」

バベルの時計は私を急き立てる。バベルの時計に急き立てられるたびに、私はガチャガチャいう青銅の鎧の中でガチガチの操縦ハンドルを握り、やっとのことで自分を運転している気分になる。〈現代タイミングです！〉と言う、あの巨大なバベルの時計塔。正直、あの時計は私とまるでそりが合わない。

にもかかわらず、小心者の私はバベルの時計の下で着実に生きてきた。みんなが列に並ぶときに列に並び、みんなが食事をするときに食事をし、みんなが疾走すれば、どういう事情かも分からないくせに走った。そして大学一年のときに物理学の教養科目の講義で〈絶対時間というものはない。全ての存在は自分だけの固有の時間を持つ〉という命題を初めて聞いたとき、その言葉は私の頭の中で装着も作動もしなかった。アインシュタインは言った。「全ての存在の内部にはそれぞれに相応しい時計がある。早く走る存在は時間がゆっくり進む。ゆっくり走る存在は時間が早く進む。地球に生きる者は人工衛星に住む者よりゆっくりと動くので、より早く老いる」アインシュタインの言葉をまるで理解できなかったある学生が手を挙げて質問した。「より早く走れば時間がゆっくり進むのですか？なぜそんなことがありえるのですか？」するとアインシュタインが答えた。「なぜそうなのかは私にも分からない。この宇宙がそういうふうにできているのだ」

なんてこった。なぜ時間が勝手に動くのかアインシュタインも分からないそうだ。

とにかく、この言葉は、全ての存在が自分だけの固有の時間を持つ、という意味である。だから、この宇宙のどこにも〈集合〉と〈序列〉を決定できるバベルの時計はありえないことを意味する。月は〈月印勝手時計〉を、ウサギは〈ウサギ印勝手時計〉を、ソニック[1]は〈ソニック印勝手時計〉を持っているので、「宇宙平和体育大会が十一月十一日午前九時にあるので火星の公設運動場に全員集合するように」と言えば、十一月十一日午前九時に火星の公設運動場はがらんとしている、という話だ。なぜならば、〈月印勝手時計〉と〈ウサギ印勝手時計〉と〈ソニック印勝手時計〉は全て勝手に進むため、十一月十一日午前九時は、いきなり乱数表のように困った複雑なものになってしまうからだ。それでも生理的、物理的な環境が我々と似ているウサギは九時に一番近いときに来そうだし、その次には月が来るだろう。だが、光の速さで走るために時間が殆ど進まないソニックは永遠に来ないかもしれない。結局、月とウサギは、万国旗が寂しくはためくがらんとした運動場で老いて死ぬまでソニックを待ちながら『ソニックは永遠の裏切り者』みたいな歌を歌わねばならないだろう。

裏切り者のソニックが結局来なかった運動会。ウサギと月が百メートル走をしようとしている。ウサギが言う。

「用意はいいか？」

するとと月が言う。

「ちょっと待った！　徒競走をするなら準備運動をしなきゃ」

「いくら準備運動をしたってこのウサギに勝てやしないさ。ひょっとして、超速いウサギの伝説を聞いたことあるかい？」

「ないけど？」

1　一九九三年にアメリカで放映されたアニメ『ソニック・ザ・ヘッジホッグ』の主人公。走るスピードはマッハ一を超える。

「残念だな。その伝説がこの俺さ。俺がまさにあの超速いウサギだ」

「よかったね。伝説になっちまってさ。じゃあ、君はここでずっと伝説の故郷でもつくっていたらいいよ。とにかく僕は準備運動をしなきゃ」

ところが、準備運動をしに行った月は、ひと月たっても戻らなかった。怒りが頭のてっぺんまで上ったウサギが月を訪ねていった。

「いったいどういうつもりだ？　怖気づいたんならそう言えよ。忙しいウサギをこんなに待たせてばかりでどうするのさ」

すると月が身体をのろのろ動かしながら言った。

「ふう、左に腰ひねり三十回が終わったところだ。ちょっとだけ待ってくれ。これから右に腰ひねり三十回やれば終わるからさ」


これは理解の問題ではない。時間の問題である。そして、みんなが〈勝手の時計〉を持っている宇宙の本質的な秩序に関する問題でもある。この宇宙の秩序は我々に非常に重要な視点を示してくれるのだが、それは、この世の誰もバベルの時計を建ててそれに合わせて一つのファシズム的な秩序を要求することはできない、ということだ。自由を渇望する人間の魂がこんなファシズム的な秩序と絶えず闘おうとするからではない。もちろん、こんなカッコいい理由で人類の歴史に二度とファシズムが現れないなら素晴らしいことだが、私は人間がそれほど粋な存在だとは信じていない。これは、みんなが勝手に時計を嵌めているからだ。バベルの時計の下でおとなしくしていると身体がむずむずしてきて、何か辻褄が合わず、人生がやたら拗れていくような気がして、思わず愚かなことをたびたび仕出かすようになるが、それは我々が本質的に愚かだからというよりは、お互いに時間が合わないからだ。すなわち、我々が一大決心をしてファシズム的な秩序に従おうとしても、秩序は決して守られない。みんなが〈勝手の時計〉を持っているため、我々は秩序というものがいったいどのような形をしているのか決して理解できないからだ。宇宙は我々に語りかける。

「人為的で強制的な秩序はいけない。それでは、みんな空っぽになってしまう。ひたすら各自に与えられた内面の秩序に静かに耐えてみよ。私がそれぞれの特異性に合わせて時計をやったのに、なぜ誰もそれを使わないのだ？」

この宇宙の教えに従うならば、ある個体が感知できる時間のサイクルというものは常に〈自分の時間〉のみだ。我々に理解力が足りないのではない。我々はもともと理解というものができない。ソニックは月を、月はウサギを、ウサギはソニックを理解できないだろう。

我々は、誰かが先に歳をとり、誰かが先に腹が減り、誰かが先に恋をして先に醒めてしまい、また、誰かがあれほど愛していた恋人と別れたからと夜通し死ぬほど泣いた翌日に新しい男と再び恋をすることもある、という事実が理解できない。我々がいつも言うのは、俺はおまえを愛しているのにおまえはなぜ俺を愛さないのか、どうして愛が変わるのか、俺がおまえたちくらいの頃はこうじゃなかったのに、どういうつもりでこのザマなんだ？　みたいなことだけだ。

先日、アメリカで経済学の博士号をとって韓国に戻ってきてＰＣ４８６を前に十年間フリーセルをやった男と面談をした。彼は一日十二時間、なんと十年もフリーセルをやったという。他の人たちが就職して昇進し、マンションを買い、結婚し、子供をつくって小学校に通わせる十年間に、彼はひたすら家に籠って一日中フリーセルをやった。なんと、数字と柄を合わせるだけのひどく単純なカードゲームを、だ。バカなのか、って？　いや、賢い人だった。アメリカの名門大学で経済学の博士号を非常に優秀な成績で取得した人だった。

「なのに、なぜ？」

見よ。これが世間の一般的かつ常識的に質問する順序だ。「なのに、なぜ？」なんかない。彼はただ、そうした。よく分からないが、他の人が疾走して昇進すべき時間だったとすれば、彼はフリーセルをすべき時間だったらしい。つまり彼は、経済学の博士号を優秀な成績で取得し、その学位証をタンスに突っ込んだ後、家に閉じこもってフリーセルを十年間やった。それだけのことだ。

我々は、自分が知っている生き方以外にも非常に多くの生き方が存在しうることを認めない。いくら突拍子もなく無謀に見えても、それがこの時計に耐えるために彼らが自分なりに考案した必然的な秩序であることを知らない。知らず、認めようとしない。だから残念な気がして忠告をする。

「なあ、もうフリーセルは止めて、もう少し生産的なことに熱中したらどうだ？」

私が「フリーセルを取り上げてしまったら、彼は自殺してしまうかもしれないよ」と言うと、人々は冗談を言うなと言わんばかりにフッと笑う。だが本当だ。フリーセル以外にこの退屈で先の見えない世界に耐える方法を知らない彼は、本当に耐えきれずに自殺してしまうかもしれない。

十三号キャビネットを漁ってこんなに不思議な人々と付き合うまでは、正直、私は違う種類の生き方をよく理解できなかった。わざわざ理解しようとせず、わざわざ理解しなくてもちゃんと生きてきた。自分の常識と人間観をもってはとうてい理解することも納得することもできない生き方をする人々がいる。（で、いったい俺にどうしろと？　この世は広いから不思議な理解できない人たちがこの地球のどこかに、コンゴやガボン、あるいはヒマラヤやアマゾン川みたいなところに住んでいるのは当然のことじゃないか。そんな人たちが住んでいようがいまいが世の中は広くて、自分の身の始末だけでも複雑で頭が割れそうなんだから）

だが、我々と全く関係なさそうなものが、ある日、人生の真ん中に押し入って正面から睨みつけるときがある。望むと望まざるとにかかわらず、異質で異種のものたちは我々のそばをうろついている。我々は世界という複雑なフラスコの中で彼らと混ぜ合わせられるのだ。私は今、美しい絆について語っているのではない。我々の条件について語っているのである。

一九九八年、ブルックリン警察署の事件簿には一つの興味深い話がある。

ブルックリンに向かう地下鉄で、ある黒人の青年が財布を開けてずっと百ドル札を数えていたという。このバカでアホな奴は人生初の給料を貰ったのである。ニューヨークの地下鉄で紙幣を数えるのは非常に危険な行為だ。しかもブルックリンのような場所なら、なおさらである。そのとき、ある老婆が青年に近づいた。メキシコから不法に移民してきた老婆は、たった七百五十二ドルが無くて自分の孫娘が病院で死にかかっているのだ、と言った。老婆は自分の話が本当であることを証明しようとするように、七百五十二ドルと書かれた病院の請求書を青年に見せながら「このお金を支払わなければ治療を続けられないそうです」と言った。青年は老婆の話を聞いて首を傾げた。

「おばあさんの話が全部事実だとしましょう。そして僕にはちょうど八百ドルがある。でも、僕がなぜ、そのお金をおばあさんにあげなくてはいけないのですか？」

「あなたにとっては、この先も何百回も貰える給料だけど、私の孫娘にとっては一度きりしかない瞬間なんです。その貴重な命のことを一度だけ考えてください」

　すると、青年がフッと笑いながら言った。

「おばあさんと僕はただ、偶然この地下鉄に一緒に乗っただけなんですよ」


　黒人の青年は、地下鉄の駅からさほど離れていないブルックリンの裏道でナイフに刺されて殺害された。たった八百ドルのために。地下鉄で青年の財布を見た黒人のギャングたちの仕業だった。血の付いたナイフを拭きながら一人が言った。

「ツイてねえな。俺が乗った地下鉄でカネを数えるなんて」


　そしてそのギャングは、メキシコの老婆の通報によって警察に捕まった。警察に老婆が言ったことは簡単だった。

「地下鉄であの黒人のギャングを見ました」


　死にゆく憐れなメキシコの少女はどうなったのか訊きたいが、記録はここで終わっている。とすれば、この話の教訓は何だろう？　地下鉄でみだりに金を数えるな？　犯罪は必ず処罰される？　不遇な隣人を見捨てるな？

　正直に言うと、私は黒人の青年の言葉に同意する側だ。あなたと私は一千万人以上が暮らしているこのマンモスシティで、ただ退勤時間に偶然同じ地下鉄に乗り合わせただけだ。たったそれだけで、あなたが私に名前も知らない少女の命のためにひと月分の給料をよこせというのは無理である。私はこの街の平凡な小市民であり、平凡な小市民が一千万人集まって暮らすこの街の連帯意識は思いのほか強くない。あなたの悲しげな顔から一度だけ目をそらせば、私の財布はひと月のあいだずっとぶ厚い。そして翌月、私が出会う人々の中にあなたがいる確率は計算上、なんと一千万分の一だ。しかも我々のひと月分の給料は、この街で生存するためにほぼ最適化された金額である。私がすぐに職場を辞めてこの街でいったいどれほど耐えられると思うか？　だから、この話に教訓なんかない。我々はどんなことからでも教訓を見いだして戒めを得ようとするが、教訓と戒めは決して我々の人生を変えられない。この話の結論はまさにこれだ。

「とにかく我々は同じ地下鉄に乗っている！」

宇宙人無線通信

〈宇宙人無線通信〉は、宇宙の惑星に電波を送る人々の集まりである。

パラリーガル、ビルの清掃員、トラックの運転手、ピアニスト、配管工といった社会的にも職業的にも何ら関連のない会員によって構成されている。彼らは自分の家の庭や屋上に巨大なアンテナを載せ、高出力の増幅器を使って毎日六時間から十二時間、宇宙の惑星へ根気よく電波を送る。宇宙人から返事がくるのかって？「本気で言ってんのか。飛んでくるわけがないだろう！」は私の考えで、「飛んでくるところです。ちょっと遅いですね」は彼らの考えである。

〈宇宙人無線通信〉は一般的な無線通信の同好会と性格が少し異なる。まず、彼らは地球人と絶対に交信をしない。自分の周波数に別の電波が引っかかるとすぐにチャンネルを変える。そして、会員同士も交信をしない。無線機は互いに疎通をするために作られたというのに、面白いことに、彼らは疎通を拒む。自分だけの固有の周波数を求めて、聞いているのかいないのかも分からない宇宙の彼方へ電波を送ることだけに専念する。高価な無線機のかわりにサンマの缶詰に語りかけたとしても、結果は同じになりそうなものだが。

地球の外へ何かを飛ばすには金がかかる。人工衛星であれ、ミサイルであれ、果てはボルトや潰れたビール缶であっても、地球の外に飛ばすのはそう容易い作業ではない。この地球という惑星で重力の執拗な抑圧から簡単に自由になれるものは何もない。地球の外へ電波を送るのも同じだ。地球の外へ電波を送るためには高価な装備が必要であり、より遠くへ送るためにはより高価な装備が必要である。私が訪ねたコ・ドゥシク氏の部屋にある無線通信の装備は、部品の値段だけで、なんと四億ウォンに達する。それでも自分で組み立てたので価格をかなり抑えられたのだと言う。コ・ドゥシク氏は二十年間冷凍トラックを運転し、今も一日に十二時間冷凍トラックを運転する。つまりドゥシク氏は一日に十二時間冷凍トラックを運転し、そこで稼いだ金の殆どを宇宙人に送金しているわけだ。

この人たちはなぜこんなバカバカしいことをするのだろう。宇宙の惑星に電波を送ったところで金になるわけでもないし、そんなことをしても返事がくるわけでもないのに。その理由をドゥシク氏に訊いてみた。ドゥシク氏は絶対に他言してはならないトップシークレットだと何度も念を押すと、私の耳に口を寄せて震える声で言った。

「実は、私たちは地球人ではありません。宇宙人の子孫なんです」

あまりにも衝撃的なこの言葉に、私の口からは思わず感嘆詞が飛び出した。「えっ！」つまりドゥシク氏の話によると、〈宇宙人無線通信〉の会員は地球人の姿をしているが、実は地球人ではないのである。彼らは大昔に銀河系の彼方にある遠い惑星から地球に流刑された宇宙人の子孫なのだそうだ。どう思うかって？　話にならないだろう。彼らは盲腸の手術も受けるし、兵役も済ませたし、子供もつくる。盲腸の手術を受ける宇宙人とは。そもそも話になるのか。彼らはどこから見てもみな明らかに地球人だ。だから結論を言うと、〈宇宙人無線通信〉は自分たちが宇宙人の子孫だと思い込んで暮らす明らかに地球人の集まりである。

〈宇宙人無線通信〉の会員は毎朝この巨大な街に出勤をする。宇宙人の祖先から譲り受けた財産があるわけではないので、仕事をしなければならない。そこには会計士事務所があり、トラック会社があり、ピアノの店がある。彼らは街から割り当てられた仕事を忠実にこなす。ピアノを調律したり、愛することが何の罪なのかと主張する未成年強姦犯を弁護する書類をコピーしたり、便器の穴に場違いに詰まっているパンティやストッキングを取り除いたり、北回帰線付近でサンマの群れを追い回しているうちに突然水揚げされて急速冷凍されてしまったマグロを運搬したりする。街では誰でもこの似たような仕事をしているではないか。〈宇宙人無線通信〉の会員がこの街の一般的な市民と若干異なる点があるとすれば、街で稼いだ金でマンションのローンを返すかわりに、高出力アンテナや変調機といった高価な無線装備を買い込むことに費やすことである。

彼らはなるべく話をせず煩雑な対人関係が要求されない仕事に従事する。そのため〈宇宙人無線通信〉の会員が同窓会に出席して友達と久々にビールを飲んだり、職場の人たちと会食をしてカラオケに行ったりすることは滅多にない。〈宇宙人無線通信〉の会員同士で親交のために会うこともない。彼らはひたすら無線通信に関する技術的な問題だけを、しかもウェブサイト上だけで共有する。地球人と仲良くなれないなら、せめて同じ宇宙人同士で仲良くすべきではないのか、と私は訊いた。ドゥシク氏はそれについてこう述べた。

「私たちは故郷の惑星がそれぞれ違います」

実に困ったことだ。〈宇宙人無線通信〉の会員は、それぞれ故郷の惑星が異なるので、互いにまた別の宇宙人なのだ。まるで『星の王子さま』の小惑星Ｂ６１２と点灯夫の星が互いに宇宙の惑星であるように。

〈宇宙人無線通信〉の会員は自分の職場で静かに真面目に仕事をする。彼らはこの混乱した理解不能な街の複雑な日常が通り過ぎるのを待つ。そして彼らだけの静寂の夜が訪れると、簡単な夕食とシャワーを済ませて自分の無線機の前に座る。無線機の電源を入れて出力を上げる。時間の許す限り地球の外へ電波を送る。もちろん銀河系のどこかにある自分の故郷の惑星に送る電波を。

ある会員は無線機に向かって自分の十八番《おはこ》を歌うこともあるし、ある会員は今日出会った顧客のうち一番うんざりした人について悪口を並べたりする。ある会員は、この地球という惑星は生命体が住んでいる惑星の中で最悪の惑星であることが明らかで、自分の祖先を地球に流刑し、その子孫までこの惑星に住まわせるのは過酷すぎる刑罰だと主張したりもする。彼らは地球人のふりをしながら暮らさねばならない芝居がかった人生の難しさについて語り、ときには暴露されては困る秘密も無線機に打ち明ける。クリスマスには挨拶と共に讃美歌を流すことも忘れない。ある会員は誰も聞き取れない不思議な言葉を無線機に向かって一晩じゅう呟くこともあるが、別の会員の話によると、それはその人の故郷の惑星で使われる宇宙の言語だそうだ。

〈宇宙人無線通信〉の会員は大なり小なり、みな意思疎通と対人関係に深刻な問題を抱えている。彼らは些細で日常的な会話を交わしながらも、かなりのハードルを感じる。言葉をつっかえて汗を流す。ひどいときは、会話を交わしているうちにパニック状態に陥ったり、発作を起こしたりもする。会話をしながらも恐怖を感じ、会話が終わった後に深刻な慚愧の念と鬱状態に陥る。甚だしくは、ひとと会話を交わすと死の恐怖を感じる人もいる。だから彼らは、沈黙をもって自分を守り、言葉で偽って近づくまやかしと偽の親交と偽の親切を全て拒否する。

「地球人は強すぎるんです。私たちは地球人と戦ったら絶対に勝てません。親切そうに近づく地球人は、実は腹の中に巨大な悪だくみを隠しています。それが怖いのです。どんなことが起こるのか予測もつかないのですよ。だから私は毎晩、故郷の惑星に向かって、どうかこの流刑地から連れ出してほしいと電波を送るのです」

ひと言ふた言かの会話くらいなら簡単にできる人もいるし、日常的なひと言ふた言も相当のハードルを感じる人もいる。彼らはなるべく話さないようにし、なるべく人々と接触せず、給料が少なくても一人でやれる静かな仕事を探す。そして拙い外国語を話すように、たどたどしくこの街で生きてゆく。

〈宇宙人無線通信〉の会員は、地球で成功するためにあくせくしない。ここは自分の故郷ではなく、自分の人生の拠り所ではない。地球は彼らにとって宇宙の惑星である。我々のうち誰もサルの群れで名誉を得たり名を馳せたりしたくないように、彼らもこの地球上では同じだ。

地球に流刑されている人生。故郷を失った人生。彼らはこの地球という流刑地で生きてゆくために日々全力を尽くす。この地球を脱出する夢を毎日みる。だから彼らに宇宙の果てまで電波を飛ばせる強力な無線機が必要なのかもしれない。

どこらへんにあるのか、どのくらい遠くにあるのかも分からない故郷の惑星に向かって彼らが飛ばす寂しい電波は、今夜も月の裏側を通って宇宙の果てへ飛んでいくだろう。なぜ彼らは強い地球人として生きられないのだろう。なぜ人間という種族にアイデンティティを感じられないのだろう。こつこつと医療保険を払い、税金を払い、年金を払い、数多くの交通ルールを守りながら、なぜ自分たちは地球人ではないと信じたがるのだろう。

さあ。正直、よく分からない。だが、話が通じる人間なんかはとても見いだせないこの息苦しくて退屈な地球を思うと、彼らが全く理解できないわけではない。地球の外へ電波を送れる無線機があったなら、私もそこに向かって何でもいいからわめくだろう。私の知っている宇宙人といえばE・Tとテレタビーズだけだが。

「地球人より宇宙人と多くの会話をする人生はどうですか？実は私もこの地球にひどくうんざりしているんですよ」

私が訊いた。

すると、ドゥシク氏が言った。

「寂しいですよ」

彼女が埃の舞う換気扇の下で食事をする

研究所の地下には社内食堂がある。だから昼食時には社内食堂に行く。社内食堂に向かいながら私は自問する。自分はなぜこの世の旨い食堂を尻目に、食えば怒りがこみ上げる社内食堂に向かっているのか。なぜ多様かつ華やかなメニューで客をまるで王様のごとくもてなしてくれる数多くの食堂を退けて、定食という単一メニューで客を乞食のごとく扱う社内食堂に向かっているのか。それは社内食堂に比べて他の食堂があまりにも遠くにあるからだ。それは他の食堂に比べて社内食堂の値段が安いからだ。それは食券があるせいで支払をするときに気を使わずに済み、ぼんやりしているソン課長に支払いを押し付けなくてもいいからだ。我々は、食事を終えて出てくるたびに、様々な会食のたびに、靴の紐なんかを結びながら、爪ようじなんかを探しながら、哀れなソン課長をそれとなくレジに追い立てなかったか。ソン課長には子供が三人いて、長子は今年、大学まで進んだ。課長の給料で子供三人を育てるのが半端なことか？　大学の学費が半端な額か？　少しは良心を持てよ、こいつら。もう変わらねばならない。だから私は人道的な次元から社内食堂を利用するのだ、と言いたい。

だが当然、これは正直な理由ではない。私が惨めな気持ちで社内食堂に下りてゆくのは、〈なるべく社内食堂を利用すること！〉という公文書が下されたからだ。社内食堂を経営する社長はもともと上層部にコネがある人物で、商売にならんのなんのと大騒ぎをして猫いらずでも食わせたらしい。それもそのはず、どうして公文書という厳正なる形式に〈なるべく社内食堂を利用すること！〉という超絶クソったれな内容を載せられようか。書いた奴は恥というものを知らないのか。

だがサラリーマンというのはそういうものだ。公文書が下されたら、そこにサッと身を合わせなければならない。「社内食堂の飯はセメントを混ぜたみたいにパサパサでとても食べられません！」とか、「これを食べるくらいならいっそイヌの餌を食べますよ」みたいなことは言わないほうがいい。反抗的な奴！　もちろん素晴しいし良いことだ。人間は世の中の不条理に抵抗し、反抗すべきである。だが男ならば、何かもっとそれらしいことで闘うべきではないのか。男たるもの社内食堂の定食のおかずなんかで反抗的な奴にされるのは、さすがに格好がつかない。なぜか恥ずかしい気がする。大義名分もない。ゆえに、もっと大きくて重要な問題と闘うために、こんな些細なことくらいは鷹揚にやり過ごさねばならない。つまり、ただ目をぎゅっと閉じて食ってやるのだ。ぎゅっと閉じて。

だから私は今、社内食堂に座っている。一貫性が料理の唯一の原則であるかのごとく、奇跡のように一週間ずっと同じおかずの定食を前にして、見ているだけでも消化不良になりそうな部長の演説と冗談に時たま調子を合わせながら。そうして飯粒をぎゅうぎゅう押し込む。味はどうかって？　うーん、生のタチウオに飯を混ぜた味というか。まあ、だいたいそんな感じだ。


「おい、あの女を見ろよ！」

何匙か飯をすくっていた部長が食堂の隅を指しながら舌打ちをした。そこでは総務課のソン・ジョンウン氏がひとりで食事をしていた。そこには大型冷蔵庫と汚いゴミ箱が集まっており、うるさい換気扇が猛烈に音を立てて回っているので誰も座らない場所だ。私も昼食時に彼女を見るたび、なぜいつもあんなところでひとりで食事をするのかイライラしたものだ。

「いったい、なんでかなあ。あの女は毎回、臭くてばい菌がウヨウヨしている隅っこで、ひとりで飯を食いやがる。食う量もすげえ。だからあんなにブタみたいなんだ。あれが人間の身体とは思えん。ぶっちゃけ、あんなのを女の身体と言えるか？　あんな身体でウロつけば、この社会がどれだけカルチャーショックを受けるか考えもせんのか？　とにかく市民としての自覚がな。そうじゃないか？」

部長が訊いた。だが、みんな知らんふりだ。当然である。じゃあ「ええ、そうです。この社会はやっぱりかなりのカルチャーショックを受けるでしょうね」と、こう言うのか？　それに、彼女がたくさん食うというのは、デブだから当然たくさん食うだろうと考える部長の偏見に過ぎない。実際に、彼女のトレイに載っている食事は信じられないほど少ない。部長は、誰も返事をしないとみるや、再び演説を始めた。

「身体はいいとしよう。見ている人がイライラするような、埃が飛んでいるあの隅っこで、ひとりで飯を食うってのはどういう了見だ。一緒に仕事をする職員たちと和気藹々と会話を交わしたりしながら飯を食うほうがずっといいだろう。どうしてもああしなきゃ飯が喉を通らんのか？　まったく、変わってるよなあ。俺はあの女を見るたびにイライラする。そうじゃないか？　パク主任」

今度は不特定多数に訊くかわりにパク主任を指名した。

「ええ、そうです」

パク主任が元気よく答えた。いったい何がそうなんだ。パク主任はおそらく部長が何を言っているのか聞いてもいなかったはずだ。だが、ああいう類いの質問には、たいてい「そうではありません」より「そうです」が正解である確率が高い。確かにポジティブな考え方は処世の役に立つ。パク主任はうまくやったのだ。だが、パク主任があんなに元気よく答えるのは性格がポジティブだからではない。基本的に何も考えていない人だからだ。

部長が悪口を言い続けていても、彼女は気にかけずに、ひたすら顔をトレイに向けたまま規則的に食事をしている。向かいのテーブルでは、総務課の女性職員が数名、何がそんなに可笑しいのか大声でケラケラ笑いながら食事をしていた。もしかしたら彼女の悪口を言っているのかもしれない。研究所で最も楽しい話は、いつも彼女の陰口だから。なぜか分からないが、みんな熱狂的に彼女の陰口を言う。彼女の体重について語り、彼女の滑稽で流行遅れの服について語り、彼女の古い靴について語り、彼女の頑なな沈黙について、彼女の窺い知れない胸のうちについて語る。だが、よく探してみなければいるのかいないのかも分からない静かな女について、人々はなぜあれほど熱狂的に喋りたてるのだろうか。

「ほら、キツネとは暮らせてもクマとは暮らせない、って言葉があるだろう。俺はそれがどういう意味かと思っていたんだがな、あの女を見ると、その言葉が腑に落ちるよ。あの女は洞窟の中にぶちこんでおけば、ニンニクとヨモギを百日間吐いてクマに生まれ変わる女だぜ。ところでソン課長、彼女の仕事ぶりはどうだ?」

部長が今度は真顔でソン課長に訊いた。予期せぬ質問だったのか、ソン課長は噛んでいた飯粒をゴクンと飲み込んでわかめスープを少し飲んだ。煮干しわかめスープ! これはわが社の社内食堂の特別メニューだ。他所では絶対にお目にかかれない。味はどうかといえば、簡単に言って、胸クソ悪い味だ。この言い方は少し抽象的でよく理解できない? じゃあ、それは布巾を煮た湯にワカメと煮干しを入れて煮出した味にそっくりだ。

「うちの部署ではないので……」ソン課長が落ち着いた声で言った。

「それでも同じ事務所で働いているだろう」

部長が問い返した。部長はいつも問い返す。そういうタイプの人がいる。どんな状況であれ自分の望む答えを絶対に聞きたい人。そういう人の下で飯を食っていこうとすれば、問われたことに必ず答えねばならない。だが、課長が帆船の模型を作ること以外にいったい何を知っていよう。そして、わが社に何か個別の能力を測れるだけのまともな仕事でもあれば、の話だ。

「引き受けた仕事はきちんとこなすと聞きました」

ソン課長がやはりおとなしく言った。

「きちんと？　あのクマとブタの子が合わさったような女が？　君は〈きちんと〉という言葉がどういう意味か解って言っているのか！」

部長が怒鳴りつけた。

「ああ、ソン課長の言うとおり、引き受けた仕事はきちんとやるとしよう。社会生活ってのは、それだけで済むか？　引き受けた仕事をこなすなんぞは給料をいただくサラリーマンとして基本で、何かプラスアルファがないといかんだろう。女の職員はだな、事務所の華だよ、華！　事務所の雰囲気を盛り上げるし、一緒にいれば張り合いが出るし、愛想よく話しかけるし、ほら、そういうのがあるだろう」

部長が声をひそめて我々のほうに顔を近づけた。強烈なローションの臭いと顔の皮脂の臭いが混ざっていた。ここに煮干しワカメスープを一口でも足したら本当に吐いてしまいそうだ。

「君たちはまだ若くてよく解らんだろうがね。歳をとるとアレを勃てるのが大変なんだよ。だがな。

俺はあのクソ女を見るといつも、やっと勃ったアレも萎む。あの気分は本当に惨めとしか言えん。この歳でだな、やっと勃ったのが萎えると寂しくなるんだよ。だから、あのクソ女は俺を寂しくさせるわけさ。ハッ！　ハッ！　ハッ！」

あっ！　何だ？　あの長いセリフの正体は冗談だったというのか？　みんなようやくセリフの本質に気づいて笑い始めた。ハハハ、ホホホ、へへへ。ちきしょう、全然リズムが合わない。笑うときはみんな一斉に笑わなくちゃいけないのに、無理に笑っているのがバレバレだ。みんな気まずい。こんなアクションを起こした後は、お互いに恥ずかしい。お互いに何とか保っていたひ弱な尊敬の念が崩れて「そうだよなあ、自分らに何ができる。食っていくためなら、こんな恥ずかしい時間も一緒に耐えたりするのさ」みたいなセリフを交わす感じが。

そのあいだに部長は自分のトレイにある料理をきれいに平らげた。布巾を煮た湯で作った煮干しわかめスープを平らげるとは、やはり驚くべき嗜好だ。まあ、部長みたいな人が消化できないものがどこにある。彼は頼まれごとを引き受けるときに、現金、品物、商品券、果ては六ヶ月ものの手形さえ遠慮しないと言われている。いわゆるバラエティギフトセット。そして、押し込めば必ずそれに見合う何かを吐き出すことでも有名だ。彼は、頼まれごと、賄賂の授受、不正の巻き添え等々の華麗なる履歴で浮き沈みを繰り返してここに転出してきた。しかし部長は依然として健在である。何年かはここで身を潜めているだろうし、世間が忘れた頃にまた出てゆくはずだ。部長を指して盛んに〈パラシュート人事〉と言うが、彼はパラシュートではない。しばし不時着した、爆弾を山ほど積んだ爆撃機である。

部長がトレイを持って立ち上がった。パク主任と私がそそくさと席から立ってトレイに向かって手を伸ばした。

「私が置いてきます」

パク主任と私が同時に言った。部長に向かって伸びている手が恥ずかしい。

「そうか、そうしてもらえると有難いな」

部長はパク主任と私を交互に見つめると、私にトレイを差し出した。そして隅に座っているソン・ジョンウン氏をもう一度見つめた。

「あ、あ、食い方もどうしてあんなにクソ不味そうなんだ。あの女は会議で意見一つ出すところを見たこともない。まあ、すっかり口をつぐんで何も言わないなあ。会食に一度でも出るわけでなし、出勤の途中で会ってハキハキ挨拶するわけでなし。性格もパッとしない。しかもデブときてる。あの性格に、あの体重で嫁に行けるのかな。無理だろう。そうさ、どんなドタマを銃に撃たれた奴があんなブタみたいなクソ女を引き取るんだ？　ともかく、あのブタみたいなクソ女をなんとか見ないで済む方法はないかなあ」

部長は聞こえよがしに言った。今度はかなり大きな声だった。ソン・ジョンウン氏に充分に聞こえるくらいに。彼女は深くうなだれたまま食事を続けていたが、私は彼女の耳たぶが赤くなったのを、怒りのせいか涙のせいか、肩が少し、ほんの少し震えるのが見えた。

エドゥアール・マネは『青トカゲ』という本で、十五歳を〈世界をダイナマイトで爆破したい歳〉と表現した。その本で思い出すフレーズといったらそれだけだ。考えてみると、私の十五歳はそのとおりだった。ダイナマイトがあれば学校を爆破したい、そんな気分の年頃だった。自分を取り巻く全ていつも腹を立てていた。

例えば、首までボタンをきちんと嵌めて歩かねばならない制服についての校則が気に入らなかった。首までボタンを嵌めると、窒息して死にそうな気分になった。〈少年よ、大志を抱け〉と書かれている学校の理事長のブロンズ像の前を通るたびに自分の大志についてわずか数秒でも考えねばならない規則についても同じだった。少年たちにはみな、医者になるとか、弁護士になるとか、でなければ、何々大学に合格するぞ、というたぐいの大志はあったが、不幸にも、私には大志なんかは全くなかった。医者や弁護士になることがどうして少年たちが当然に抱くべき大志になり得るのかさえ理解できずにいた。

私は学校の全てが嫌だった。授業中にちょっとウトウトしたという理由で先生に黒板消しで叩かれたり廊下に頭をつけさせられたりするのに、どうして学生たちは暴動を起こさないのか、としょっちゅう考えた。理解できないことだった。子供らはあまりにもおとなしかった。私は勉強ができず、かといって力が強いわけでもなかった。授業中に先生から質問されると、解ける問題もぐずぐずしているうちに殴られるのがオチで、ケンカの腕前はさらにぱっとしなかったので、図体のでかい子供らに小遣いを巻き上げられる、まあまあの子供だった。私の十五歳はそうだった。しかし、まあまあであることの何がそんなに悪いのか。この世はまあまあなものだらけでできているのに。

あれはおそらく十月だったと思う。私は授業中に窓から運動場を眺めていた。運動場では巨大な美しいつむじ風が十月のイチョウの葉をくるくる巻き込んで空高く押し上げていた。イチョウの葉はつむじ風の形に沿ってぐるぐる回りながら国旗掲揚台のポールより高く舞い上がった。独楽《こま》のせわしい回転のように、土星の輪を形づくる氷の粒のように、イチョウの葉をぶら下げてぐるんぐるん回る風の様子は見事で美しかった。私はそれまで、あれほど美しい風を一度も見たことがなかった。私は思わず「あーっ！」と感嘆の声をあげた。そのとき、骸骨のように痩せこけた顔と水気などは見当たらない乾燥した肌のせいでシリカゲルというあだ名のついた倫理の先生が私を教卓に呼びつけた。「何を見ていたんだ？」私はあんなに美しい風景は少年の人生に何度も訪れないと考え、先生も私の気持ちが解るだろうと信じた。それで正直に言った。「きれいなつむじ風がイチョウの葉っぱを巻き込んで上がっていくのを見ていました」すると子供らが笑った。シリカゲルは私をしげしげと見つめた。そして「こいつ、頭がおかしくなったのか」と言った。シリカゲルは腕時計まで外して私の頬を叩き始めた。一発！　二発！　三発！　四発！　頬を叩かれる顔は痛くなかった。私は心がとても痛かった。心の奥にあったあまりにも青ざめて哀しいものたちが喉までせりあがってきた。そして私は狂ったようにわめいた。うわあっ！　うわあっ！　うわあっ！　と。

シリカゲルはびっくりして三、四歩後ずさりしたところでぼう然と立ちすくみ、子供らも何も言わず私を見つめていた。教室は一瞬、全てが静止してしまったようだった。そして私は教室を飛び出してしまった。

ところで、突然どうしてつむじ風の話なのか、って？　私は十五歳の平凡でまあまあな子供に過ぎなかったが、はっきりと何が美しいのかを知っていて、怒るということができた。この食事の時間を見よ。実に十三号キャビネットくらい非現実的ではないか？　単に直属の上司という理由だけで、どうして人間が人間に「あのブタみたいなクソ女をなんとか見ずに済む方法はないかなあ？」みたいなことを面前で言えるのか。それは正直、本物のブタにも言ってはいけないことだ。

しかし、誰もその言葉に対して怒らない。誰も怒らないことがむしろ自然なことのようにさえ感じられる。十五歳の私の、あの溢れる怒りはいったいみんなどこに行ったのだろう。どこに行ったのか。私はどこかに去ってしまった自分の怒りが、ひょっとしたらポケットにあるかと思って片手でポケットを探りながら、反対の手では部長のトレイを返却口におとなしく運んだ。そして返却口に向かって叫んだ。

「おばさん！　明日は煮干しワカメスープじゃなくて別のものにしてくださいよ。もう、うんざりだ」

自分もここにおります

ひと月に一、二回は同じ悪夢をみる。その夢は兵役時代のおぞましい経験だ。夢の中にいる私は、これが夢だと分かっている。しかし、夢だと分かっているということが、恐怖から脱け出すのに役立つわけではない。周りは火事になっていて、私は煙の中で何かを必死に待っている。何を待っているのだろうか。私が待っているのはおそらく順番のはずだ。

防火訓練だった。年配の上官は首を傾げる。「三十年軍隊におるが、こんなしょうもない訓練は初めてだな」訓練の設定はこうだ。わが軍は陣地を捨てて後退すべき状況にあり、兵舎は砲弾を浴びて燃えている。よって戦略的に最も重要なものから順番どおりに運び出さねばならない。順・番・ど・お・り・に！

すみやかに運び出すものには青いラベル、燃えてもかまわないか廃棄されるものには赤いラベルがついている。私は青いラベルを胸につけて、テーブル、軍用シャベル、防毒マスク、テレビといったものと一緒に倉庫の建物の中に座っていた。私は負傷した兵士の役だ。とにかく私は廃棄品目ではなかった。胸についている青いラベルを見ながら、ああよかった、と思う。とにかく私は廃棄されないのだから。

訓練が始まるとすぐに、実戦同様の訓練のために誰かが倉庫の中に火をつける。誰かは発煙弾も作動させる。一瞬にして煙が立ちのぼる（ああ！　実戦同様の訓練。そうさ、まあ、好きなようにしろ。訓練は訓練のように、実戦は実戦のようにするのが当然だが、〈実戦同様の訓練！　訓練同様の実戦！〉とまあ、こんな話にもならない話もあるんだから）。防毒マスクを被った小隊長が入ってきて、訓練のために兵士たちも入ってくる。兵士たちは毛布のようなものであたふたと火を消す。

「おまえは何をやっとる？」小隊長が言う。

「火を消すのではないのですか？」兵士が言う。

「このどアホが。今は戦闘状態だぞ。砲弾が雨あられなのに火を消すバカがどこにいる？」

小隊長は激高する（ゲホゲホ、そうか。砲弾が雨あられなのに火を消すバカはいない。説得力あるな）。

「順番を間違えるな。この訓練は順番が命だ。さっさと戦略的な重要度に従って順番どおりに外へ持ち出せ」小隊長は叫ぶ。

一順位は文書だ。機密文書、一級保安書類、二級保安書類、対外秘、地図、作戦計画書、暗号と隠語（ゲホゲホ、何だかあの品目はすごい重要なものって気がするな）……四順位、警察犬（ゲホゲホ、まあ、ドイツ生まれのシェパードだし、三千万ウォンもするって話だから）……七順位、ロケット弾とスティンガーミサイル（ゲホゲホ、まだ我慢できそうだ。戦車を狙うロケット弾とヘリコプターを狙うスティンガー、名前からしてゴージャスじゃないか。コン二等兵みたいなのとは比べ物にもならないいな）……八順位、弾薬と手榴弾（ゲホゲホ、えっ、こいつら正気か？　それを最初に持ち出すべきだろ。爆発したら水の泡じゃねえか）……九順位、予備の銃と錠（ゲホゲホ、なに？　錠？　銃はともかく、ここにきて錠は何のために持っていくんだ？　ふざけてんのか、こいつら。煙のせいで死にそうだ）…十順位、文書キャビネット（ゲホゲホ、なに、キャビネットだと？　信じられねえ）。

そのときふと、こんなことを思った。ひょっとして、私がここにいることをみんな知らないんじゃないだろうか。負傷した二等兵一名が塵取《ちりと》りとテレビと一緒に兵舎の中にいることが訓練計画書から漏れているんじゃないだろうか？　急に不安が襲ってきた。それで私は静かに手を挙げた。

「小隊長殿、自分もここにおります」

すると、防毒マスクをつけた小隊長がそばにいた上等兵に訊いた。

「あいつ、何だって？」

「自分もここにいる、と言っておりますが」

「だからそれはどういう意味か訊いてんだよ、このどアホが」

「自分はいつ出るのか、と訊いているようですが？」

「順番を待てと言え！　まだ順番が来てないんだから。十一順位、生化学防水布」

優しい上等兵が咳き込む私のところに来て言った。

「大変だなあ、コン二等兵。でも、まだ順番じゃないそうだ。すまんな」

「大丈夫です、パク上等兵殿。まだ我慢できます。ゲホゲホ」

上等兵が謝ることじゃない。私の順番が来ていないのは上等兵のせいではないのだから。私は煙のせいで肺が破れそうだった。兵士たちはのろのろと物品を運んだ。目からは涙が、鼻からは鼻水が、口からは唾がだらだら流れてきた。もう咳も出ない。薄れゆく意識の中で私は考えた。「俺の順番はいつ来るんだろう？」私は胸をわしづかみにして髪をかきむしった。私は考えた。ひょっとして俺の役割は兵士ではなく死体ではないのか？　本物の人間ならば、この火の手の中でキャビネットの後の順番のはずがあろうか。見かねた上等兵が小隊長に言った。

「小隊長殿、あのままでは大変なことになるのでは。煙がひどすぎます。コン二等兵はいつ出るのでありますか?」

「待てと言っているだろう!　毛布は十七番目、ロッカーと私物箱は廃棄、飯盒の蓋と石鹸入れ、こういうのはどうでもいい。ジョリーポン［コーヒー味のポン菓子］と辛ラーメン、ええい、ちくしょう、ジョリーポンとは何だ。本部のクソ野郎、適当に書きやがったな。とにかくこれも要らんし、毛布は十七番目。これはさっき言ったし、うむ、ここにあるな。負傷した兵士!　十六番目。だからあいつは防毒マスクの後に出ればよし」


つまり私は防毒マスクの後だった。ドイツ生まれのシェパード、生化学防水布、キャビネット、そして防毒マスクの後だ。幸い毛布よりは先だった。実に幸いだ。毛布より先で。毛布が先に出て偉そうに「あれ?　遅かったな。とにかくご苦労さん。これで軍隊での俺の偉さが解っただろう?　だから寝るときは適当に丸めて涎《よだれ》たらすんじゃないぞ」みたいなことを言うのを見るのは本当に嫌だから。

　私は鼻水と涙をたらしながら、咳をしながら、防毒マスクと一緒に兵士たちにズルズル引きずり出された。映画『ショーシャンクの空に』のように腕を広げてカッコよく走り出たかったが、正直、脚がガクガクして、立っている力もなかった。

　その訓練以来、私は少し変わった。何というか、物事を見る目が変わったとでも言おうか。私はキャビネットに親切になり、防毒マスクに丁重になり、歩哨から戻って銃を片付けるときに銃器施錠装置に敬礼をした。何といっても私より優先順位が高い存在なのだから。

存在感が果てしなく小さくなったと感じることがある。誰も私を思い出してくれず、どんな順番も自分に回ってこないかもしれない感じ。最も愛する人々にとって私という存在がホッチキスや掃除機より劣る存在かもしれないと怖くなるときがある。自分がこの世でどんな姿で、どんな価値で存在しているかに気づくのだ。誰かが私に言った。「おい、がっかりするな。人間になるっていうのは番号札を持つってことなんだよ。だから静かに順番を待て。仕方ないだろう」

多重所属者

現在、全世界で約百七十の多重所属者（multiappearance people）のグループが活動していることが判明している。

多重所属者はお互いの肉体を交換する人々である。Ａという人物の魂が、今日はＢの身体で生活し、明日はＣの身体で生活する。ときにはＡ、Ｂ、Ｃが一度にＤの身体に入って生活することもある。この説明が変だとすれば、七人が七台の自動車に交代で乗るようなものと考えればいい。朝、駐車場に行って七台の車のうち気に入ったものに乗って出勤すればいいのである。同じ方角ならば一台の車両に数人が乗っていくこともできる。当然ではないか。燃料代も節約できるし、カップルだから通行料も割引してくれるし。

肉体を交換するため、多重所属者たちのあいだには興味深い話がたくさんある。ルネッサンス期から四百年以上多重所属者を研究してきた伝統的なイタリアの学会ＭＰＨＡ（多重所属歴史研究会）の会誌には次のような苦情がある。

「タンバリンさんはカロリー計算を全くしません。手当たり次第に食べて飲んで身体の状態をめちゃめちゃにして出ていってしまうのです。誰も彼が入っていた身体に入ろうとしません。午後二時には屋内テニスをしなくてはいけないのに、タンバリンさんが出ていった身体は重すぎるのです。そんな身体でよたよたボールを追いかけているとバカみたいです」

「セックスをするとき以外は全部悪いです。彼女の舌は〈R〉と〈L〉の発音が区別できません。バイヤーたちと会話をすると本当に恥ずかしいですよ。いったいこんな舌でどうやって相手を説得しろというのですか？」

「セックスをするときはいいのですか？」

「いやあ！　ものすごいですよ。クリトリスがグリンピースくらい大きくなるんです」

「こないだ妻と身体を交換してセックスをしてみました。妻は私の身体を、私が妻の身体を使ったのです」

「女は男よりオーガズムを強く感じるそうですが、どうでしたか？」

「自分があんなにつまらない奴だってことに、そのときようやく気づきました」

はて、面白そうな気もする。私も腕くらいの性器を持った男がいたら、その身体をいっぺん利用してみたくもある。マイク・タイソンみたいなパワーと体格をもった奴がいたら、その身体を借りて、高校生のときに私をいじめた近所のヤクザたちを懲らしめたい気持ちもある。

しかし多重所属者たちは、こんなふざけた目的で組織されているわけではない。十八世紀以前の多重所属者はおおむね天才たちのグループだったが、現代で活動している多重所属者は殆ど機関のスパイか巨大企業と政治組織の核心ブレーンたちだ。だから彼らは、非常に厳しく、事務的であり、利己的に動く。

歴史的に明らかにされた多重所属者は意外と多い。レオナルド・ダ・ヴィンチ、ニュートン、ガリレオ、コロンブスは多重所属者だった。この話が信じられないなら、レオナルド・ダ・ヴィンチがその短い生涯に成し遂げた偉業を考えてみよ。人々が馬に乗って戦争をしていた十六世紀に、戦車、飛行機、潜水艦といった戦闘機を構想し、設計し、デザインまで行ない、実際に作ってみようともした。レオナルド・ダ・ヴィンチは未来学者かつ天才科学者であり、人体の動脈と静脈、臓器と骨の位置を正確に知り、その機能を理解していた解剖学者かつ医学者であり、もちろん〈最後の晩餐〉と〈モナリザ〉を描いたのだからルネッサンス期のイタリア最高の画家であり、かなり高額で建物を設計する名のある建築設計士かつ建築家であり、幾何学、代数学に通じた数学者であると同時に物理学者であり、十六世紀最高の軍事戦略の専門家かつ武器製造家であり、便利なものをたいてい自分で発明して使う偉大な発明家であり（目録を印刷するだけでもうんざりするほどで）、当然のことながらあらゆる機械のエンジニアであり、地質学者であり、天文学者であり、生物学者であり（特に鳥の生体と飛行原理に関心が高く）、錬金術に長けた化学者だった。実は、ダ・ヴィンチがどんな人物だったのかを定義するのは意外と簡単なことかもしれない。やっていないことがないのだから、あえてタイトルをつけるとするならば、十六世紀に存在したあらゆる分野の職名を全部つけてもかまわないからだ。

まさかあなたは、一人の人間がこんなに偉大なことを、しかも一つや二つでもなく、一つや二つの分野でもないところで、同時に行えると思うか。レオナルド・ダ・ヴィンチは全ての分野において天才だった。飛行機の構造を研究しつつ、同時に〈モナリザ〉を描いた。小説の中でこういう人物を作り出すと現実味がないと批判される。後学の研究者たちは、どうして一人の人間がこれほど多くのことを成し遂げられたのか不思議がり、その作業量の膨大さゆえに〈レオナルド・ダ・ヴィンチは時間が惜しくて眠らなかった〉という伝説をつくったりもした。だが我々は、レオナルド・ダ・ヴィンチを単数人称ではなくレオナルド・ダ・ヴィンチ・チームと呼ぶべきだろう。当然、レオナルド・ダ・ヴィンチ・チームには、当代の天才と碩学《せきがく》たちが集まっていた。彼らはお互いの身体を共有しながら絶え間なく作業をし、論文と作品の発表の窓口をレオナルド・ダ・ヴィンチに一本化しただけだ。

『モンテ・クリスト伯』と『三銃士』の作家としておなじみのアレクサンドル・デュマも多重所属者の疑いがあった。デュマは、人間が一人で一生休まずに書いても書ききれないほど膨大な量の連載小説を生み出した。だが、後に〈デュマ小説工場〉という有名な訴訟事件によって、この疑惑はきれいに解けた。デュマは溢れかえる連載小説の締切りを守るために小説工場を作っておき、そこになんと七十三人のゴーストライターを置いた。訴訟事件後にデュマとデュマの小説工場は笑いものになったが、だからといって彼の有名税と収入が減ることはなかった。もちろんアレクサンドル・デュマは多重所属者ではなく一種の工場長だったので、多重所属者を研究する学者たちの関心から除外された。

最近は、アメリカの元大統領ビル・クリントンが多重所属者であるとの疑惑が持ち上がった。この仮説によると、セックス・スキャンダルを起こした人物はクリントンではない。スキャンダルの主人公は、数学の天才で国家財政担当委員だったロバート・ハンチントンという人物である。ハンチントンは性欲を抑えられないほど性ホルモンの分泌がさかんな脳を持っていた。だが、不恰好で貧相な体つきゆえに女性にまるで人気がなかった。そのため、この疑惑によると、ハンチントンがクリントンの身体を利用するたびにトラブルを起こしたのだが、あの有名なジッパーゲートを始めとする三十を越えるスキャンダルは全てハンチントンの作品だというのだ。しかしクリントンの影の側近たちはこんな見解を鼻で嗤う。

「ひょっとしたらクリントンは多重所属者かもしれません。実際にクリントンは非常に愚かなので、国家はおろかトーストの店一軒運営する能力もありませんから。ですが、ハンチントンのせいでセックス・スキャンダルが起きたというのには同意できませんね。性ホルモンの分泌量ならクリントンも決して引けを取りませんので」

多重所属者のエピソードは突拍子もないことに聞こえるだろうが、多重所属はどこにでもある伝統的かつ普遍的な技法だ。我々がよく知っているテレパシーは、最も基礎的な多重所属技法のうちの一つである（テレパシーが理論的に不可能であるという話は私も聞いたことがある。だが、ロシアにはテレパシーを研究する専門的な研究所があり、冷戦時代にKGBとCIAはテレパシーをスパイ活動にも活用しようとしていた）。魂が肉体から脱け出して自由に動く幽体離脱現象もまた多重所属の基礎的な現象のうちの一つである。

アフリカのブードゥー教の信者たちは、儀式を通じて〈ルワ〉と呼ばれる精霊を体内に取り込む。彼らは〈ルワ〉と共存しながら〈ルワ〉の指示する生活を送ろうと努める。肉体と精神に命令を下す存在は自分ではなく、自分の身体を支配する〈ルワ〉であると信じている。ホラー映画にたびたび登場する〈ゾンビ〉のモチーフもブードゥー教の信者たちの〈ルワ〉信仰に対する誤解から生まれた。世界中のあらゆるムーダン［巫女］に共通して起こる神がかりの現象もこれと似ている。ムーダンの身体に神が乗り移ると、その身体には、その神の生前の声と習慣、病気の兆候まで全て表われるようになる。

すなわち多重所属は、外部の魂が生きている限り人間の肉体を支配するのである。現代的な概念に例えると、一人の人間が他の人間とネットワークで結ばれているようなものだ。精神と精神が互いに接続されているのである。

学者たちは、多重所属者の起源には二つあるとみている。一つはピラミッド石工技術者から由来しているという説で、もう一つはユダヤ人のカバラのグループに所縁があるという説だ。

多重所属はピラミッドを作った石工技術者たちが当事の不便な交通の問題を解消して自分たちが持っている建築技術の秘密を維持するためにつくった技術の一部だった、という説は、ピラミッドの持つ多くの神秘的な現象とピラミッド建築の技術的な不可能さと共に長いあいだ説得力を持っていた。しかし、多重所属者を研究する専門家たちは、当事の技術は一種のテレパシーのようなもので、今のように他者の脳と身体を直接掌握する発達した形式ではなかったと言う。必要な情報を伝えて意見を交換するのがせいぜいだったと言うのだ。

現在の多重所属技法のルーツを持っていたのはユダヤ人だった。この技法はユダヤ人のカバラのグループで密かに開発され、また密かさと謎めきを維持したまま、およそ二千年間運営されてきた。つまり多重所属技法は、カバラの最上部層の許可を得て、人種と身分に関係なく天才的な才能を持つ人々を厳選し、絶対的な監視と厳格な規律によってのみ使用された。定住すべき地を持たなかったユダヤ人の人生がいつもそうであったように、多重所属者たちは、明らかに敵対関係にある二国の高官同士が連帯しているケースもしばしばあったと現代の歴史家は見ている。

ごく少数で運営されていた多重所属者は、第二次世界大戦中に、広範囲にわたる諜報戦のために急遽量産され始めた。そして第二次世界大戦が終わった後、その技術は結局ＫＧＢ、ＣＩＡ、ＦＢＩ、モサド、ＳＩＳ等々に残されることになり、ウォール街、軍事企業、石油会社、アメリカのマフィア、ロシアのマフィア、ラテンアメリカの巨大な麻薬組織にまで拡大し、独裁者たちが自らの権力を維持し続けて私的な利益を得る用途にも使われた。

世界中に散らばっていながらも強力な連帯意識で世界金融の核心的な役割をするユダヤ金融界のブレーン、フリーメイソンのブレーン、夜の経済を支配する香港の三合会《サムハプウィ》のブレーンが多重所属技法を使って広範囲のコネクションを動かすと伝えられている。ブードゥー教では死者まで繋がっている多重所属者のコネクションが黒人のギャング組織と連帯して動いており、あげくに教皇庁やイスラムの高位の司祭たちも多重所属技法を使って組織の秘密の業務を処理すると伝えられている。彼らは、中世の石工ギルドの首席の石工たちが多重所属技法によって技術的な秘密を維持させ、一つの世代から他の世代へ技術を伝えるのと同じ方法で、秘められた権力を維持している。

現代の多重所属者は殆ど政治と金融、軍需会社、グローバル石油会社の超トップクラス同士で連帯している。多重所属者は、マンハッタンとボストン、ミュンヘン、ロンドン、パリ、東京、シンガポール、上海、アムステルダム、モスクワ、バチカンといった世界の政治と経済の中心部のどこにでもいる。ウォール街にある投資集団、石油企業、ボーイングとロッキードといった軍事企業、ＮＡＳＡ、ＣＩＡ、イスラエルのモサドといった最も危険かつ機敏で徹底した保安が維持されるグループには多重所属者が必ず存在する。

ボストンの政界と情報機関と巨大軍需会社とグローバル石油会社とウォール街は、情報を交換したり共同所有したりするレベルではない。傍目には互いに別の組織のように見えるが、実は一つの肉体に閉じ込められた単一の存在である。彼らはこの巨大な多重所属のカルテルを動かしつつ、決して変わらない一つの信念を実践する。それは、世界の主導権を失わないことであり、不純な人種と民族が必要以上に権力を得ることを防ぐことである。そして、世の中がどのように変わろうが関係なく、支配する者と支配されるものの血が永遠に異なることを示すことである。

当然のことながら、このような機関の多重所属者に会うのは、ほぼ不可能だ。彼らは肉体と精神をまとめて共有するため、私的な利益を得るために情報を持ち出したり裏切ったりすることは根本的に不可能である。一人の多重所属者がグループを裏切るということは、すなわち自殺をするということと同義だ。正確な情報ではないが、機関で不要な多重所属者のグループを解散するときに、これと似たような方法を使うという。七人の人間を一人の身体に集めておき、核廃棄物処理場のような場所でその人間を殺す。ならば、残りの六人はどうなるのかって？

馬鹿を見る。

我々が会うことのできる多重所属者は、たいてい自発的多重所属者グループと呼ばれる人々である。自発的多重所属者グループがいつからどのように生じたのかは正確に知るすべがない。おそらく機関の秘法が外に流出して生じたか、でなければ自然発生的に生じたか、二つに一つだろう。とにかく自発的グループとは、機関とは関係なく自発的に形成されたグループを指す。彼らがこんなことをする理由は意外と簡単だ。

「なぜかって？　もちろん能力を伸ばして成功したいし、うんと稼いで金持ちになりたいからですよ。権力と富。それは資本主義の唯一の目標でしょう？　我々は各分野の専門家を集めて一つのチームを作ります。お互いの情報と能力を交換するんです。自分に売りがあれば誰でも会員になれます。いったん会員になれば、もう何にでもなれますよ。弁護士や会計士の資格を取るのなんか朝飯前です。他のライバルたちとは仕事のスピードや能力の面でまるで競争になりませんよ。しかも株式をやろうが違法なビジネスをやろうが、もう決して一定レベル以下に堕ちることはありません。すでにカルテルの一員になったのですから。もちろん、それが試験でカンニングをするように公正じゃないことくらいは解っています。でも、どうせこの世は生まれたときから公正じゃないじゃありませんか。一人で頑張ったところでうまくいく世の中でもないですし」

多重所属の技法は総じて危険だが、そのうち〈ヒッチハイカー〉と呼ばれる技法が最も危険である。ヒッチハイカーは、複数の人間が一人の身体に入って同時に業務を処理する技法だが、情報の出口が単一化されているケースである。多くの天才たちを精神病や早死へ導いておいて〈天才は短命である〉というふざけた俗説をつくりだしたこともあるこの技法は、情報の出口役を相対的に多くの危険に晒す。ある学者たちは、この技法の持つ副作用の原因は一人の肉体の中で複数の人間が休まず仕事をするために生じる一種の過労死ではないか、という単純な結論を下すが、断じてそれは笑わせる話だ。

それは〈残影症状〉あるいは〈残像症状〉と呼ばれる抑圧機制が残るからである。複数の人間の情報が一人の脳で活動する場合、その膨れ上がった情報の量は、実は全く問題にならない。問題は、複数の人間の精神が入ってくる際に無意識の中に残ることになる数多くのタブーである。非常に不思議なことだが、精神が出ていくと、その精神が保持していた情報は忘れられ、または消滅するのに対し、タブーは残り続ける。つまり、七人で運営するヒッチハイカーのチームの情報の出口役は、七人が持つ数多くのタブーを自分の無意識の中に蓄積し続けることになる。

当然のことながら、人間の精神は、ある限度以上のタブーを保持することができない。そうなると、脳はあらゆる干渉と抑圧の過負荷がかかるようになり、ちょっとした不埒な想像さえできなくなる。しかも、このタブー同士が衝突し始めると、事態は収拾がつかなくなる。情報の出口役は長時間ひどいストレスに苦しむようになり、うつ、睡眠障害、強迫症、分裂症といった障害を持続的に起こすようになる。

情報の出口役となる多重所属者は、想像もできないくらいあらゆる方向への能力と情報を所有するが、時間が経つにつれ、その能力は著しく低下する。脳は数多くの抑圧機制で溢れかえり、自分がいったい誰で、どう行動すればいいのか分からなくなる。そのため、しまいには小さい些細なこと一つ決められなくなる。タバコを手にしては離し、料理を注文してすぐにキャンセルし、良い気分がすぐ悪くなり、プロジェクトを決定しては取り消すことが増える、皮肉なことに、能力と情報量が増えるごとに決定権や想像力は反比例して減っていく奇異な形になってしまうのである。

多重所属者の晩年は悲惨である。彼らは次第に呆けてゆく。笑い話のようだが、食器トレイの上にあるどのおかずを食べるべきか悩んで栄養失調になるケースもあり、ひどいときには肉体が脳の命令を全く聞かないケースもある。

多重所属技法は危険である。最初は、いきなり増えたスーパーマンのような能力に浮かれるだろうが、その内側では、誰も結局は自分を守りきれなくなる。チームメイト全員が深刻な後遺症で苦労している、破壊されたある自発的多重所属者グループの情報の出口役はこう忠告する。

「私は自分が誰なのかわかりません。あまりにも多くの他人の干渉によって、自分が誰なのか、自分自身として生きていくというのはどういうことなのかを忘れてしまいました。私の頭の中には数多くの指示とタブーがぎっしり詰まっています。それは私の全てに干渉するのです。だから私は、実際には何もできません。バカになってしまったのです。干渉はいけないことです。人間は他人を決して理解できないからです。〈他人の立場で考えてみろ〉という言葉がありますが、そう言う人たちは一度、ヒッチハイカーの排出口として生きてみるべきです。人間は、肉体と精神を丸ごと借りたとしても、決して他人の立場で考えることはできません。他人の立場であると錯覚する自分の立場で考えることはできますがね。ですから、むやみに他人を理解したと思わないでください。まさに、そこからおぞましい暴力が発生するのです」

私は自分が誰なのか分かりません。
あなたが誰なのかも分からないのです。
だから自分らしく生きることもできず
あなたらしく生きることもできないのです。
自分らしくもなく、あなたらしくもない、
それくらい何者でもなく、
それくらい宙ぶらりんに、
私はそんなふうに生きています。

「クォン博士は頑固者です。まるで話が通じませんでした。先生は融通が利きそうですね」

黒いスーツの男が名刺を差し出しながら言った。黒地に金箔で印字された名刺には〈K〉という、たった一文字と電話番号だけが書かれていた。名刺は男が着ているシルクのスーツくらい高級そうに見えたが、内容は名刺の役目を果たしていないように思えた。

「立派な体裁に比べて内容は実にシンプルな名刺ですね」私が言った。

「名刺が複雑でなくてはいけない理由は全然ありませんからね」男がちょっと笑いながら言った。

「お仕事は請負業者や私立探偵のようなものですか?」私が訊いた。

「似ていますが、映画に出てくるような、あんな安物ではありません。いわゆるコンサルタントです」

男は、私の言った〈請負業者〉と〈私立探偵〉という言葉にひどくプライドが傷ついたというようにちょっと顔をしかめた。男が事務所のドアを開けて私の席につかつかと歩いてきたとき、正直なところ、私はかなり驚いた。私は以前から男を知っていた。彼は長期間この研究所を監視してきたし、クォン博士と私を監視してきた。クォン博士から、企業に雇われた者だと聞かされた。彼らは暫く我々を監視してどこかへ去り、少ししてまた現れたりした。しかし、今日のようにダイレクトに接近して話しかけたことは一度もなかった。

「いい提案があります」

カフェの席に着くなり男は丁重に言った。

「まずは伺いましょう。いいご提案とのことですから」

「やはり話が通じる方ですね。では、無駄な前置きは省いて本題だけお話ししましょう。資料を引き渡す条件として四億ではいかがですか」

四億とは。妙な気分になる言葉だ。そんな大金が私の人生に現れたことは一度もなかった。どこか非現実的とでも言おうか。しかも男は、日本の時代劇に出てくるサムライのようにすっきりした顔立ちに切れ長の目をしていた。なので、男と目が合うたびに、しきりにアニメ《黄金バット》を思い出す。《黄金バット》と四億。非現実的な気分になるのも当然ではないか。

「思ったよりはたいした額じゃないんですね。もっと大きな金額から交渉を始めると思っていましたが」

私が不満そうな口調で言った。しかし男は意外に明るく微笑んだ。

「そう言ってくださると、ぐっと話が早いですね。私も率直にお話ししましょう。私が会社から与えられた交渉の上限は二十億です。それは経費ですから、安く済んだからといって残りが私の懐に入るわけでもありません。ですから、商売人みたいに駆け引きなんかせず、ずばり二十億にしましょう。先生が資料をすっかり引き渡してくだされば、二十億はそっくり先生のものです」

「ところで、どうしましょうねえ。どの資料を指しているのか見当もつかないのですが」

「クォン博士が集めたシントマーの情報は、私どもも全て承知しております。別個に研究する部署もありますし」

「じゃあ、よかったじゃないですか。その方々に、せいぜい頑張って研究するようお伝えください」

「ですが、殆どのシントマーはたいして商品価値が無いのです。例えば、トーポーラーやタイム・スキッパーといった資料がビジネス的に何か魅力があるわけではないでしょう。そんなものは投資者たちの興味を全く引けないのです」

「だったら、長々と話す必要はありません。私が持っている資料も、そんなものだけです。正直なところ、二十億が手に入るなら何だって売りますよ。ここで独立運動か何かをしているわけじゃありませんから。守る値打ちなんかありますか？　キャビネットはぎっしり詰まっていますから、おっしゃっていただければ取り出せますよ。難しいことじゃありません。ですが、何がありますかねえ。どれも三流小説や下衆な雑誌のゴシップ記事としてもたいした価値がない、そういうものです。もし、そういう資料を探しているなら、昔の《サンデーソウル》をめくってみてください。私が知っている資料も実のところ、それと似たようなものですよ」

「我々は先生がクォン博士の特別なファイルを管理していると考えているのですが」

「具体的にどんなものをおっしゃっているのですか？」

「我々が欲しいのはキマイラ・ファイルです」

「キマイラ・ファイル？　人間の手からイチョウの木が育って、尻なんかから尻尾が生えて、舌がトカゲに変わる、そういうもののことですか？」

「ええ、似たようなものです。異種交配を可能にする生命工学の新しい起源と言えるでしょう。医学的にも軍事的にも経済的な波及効果が甚大なのです。宇宙空間に適応できる身体のためにＮＡＳＡのような機関でもかなり関心を示していると聞いています」

「呆れましたね。クォン博士がそんな化け物をつくったと思っていらっしゃるのですか？」

男が微かにため息をつくと、スーツの内ポケットからタバコを取り出した。そして私にも一本差し出した。私はタバコを受け取って火を点けた。彼がくれたタバコは私が知らない外国製で、煙がきつい。男は空中にタバコの煙を長く吐き出した。

「話が通じると思っていましたが、結局また振り出しに戻ったのですね。一つだけ先生の役に立つ忠告をしましょう。我々のような人間は、健全な人生ばかりを送るわけにはまいりません。この調子だと、やむなく手荒にすることがあります。もちろん殆どの仕事をジェントルに処理しようと相当努力しています。私は今、先生を非常に尊重しています。なのに先生は私をチンピラ扱いする。こういうのは困りますね。それでは先生も不利益を被るかもしれませんよ」

「脅迫ですか？」

「脅迫だなんて。ただ、私を尊重してくださいと言っているのです。そうすれば私も先生を尊重しますよ」

男は話を終えて再びタバコの煙を深く吸い込んで吐き出した。男から闇社会で活動する人々の漂わせる独特の臭いがした。

「一九九八年度に訪ねてきたキム・ウサン氏をご存知ですよね？　身体の中にイチョウの木が生えていた」

「身体の中ではなく指先から小さいイチョウの木が生えたのです」

「ええ、そのとおりです。ところで、もしかしてキム・ウサン氏が今どこにいるかご存知ですか？」

「知りません。それに、仮に知っていたとしてもお教えできません」

「キム・ウサン氏は死にました。二年前に我々が智異山《チリサン》で発見しました。発見したとき、彼の死体は形も分からないほど萎んでいました。干からびたトウガラシのように水分がすっかり抜けたままイチョウの枝にぶら下がっていたのです。人間の死体とはとても思えないほど悲惨な状態でした。我々の職員たちも、うっかりそのまま通り過ぎるところでした」

「何をおっしゃりたいのですか？」

「彼はひどく苦しんで死にました。誰も助けられない山奥でヒルのようなイチョウの木に体内の全てを吸い取られながら。皮だけが残っていました。想像しただけでもゾッとしますよ。しかも、そのイチョウの木も結局は枯れました。地面から必要な養分を吸収できなかったのです。ところで先生は、キム・ウサン氏のイチョウの木が自然発生的に生まれたものとお考えですか？　突然変異やその他何らかの理由による？」

「もちろんです」

「それがクォン博士の行った実験の一部だろうとは考えてみなかったのですか？」

そのとき、私の頭の中で巨大な青銅の鐘が立て続けに鳴り響いた。なぜ、そんなふうに考えたことが一度もなかったのだろう。クォン博士がシントマーたちに何もしてやれないと考えるのは、何もしてはならないという強迫観念があるのは、かつて彼が仕出かした弊害のせいだと、なぜ一度も考えてみなかったのだろうか。

「担当医の話によると、クォン博士はあと三ヶ月も生きられないそうですね。彼はこの四十年間いつもひとりで研究していました。跡継ぎも弟子も助手もいませんでした。そんな彼が先生を助手にした。なぜでしょうね？」

「私の身元を調べ上げたのだからご存知でしょうに。私はそんなことを引き受けられるほどの人間ではありません。私はしがない研究の補助者です。掃除や単純な資料の整理なんかをする人間なんですよ。しかも、あなたが言うとおりなら、そのファイルは少なくとも二十億以上の価値はあるわけですね。ならば、私の知っているクォン博士は、私みたいな人間に二十億ぶんのファイルを保管させる人ではありません」

「キマイラ・ファイルの値打ちは二十億ではありません。数千億になるかもしれないし、数兆ウォンになるかもしれません。ですからファイルは確実にあります。人間はそういう価値のあるものを簡単に捨てられないのですよ。そしてそれは、クォン博士が人生の全てを賭けて研究したものです。簡単には捨てられませんよ。今のところは、先生がそのファイルの一番近くにいるわけです。そういう面で、先生は滅多にないチャンスを摑んだのですよ。道徳的な葛藤なんかをされる必要はありません。キマイラ・ファイルがあるならば、企業はそれを必ず手に入れるでしょう。企業は強くてしつこい集団ですから。儲かるところなら、どこでも訪ねていきます。決して諦めることはないのです。私の話の要旨はこうです。そのファイルは必ず我々の手に入ることになっている。どんな形で、いつ入ってくるかの問題だけだ。先生はそれを止めることはできない。だから、ことを簡単に済ませようじゃないか、ということです。時間をかけて考えてみてください。キマイラ・ファイルは二十億、その他に興味を引くファイルがあれば別途改めて契約しましょう。全て決まったら、名刺の番号に電話をください」

「ところで、キマイラ・ファイルを買いたがっているのはどの企業ですか？」

「それについてはお話しできかねます。お解りでしょう？」

男は話を終えて立ち上がった。そして丁重にお辞儀をするとカフェを出ていった。節度のある動作だった。私は男が出ていった後も暫くカフェで座っていた。ウエイターを呼んでビールを注文し、何かを考えようとしたが、特に頭に浮かぶことはなかった。窓の外を見ながらビールを飲んでいて、ふと、ふくよかではにかみ屋だったイチョウのキム・ウサンおじさんが死んだんだな、と呟いた。


研究所に戻ったのは夜十時が過ぎてからだった。私は資料室で確認すべきことがあった。頭が混乱していた。イチョウの木のキム・ウサン氏は本当にクォン博士が行った実験の産物なのか。キム・ウサン氏は誰も助けられない山奥で、ひとりで死んだ。イチョウの木から逃れられなかったのならば、彼の死の訪れは我々が想像するよりずっとゆっくりと苦しいものだったはずだ。私はクォン博士が道徳的な人間だと思ったことはあまりない。だが、その逆も思ったことがない。もしかしたら、これは彼にとって道徳か道徳でないかの問題ではないのかもしれない。

クォン博士の机や資料室のキャビネットを引っ掻き回しても無駄だろう。クォン博士のように徹底した人間が、そんな資料を私が見られるように適当に置いておくはずがない。だが、とにかく私はそれを確認しなくてはならない。男の言うとおりキマイラ・ファイルが完成しているならば、それはいったいどこにあるのだろう。クォン博士の研究室に私の知らない隠し金庫があるのだろうか？　それとも自宅に？　いつも持ち歩いていた黒い革の鞄の中？　でなければ、彼が預けておいた銀行の貸し金庫の中に？　もしも私がそのファイルを手に入れられたなら、企業にそれを売るだろうか？

売るはずだ。それは疑う余地もない。

研究所の正門の警備室には灯かりがついていた。だが警備のおじさんは見当たらなかった。またどこかに行って酒でも飲んでいるのだろう。この研究所はみな、こんな調子だ。私はカードキーで玄関を開けて足早に四階の資料室に上った。

資料室のドアを開けて私はギョッとした。誰かが十三号キャビネットの前で懐中電灯を使って資料を調べており、ドアの音がすると素早く懐中電灯を消したからだ。頭の中に不吉な考えがしきりに浮かんだ。私はすっかり怯えたまま「そこにいるのは誰だ！」と叫びながら電灯のスイッチを入れた。ところがキャビネットの前には、呆れたことにソン・ジョンウン氏が蹲っていた。彼女もまた、突然現れた私の姿にひどく狼狽えたらしかった。

「ここで何をしているのですか？」

彼女は何も言わなかった。彼女の手には私がまとめた資料があり、彼女が直接書いたとおぼしき青いノートもあった。私は彼女の手にあるファイルとノートをひったくった。青いノートには、シントマーたちの情報がきちんとまとめられていた。私は勘の鈍い人間に違いない。彼女は長いあいだ十三号キャビネットの資料を盗み見ていた。なのに、彼女がそんなことをしていることにまるで気づかなかった。

「ここで何をしているのかと訊いているでしょう！」

私の声はひどく激昂していた。自分のあげた声に驚くくらいだった。だが、彼女はやはり何も言わなかった。

「何を言われているのか解りませんか？　ソン・ジョンウンさん、あなたが世間の人たちと話をしようがしまいが、そんなことは僕と関係ありません。僕はそのことに文句をつけたくない。誰でもこの世を思いどおりに生きていく自由がありますから。でも、はっきり言いますが、今は黙っている場合じゃありませんよ」

だが、彼女はやはり何も言わなかった。彼女の肩はかすかに震え、怯えた目には涙が浮かんでいた。ちきしょう、ソン・ジョンウンはいきなりここになぜ割り込んできたんだ。今日はあらゆることがみんなグチャグチャだ。

私は彼女と足球場《ジョック》で座っていた。妙な日だ。混乱するようなことが一気にやってくる。私は何気なく彼女にタバコを勧めた。彼女はタバコを受け取って火を点け、煙を長く吐き出した。

「タバコを吸うとは知りませんでした」

「みんなの前ではあまり吸いません」

「いつからあれを読んでいたのですか？」

「ずいぶん経ちます」

「正確には？」

「二年くらいになります」

「クォン博士は知っているのですか？」

「……」

クォン博士は知っているはずだ。彼は自分の周辺で起こったことについて知らないことはない。基本的に人間を信頼していないから。ひょっとしたら知らないかもしれない。私とクォン博士に内緒で企業に資料を引き渡す者がソン・ジョンウンの可能性もある。私は彼女の青いノートをざっと見た。殆どのファイルの内容を細かくまとめてあった。私が以前に面白がって読んでいたものとはレベルが違う。

「企業と取引をしたのですか?」

彼女が顔を上げて私を見た。何のことか解らない、というように彼女の眼が三角に歪んでクエスチョンマークを作った。

「じゃあ、クォン博士の指示ですね」

彼女は答えなかった。私が再び詰った。

「じゃあ、なぜあれを読んでいたんですか?」

「クォン博士が亡くなったら、誰かがファイルを管理しなくちゃいけないからです」

そうだったのか。やっぱりひでえ年寄りだ。その徹底ぶりに反吐が出る。別に私でなくたって構わないのだ。もしかしたら彼女は保険かもしれないし、私が保険なのかもしれない。だが、もうそれが私と何の関係があろうか。十三号キャビネットなんかどうにでもなれってんだ。

冷え込んできて彼女は少し震えていた。しかし寒いとは言わなかった。私は彼女に言った。

「今日はもう帰らないと。残りの話は次にしましょう。もう明け方ですから。出勤するなら少しでも目を閉じないといけませんし」

「さあ、その腐れ野郎どもがファイルを渡したらいくらくれるとな？　五億？　十億？」

病室のドアを開けるなり、クォン博士が待ってましたとばかりに噛みついた。瞳が不安で揺れている。クォン博士に情報を与えたのは誰だ？　誰が私を監視しているのだろう。そのスパイが誰なのか気になる。ひょっとしてソン・ジョンウン？　そうかもしれない。

「二十億、プラス場合によってボーナスもあります」

私は簡単に答えた。クォン博士の目のふちに安堵のようなものが浮かんだ。

「ずいぶん上がったな」

「いったい何がそんなに不安なんですか？」

私は嫌味を言った。クォン博士は自分でもバツが悪かったのか、こっそり窓のほうを向いた。私は今日、クォン博士に訊かなくてはならないことがある。イチョウの木のキム・ウサン氏について、クォン博士が私に黙って用意した予備のカード、ソン・ジョンウンについて、そしてキマイラ・ファイルについて。だが、そんな質問をするのに今日は相応しい日ではないかもしれない。病室に立ち寄る前に会った担当医は、クォン博士に残された時間は長くて一、二週間くらいだろうと言った。

「どうする？　二十億をくれるなら、おまえはわしを裏切ってあの資料を渡すのか？」

クォン博士が再び私のほうを向きながら訊いた。声は真剣でもあり、ふざけているようでもあった。

「えっ、本気でおっしゃってるんですか？　博士は、二十億でも渡さないと思えるほど私に何を恵んでくださったんですか？　資料さえ見つかれば、さっさと引き渡しますよ」

「二十億で何をする気だ？」

「まさか二十億ですることがないわけないでしょう」

「わしが給料をやるから、ずっと十三号キャビネットを引き受ける気はないか？」

「給料っていくらですか？」

「月百万ウォン。物価上昇率に合わせて上げてやるぞ」

「百万ウォン？」

「何だ？　少なすぎるか？」

「からかってるんですか？　今の給料より少ないじゃないですか。このまま研究所でブラブラしながら給料でも貰いますよ」

「あのごくつぶしの研究所でいったい何をするというんだ。することもない研究所でずっとブラブラして、碁なんか打って、くだらない冗談なんぞを言って、そうやって給料はきっちり受け取りやがって。そういうのを虫けらみたいな人生と言うんだ。怖くてどこにも行けない奴ら。自分が糞をたれた場所に墓を掘って入るような奴ら。そんな人間が持てるのは、せいぜい三十二坪のマンション一軒が全てだ」

彼は腹が立ったらしい。その様子に呆れた。（ちょっと、クォン博士。今、腹を立てるべきなのはこの私ですよ）と叫びたかった。

「昨日、ソン・ジョンウンさんが十三号キャビネットの中を覗いていました。二年前からシントマーのファイルを読んでいたそうです。ノートもありました。几帳面なひとだからか、確実に私よりはうまくまとめていましたよ」

しかし、私の言葉にクォン博士は全く驚いた様子はなかった。

「おまえ、それで気を悪くしたのか?」

「いいえ、博士が別のカードを持っているので、ぐっと気が楽になりました」

クォン博士は「ぐっと気が楽になる」と私の言葉を呟いた。そして再び訊いた。

「十三号キャビネットは、おまえにとってどんな意味がある?」

「忙しすぎて、意味なんか考える暇もありませんでした」

「途中で辞めることもできただろう」

「博士が可哀想で騙されたふりをしていただけです。どうせ下では、することもありませんし」

「わしはおまえにこの仕事を続けてもらいたい。重要な任務で、誰でも引き受けられるわけじゃないからな。いくつかを除けば、おまえが適任者だ」

適任者! 私が本当に適任者なのか? この仕事で? そんなことは考えたことがない。もしかしたら、私は十三号キャビネットと一番合わない人間かもしれない。落ち着きもないし、そそっかしいし、相談を受けたこっちが先に興奮してイライラし、しかも異質な肉体と人生を受け入れるほど寛容にもなれない。そんな私がクォン博士のいない十三号キャビネットを引き受ける? それはあまりにも恐ろしいことだ。

「ソン・ジョンウンさんは適任者ですか?」

私が訊いた。クォン博士は、私が言った言葉の意味を考えているのか、瞳の焦点を宙に合わせて暫くぼんやりしていた。そのとき、急に高速道路のサービスエリアを思い出した。なぜ高速道路のサービスエリアなんかをその瞬間に思い出したのだろう。ガソリンスタンド、おでん、うどん、キムパプ［海苔巻き］、昼寝をするトラックの運転手たち。そういう場所にクォン博士と自分が座っていたことを思い出す。高速道路のサービスエリア。うららかな日和で久しぶりに遊びにきて機嫌のいい人々がいる。クォン博士を口実に会社を休めてよかった。都会を離れられるのもよかった。そんな日には、いつも遠足に行く気分になった。考えてみると、クォン博士はわざわざ私を連れていく必要はなかった。それまで一人でちゃんとやってきたし、私が同行して特に役に立つわけでもなかった。何のためだろう。つまり、私に十三号キャビネットを任せるために？

「なぜ、よりによってソン・ジョンウンですか？　彼女は自分のことさえまともにできないひとですよ」

　私は少しじれったいという意味で訊き直した。

「ソン・ジョンウンは少し変わり者ではある。じれったい人間でもあるし。それでも、おまえと一緒に働けば大丈夫だろう」

「ひょっとして彼女にも兆候があるのですか？」

　私が訊いた。クォン博士が斜めから私を見上げた。そして、唐突にキマイラ・ファイルの話を持ち出した。

「おまえは、わしが企業の探しているキマイラ・ファイルを持っていると思うか？」

　その瞬間、決まり悪さに顔がカッと熱くなった。自分にも見せたくなくて隠しておいた恥部を晒した感じと言おうか。

「正直に言わなければいけませんか？」

「どう言ってもかまわん。わしは誰にも簡単に騙されんくらい擦れっ枯らしの年寄りだからな。ましてや、おまえみたいな青二才なんかにはな」

「昨日からずっと、あれを博士がどこに隠したのか考えています。二十億が手に入ったら何をしようか、みたいなバカバカしい想像もしていますよ」

「わしは四十年この研究を続けてきた。結婚もしなかったし、友達もいない。なぜか。なぜ、あんなに狂ったように研究をしたのか。人類に役立つものを発見できるという美しい信念のために？　笑わせる話だ。わしは決してそんな立派な御仁になれない。わしがこの研究を始めたのは、若き日の虚栄心のせいだ。自分のような天才でなければ誰も思いつかない、そんな作品を世間に見せてやりたかったのだろう。わしの研究は虚栄の産物だ。エゴイズムの結晶なのだ。あの研究をしているあいだに、わしがつくりだした疵《きず》はあまりにも多い。わしは日々その疵に胸を抉られる。人間が新たな人類の誕生に関与してもよいのか？　いや。人間は選べない。選んでもいかんのだ。人生は宇宙の長い未来に対して何かをするにはあまりにも短い。だから、選ぶのはいつでも自然のほうだ。新たな人間はおのずと誕生するのだ。我々はそれを待つだけでいい。わしは自分が研究したものを捨てた。わしが研究したものはゴミだ。無価値を通り越して危険なのだ。キマイラ・ファイルは存在しない。探すな」

　クォン博士が眠ると、私は点滴を確認して病室を出た。イチョウ男のキム・ウサン氏のことは訊けなかった。彼もその疵のうちの一つですか？　と訊いてみたかった。だが、訊かなかった。人生のある時間は呟くように過ぎ去り、そして、ときおり我々はそれに気づかぬふりをしなければならない。かわりに私は、眠るクォン博士の顔を見ながら（子牛みたいに大きくて優しい目をしたあのハゲ頭の男が死んだそうです）と心の中で言った。

考えてみると、クォン博士は私にだけは実に利己的な人だった。だが、自分がシントマーと定義した人々にだけは利他的だった。彼は何人かのシントマーのために惜しみなく財布を開いた。だが、私のためには財布を開かなかった。おそらく私に利他的である必要性を感じなかったのだろう。少しは憐れっぽい表情でもして見せればよかった。

クォン博士は、シントマーが人間とは違う新たな種であると固く信じている。しかし、私はクォン博士と違う考えを持っていた。

「私は、シントマーはやはり人間だと思うのです。我々とちっとも違わない同じ種だと。シントマーは少し辛いだけです。正体不明の病気に罹って」

「そうかもしれん。わしはそうでないことを願っているがな」

「そうでないことを願っておられると？」

「おまえは人間という種に希望があると思うか？」

「ええ、完璧な存在だとは思いませんが、反省する存在だと思うので」

「反省する存在か。笑わせる話だな。わしが二十歳のときに戦争があった。同じ村で生まれて川辺で笑いあいながら一緒に魚を捕っていた者たちがイデオロギーのために二手に分かれた。終わりのない殺戮と復讐があった。ある日わしは、一派がもう一派全員を竹槍で刺し殺すのを見た。一列に並ばせて。一人が一人ずつ刺した。そして小学校の裏に穴を掘って死体をそこに投げ込んだ。子供らが跳ね回って遊ぶ小学校の裏に。おまえはそれがイデオロギーのためだったと思うか？」

「……」

「この五十年間、人間にあの時代を反省する歴史があったか？　我々は相変わらず争っている。自分のマンションの坪数ごときを守るような、つまらん理由で。わしは人間という種を憎んでいる。恥ずかしい。人間はあれより惨いこともやれる生き物なのだ」

「シントマーは違うでしょうか？」

「分からん。だが、わしはもっと美しい種に誕生してもらいたい。もっと利他的で、温かくて、自分の人生を常に隣人の人生と同じものと考える博愛的な種がこの地球上に繁殖してほしい」

私はそのときふと、小学校の運動場で二つに分かれた派閥のうちクォン博士はどちら側だったのだろうか、と考えた。彼は生き残ったのだから、刺した側だろう。刺さなければ、彼は今頃、小学校の裏にある穴の中にいるはずだったのだから。


わしは科学者ではない。ただの記録者だ。

全ては記録される。

文字であれ、化石であれ、人々の記憶と話であれ。

存在しているものは全て記録されて痕跡を残す。

ゆえに、ここにある資料は存在しているから記録され記録されたから保管されているものだ。

我々が嫌でも嫌でなくても、信じられても信じられなくても。

我々の嫌悪と憎悪と偏見に関係なく。
これらは単に存在するから記録される。
偉大だからとか美しいからではなく
ただ我々のそばにいるから記録されるのだ。
わしはこの記録を保管してきた。
それがわしのしたことだ。

結合双生児

　彼女たちは頭がくっついた結合双生児として生まれた。アン（眼）とチ（歯）、これが彼女たちの名前である。眼と歯とは。面白い名前だ。私は双子の妹チに一度も会ったことがない。チは分離手術をした八歳のときに手術の後遺症で死んだ。チは死に、アンだけ生き残った。だからアンの頭には、チが剝がれた痕が残っている。

　会話を交わす途中でアンはしきりに手を隠した。人形のようにひどく小さな手だった。
「高校を卒業してからずっと船舶無線機の工場に勤めていました。主に船から注文された無線機を作るのです。私の仕事は無線機の本体に部品を取り付けることでした。ひょっとして二ミリのネジをご存知ですか？　とてもちっちゃなネジです。始めたばかりの人の手ではうまく摑めません。少し経ってようやく磁石のように指先に二ミリのネジがくっつくんです。実際はくっつくのではなくて、指先にタコができてネジが挟まるのですけども。その二ミリのネジを利用して様々な部品を無線機に取り付けます。一日に九時間。夜勤がある日は十三時間。ずっと同じ作業をするんです。とても単調な作業でした。午前八時から十時まで作業をして十五分休憩します。十時十五分から十二時十分まで働いてお昼を食べます。一時から三時まで働いてまた十五分休憩します。そして五時三十分まで働いて夕飯を食べるのです。夕飯の時間は四十分しかありません。そしてまた六時十分から八時三十分まで働きます。それ以外には個人的に休むことができません。ベルトコンベアがずっと動いているからです。一人がトイレに行くために抜けると、残ったチームメイトがもっと速い動作で作業をしなくてはいけませんから。ベルトコンベアから無線機がひっきりなしに押し寄せてきます。私は二ミリのネジと部品を握りしめて、近づいてくる無線機の本体をじっと見るのです」

「最近はみんなオートメ化されているのではないのですか？」

「船舶無線機は受注製作なので、船の特性によって無線機も全て違います。船が違えば無線機も少しずつ違わないといけないので。あるものは二百セット、あるものは五百セット、みんなそのくらいです。なので、オートメ化されたラインを作れないらしいです」

「それでは、身体が分離された最初の事件からお話しください」

「工場ではラジオをつけてくれません。ラジオをつければ音楽も聴けるし、お話も聞けるし、そしたら楽しいじゃないですか。でも、工場長が言うには、ラジオをつけておくと不良品率が上がるんだそうです。それで私たちはいつも、モーターの騒音、ネジが回って金属がぶつかる音の中で作業をしました。金属音にとても敏感な人がいますよね。私が少しそういう傾向にあります。耳を色々なもので塞いでみたのですが、耳を塞ぐと、逆に金属音だけが耳栓の隙間から入り込んできて、かえって大きく聞こえるような気がしました。その工場で八年間ずっと同じ仕事をしました。夜に欠勤したのは四日くらいだと思います」

「夜勤は強制ですか？」

「いいえ、全く強制ではありません。でも、これといってすることも無いのです」

そして彼女は水を一杯飲んだ。コップを摑む彼女の手はとても小さかった。まるで七歳の子供の手のようだった。あの小さい手のどこにタコができているのだろうか。

「ラジオをつけられないので、私は毎日、空想をしました。つまり、ある空間を想像するのです。子供の頃に遊んだ公園、母と手をつないで通った道、友達と縄跳びをした路地、先生に褒められた美術室、その他にもたくさんあります。考えてみると、私たちの記憶の中には、楽しかった空間がたくさんあります。その日は工場の端にある花壇を想像していました。休み時間に私が水をやったりヤクルトをかけてやったりする花があったのです。名前が判れば説明しやすいのですけど。今でも判りません。黄色い花びらのとても小さな花です。小指の爪より小さくて『あれが花なもんか』と言われるかもしれません」

「あなたに似ている花だったようですね？」

恥ずかしかったのか、彼女は照れ笑いをした。

「その近くで男性職員が足球をよくやっていました。心配じゃないですか。その日は体調がとても悪くて、お昼の時間に職員用の休憩室で仮眠を取りました。ボールを蹴る音がタンタンと聞こえてくるのですが、ドスンと落ちて花がぐしゃぐしゃにでもなったらどうしようと心配になるじゃないですか。できることならば『ねえ、そこで足球をするなんて。ひどいわ』と窓を開けて叫んでやりたかったです。でも、そんなことできませんよね。足球は男性職員たちが唯一、楽しみにしている遊びですから。ベルが鳴って起き上がりましたが、身体がずっしり重いのです。また作業場に入ろうとしたのですが、不安でした。花が死んだらどうしよう。しきりに不吉なことを考えるのです。それで、急いで工場裏の花壇に走っていきました。さっと見て戻ってこようと思って。工場の外からもベルトコンベアの回る音が聞こえました。私は急いで走って花壇へ行きました。黄色い花は無事でした。そして再び必死に走って工場の中に戻ってきたのに、空いているはずの私の場所に私が座っているのです。ふだんと変わらず二ミリのネジを一生懸命に回しながら。本当に不思議な出来事ですよね？」

「どんな気持ちでしたか？」

「あまり考える暇がありませんでした。（あれが私の姿なんだな。私はあんなふうに働いているんだな）と思いましたが、技術次長が通り過ぎながら『仕事せず何をやっとる？』と叱ったのでびっくりしたんです」

「幽体離脱現象ではなかったのでしょうか？」

「そういう難しい言葉はよく解りません。でも、テレビで観るような魂だけが脱け出すものならば、ちょっと違う気がします。私は工場を出てアイスクリームを買って食べますし、クッパ［具入りのスープかけご飯］も食べたりしました。もちろんお金を払って。映画もよく観にいきましたが、魂だけ脱け出せたなら、入場料も払わずに済んで、もっとよかったのに」

「意識は身体の両方にあるのですか？　それとも片方だけにあるのですか？」

「最初の何分間は分離したほうにだけあったのですが、その後は身体の両方にありました」

「そんなバカな。それぞれ別の空間で動いているのに？」

　私の言葉に彼女はクスッと笑った。

「二ミリのネジを回すのにそれほど神経を使う必要はありません。何も考えずに、ただ回すんです。なので正確に言うと、意識が両方にあるにはあるのですが、主に工場の外にいる身体に集中しています。工場で働く身体は習慣で動いているだけです」

「それでも少し変じゃありませんか？　映画を観ているときに一方で無線機が見えたら」

「いいえ、全然変じゃありません。それは二ミリのネジで無線機を組み立てながら子供の頃の公園を想像するのと似たようなものです」

「分離した身体はその後どうなりましたか？」

「私の故郷は南海《ナメ》です。とても美しいところです。身体が分離して暫くしてから、私はバスに乗って南海に行きました。もちろん別の私は変わらず工場に出勤しましたけど。言い方が変ですね。とにかく、そうだったんです。バスから降りて、子供の頃に通った小学校の運動場に行きました。仕事をしているときは、いつもその場所を想像していましたから。もう生徒がいないのか、廃校になっていました。学校をぐるっと見て回りました。美術室にも入ったし、鍵盤の抜けたオルガンも弾いてみたし、空っぽの教室に入って折れたチョークで黒板に落書きをしながら『そこのお喋りしている生徒！』と先生の真似もしてみました。子供の頃すごく先生になりたかったのです。そして友達と楽しく大掃除をしたことを思い出しながらガラス窓も拭きました。キイキイいう学校のブランコに座ってカキの葉っぱが落ちるのを見て、久しぶりに幸せだなあと思いました。私は八年間、ずっと二ミリのネジばかり回していたんですから。そうやって暫くそこにいました。すると、ふと、自分はもうすぐ死ぬんだな、と思ったのです。うまく説明はできませんが、自分がもうすぐ死ぬ、ということは分かりました。それで私は学校の運動場から抜け出しました。学校の運動場に死体があったらいけませんから。子供たちが遊びに来て、死体を見て驚くかもしれないし、みんなが変に思うかもしれないでしょう？　どこに行こうか考えて、私は両親のお墓があるところに走っていきました。お墓の周りに鬱蒼と茂った草も毟《むし》って、たびたび来れなくてごめんなさい、と両親に挨拶もしました。そして、そこに寝転んで空を見ながら死にました」

「死んだ？」

「言葉どおり死にました。そして、分離した身体が死ぬ週末には、いつも死体を片付けるために南海に行きました。最初は怖くて震えたので、そのまま山に埋めました。でも最近は、知り合いのお坊さんがいるので、お寺でこっそり火葬をします」

「そんなことが続いて起こったということですか？」

「はい」

「今まで何回そういうことがありましたか？」

「私は七回死にました。そのたびに死んだ自分の身体を片付けなくてはいけませんでした。お坊さんは茶毘《だび》に付すときのように薪を積み上げて、死んだ私を焼きます。火を付けると、煙のあいだから肉の焼ける臭いがします。火の中で私の身体が炎で捩れるのが見えます。そして炎が消えると、灰から白い骨が出てきます。お坊さんが臼できれいに搗《つ》いて粉になった骨を私にくれます。灰から出てきた骨はとても熱いです。熱い骨を触っていると、こんなことを思うんです。美しくて幸せな私はみんな死んでしまって、二ミリのネジを回す私だけがうんざりするほど延々と長生きするんだな、って」

彼女が話し終えて泣き始めたので、私は彼女を黙って抱きしめた。百五十センチの小さな背丈に四十キロもなさそうな細い身体だった。彼女はとても長いこと泣き、私は長いこと彼女を抱きしめていた。ひどく小さい手をした、カスミソウのような女だった。


自分のお墓を見る人は滅多にいません。

でも私は、みんな自分の住む家を建てる前に
先に自分のお墓を作るべきだと思います。
自分のお墓を見た人は
人生は尊いものだと思えますから。

ブラファー[2]

自分のベッドの下にワニが隠れている、と訴える患者がいる。医者は、ワニというのは自らつくりだした主観的な虚構に過ぎない、と患者を説得して帰す。その後、患者は二度と医者のところに来ない。医者は患者の友人に電話をかけて、その患者の状態が少し好転したか尋ねてみる。すると患者の友人は言う。「ああ！　ベッドの下のワニに捕まって食われたあいつのことですか？」

これはジャック・ラカンの有名なワニの話である。

『ベラ・Bの幻想』というフランスの小説[3]にも似たような話がある。

自分の耳にクモが住みついていると思い込んでいる女がいる。医者と教授は、様々な性的抑圧と神経症がクモ恐怖症という障害現象をつくりだしたのだ、と言う。また、クモ恐怖症は広く知られた現象であり軽微なものだ、とも言う。教授の勧めで、彼女は髪を切りに美容院に行くことになる。身体の印象を変えることによって気分を変化させる一種の気分転換療法である。ところが、髪を切ってい

2　ポーカー用語で「はったり屋」。
3　レイモン・ジャン作〈Un fantasme de Bella B.〉。邦訳未刊。

た美容師がうっかりカミソリでベラBの耳の下を切る。そのとき創《きず》からクモがもぞもぞ這い出す。

それでは、あなたに一度訊いてみよう。患者が出会ったのは実物のワニだろうか？　ベラBの耳から出てきたのは本当にクモだろうか？　それが本物のワニやクモだと言えば、人々はプッとふき出すだろう。「笑わせるんじゃないよ。それはただの小説じゃないか」と。だが、自分のベッドの下やクローゼットの中にワニが隠れていると訴える精神病患者は全世界で二万人に達し、そのうち毎年四十人がワニ恐怖症で死亡する。ときには、死体に実物のワニに噛まれたのとほぼ同じ創が残っている人もいる。ワニは、ほぼ一トンの力で餌をズタズタに食いちぎる。人間は、こんな力で他者を殺害できない。ましてや、こんなやり方で自殺をすることは不可能だ。ベッドにひとり横たわってワニに噛まれて死んだように見せかけることがどうして可能であろうか。ならば、もう一度訊いてみよう。彼らのベッドの下にいたのは本当に偽物のワニだったのだろうか？

爬虫類の専門家ケインズ博士と精神科の専門医ムスター博士は、ケンブリッジ大学でワニ恐怖症について共同で研究をしている。

「我々は、この現象がなぜ起こるのか未だに分かっておりませんが、ベッドの下のワニのエピソードはよくあることなので、もはや驚くことでもありません。井戸やトイレに化け物が入っているのと似たような話です。もちろん沼に住むワニがマンションの寝室やクローゼットにいるはずはありません。たいていの医者は、ベッドの下にワニなどおらず、心を落ち着かせさえすればワニは消える、と患者を説得して帰します。それが常識ですから。ですが、たまに戸惑うようなことが起こることもあります。こないだ私が訪ねたワニ恐怖症の患者は、かろうじて足一本だけが残っていました。警察と消防がその家の周囲十キロメートルをくまなく探しましたが、ワニどころかトカゲ一匹見つかりませんでした。そこは十二月のモスクワだったのですよ」

極度の高所恐怖症であるベネズエラのアンジェラは、地面から身体を離さないために、いつも靴をズルズル引きずって歩く。彼女は、両足が地面に付いていないと恐怖に苛まれて何もできない。地面からたった十センチも離れられない。エレベーターに乗って高層ビルに上ることは想像もできず、マンションや二階建ての家で暮らすこともできない。階段を上り下りできないからだ。いつも平屋建てで全ての段差をなくした後でなければ暮らせない。当然ながら段差のない場所にしか行けない。

「友達の誕生会に招待されました。気乗りしませんでしたが、小学生の頃からとってもよくしてもらったので、どうしても行かなくてはいけなかったのです。靴をズルズル引きずって、なんと三キロも歩く羽目になりました。なのに、友達の家の芝生に上がろうとしたら、そこに十五センチくらいの段差があることに気づいたのです。どうしても上がれませんでした。私は友達の家に向かって叫び続けましたが、みんな中でワイワイ騒いでいたので、誰も私の声が聞こえませんでした。たった一歩上がればいいだけなのに、それもできない自分が情けなくて泣きました。一時間泣いて、また家に戻ってきました。やっぱり靴をズルズル引きずりながら」

アンジェラの最初の治療士は経験が浅かった。恐怖は虚像に過ぎず、恐怖を手で摑み取れさえすれば、すぐに恐怖から脱け出せる、と言った。その治療士が学んだ教科書には、おそらくそういうありきたりの言葉が書かれていたのだろう。治療士は、階段は決して危険ではない、とアンジェラを説得した。幼稚園の子供が遊ぶ階段に連れて行き、アンジェラをぱっと抱き上げて階段に乗せた。

「ほら、アンジェラ。三歳の子供でも何事もなくちゃんと遊んでいるでしょう? 階段は決して危険なものではありません。階段のない世界を想像してみてください。そんなひどい世界もないでしょう。階段こそ最も安全なものですよ。私が手を摑んであげますから、いっぺん降りてみましょうか?」

アンジェラは恐怖にかられて嫌だと叫んだ。だが治療士は、頑なに自分の治療を進めた。腹を括って一度だけ飛び降りれば恐怖は消えるだろう。そうすれば全てがうまくいく、と治療士は考えた。

「アンジェラ、心配しないで。決して何も起きませんよ」

治療士がアンジェラを後ろからそっと押した。アンジェラはプラスチック製の遊具の階段から砂場に降りた。

アンジェラは、その場で内臓が破裂し、肋骨が六本も折れ、骨盤と脊椎にもひびが入った。救急車が駆けつけてアンジェラを急いで連れて行った。医者たちは、彼女の身体が時速六十キロで走る自動車にぶつかったのと同じ衝撃を受けたと診断した。だが、彼女が飛び降りたのは、せいぜい三十センチほどの遊具の階段だった。

実物と幻の境界が崩れている人々がいる。彼らは自分の恐怖に、あるいは恐怖の幻に、物理的な世界で実際に遭遇する。幻の中のワニは実際に人間を嚙み殺し、三十センチの高さの階段から落ちれば全身が砕ける。彼らはワニを想像してはならない。想像すれば、すぐに本物のワニに変化して攻撃される。すると本格的な悪循環が始まってしまう。幻の中のワニに実際に出会った患者は、さらに恐ろしくて強いワニを想像するようになり、すると歯がますます大きくなって身体が膨れ上がった巨大なワニに攻撃される。最初は肌を引っ掻かれ、二度目は足指を食いちぎられ、三度目は脚全体を食いちぎられ、しまいには捕まって食われてしまう。

では、もう一度訊こう。あなたは今でもベッドの下にいるワニが偽物のワニだと思うか？

「いますとも。ワニはいます。ベッドの下にいるのは明らかにワニです。ですから気をつけなきゃいけません。もちろん気をつけていますよ。私は毎晩眠りにつきながら、ベッドの下で徐々に膨らんで這い寄ってくる巨大なワニを見ます。想像の中の餌を捕まえて食ってどんどん大きくなるのです。だんだん変化して鋭い歯を剝《む》き、ぶ厚い革の鎧を着て、ものすごい力で尻尾を振りながらだんだん近づいてきます。あいつは確かにいます。私は毎晩そいつに会うんです」

これが幻か実物か
どうやって区分するのですか？
匂いをかいでみてください。
幻の世界には匂いがないのです。

彼女と夕飯を食べる

ソン・ジョンウン氏と私は寿司屋にいる。店の真ん中には馬蹄形の巨大なカウンターがあった。八人の料理人が馬蹄の内側で懸命に寿司を握っていた。殆どが年寄りにみえた。ちょっと値段が高そうな気がしたが、メニューを開いて気絶するかと思った。寿司が八万ウォン。寿司《大》が十二万ウォン。寿司《特大》が二十五万ウォン！

彼女が私をここに連れてきた。私たちは会うべき事情があり、すべき話がある。だが、どんな話をすればいいのか、よく分からない。まさか十三号キャビネットの未来について？　とんでもない話だ。でも、とにかく、どんな話であれ、とりあえず話さねばならないだろう。彼女が会話を苦手とするように、私は沈黙が苦手だ。なので私は、今日も沈黙したまま押し通すつもりなら夕飯は食べないほうがいい、とさりげなく脅しをかけた。かわりに、誠意をもって会話をする用意があるなら美味しい夕飯をおごる、と言った。彼女は、頑張ってみる、と小さな声で言った。そしてここに連れてきた。寿司一皿で二十五万ウォンもする場所に。昔、お袋はこう言った。「女は付き合ってみないと分からないものよ」お袋の言葉はとにかく正しい。

彼女はこの寿司屋の常連らしい。非常に大柄な料理人がやってきて、なぜこんなに長いこといらっしゃらなかったのか、と彼女を快く出迎えた。彼女は、色々あって、と言いながらお辞儀をした。こんな店に常連として通うとは、いったいこの女は正気なのか？　料理人は八十歳を超えていそうなのにもかかわらず、たいていの若者の一人や二人くらいは軽々とやっつけられそうな、ものすごく立派な体格の持ち主だった。

「今日はいいウナギが入っていますよ。タイもいいですし。味見をして決めてください」

料理人が布巾で手を拭きながら言った。料理人の発音から異国的な匂いがした。料理人が準備のために戻ると私は訊いた。

「立派な体格ですね」

「力士だったそうです」

「力士ですか？　日本の人なのですか？」

「在日韓国人です。うわさでは、怪我さえなければ横綱にもなれたはずと聞きました」

「まさか！」

それは、彼女が嘘を言っているという意味ではなく、力士が寿司職人になったことが信じられない、という意味だった。すると彼女は壁を指差した。壁には、土俵の上で両手を振り上げて雄叫びをあげている力士の写真が掛かっていた。モノクロだったが、その中にいるハンサムで堂々とした男の顔ははっきり見えた。勝って手をぱっと上げたその瞬間、何も怖いものはない、と言わんばかりの自信満々な顔だった。

「子供の頃に入門した力士はみんな料理が上手だそうです。先輩たちの食事を用意しなければならないので。力士は身体が大きいので何でもよく食べると思いがちですが、実は味にうるさい美食家だそうです」

話し終えて彼女は小さくため息をついた。それは私が今まで彼女から聞いたことのある話の中で最も長い文章だったはずだ。

「面白い話ですね」私が言った。

助手の料理人がウナギとタイの寿司が二貫ずつ載っている小ぶりの皿を我々の席に置いた。そしてまもなく、三十年前に横綱になるところだった元力士の料理人が熱燗の日本酒が入った土瓶を持ってきた。

「うちの店で仕込んだ酒です。おかわり一回は無料で、その次からは有料です。度数が高めなので、あまり飲むと酔いますよ」

料理人がいたずらっぽく笑った。彼女が軽く目礼をして土瓶を受け取った。料理人は、まるで娘の恋人に初めて会う父親のような表情で私を見た。きまり悪くなった私は、つられて目礼をした。私と彼女は、日本酒を注《つ》いで一杯ずつ飲んだ。深みがあってまろやかな味だった。

「美味しいですね」

「ええ、美味しいです。この店はだいたい何でも美味しいですよ」

私は皿に載った寿司を食べた。だが、彼女は寿司を食べずに見ているだけだった。料理人がやってきて「ご注文はどうなさいますか?」と彼女に訊いた。料理人は私の意向なんかは眼中にもない表情だった。

すると彼女が私のほうを向いた。

「コン主任は何がお好きですか?」

「ソン・ジョンウンさんが注文してください。ふだんお好きなものを」

私は密かに、彼女が八万ウォンくらいのつつましい（?）寿司を頼むことを期待していた。彼女は料理人に何かを細かく注文した後に「特大をください」と言った。特大！　つまり八万ウォンや十二万ウォンのではなく二十五万ウォンの寿司をくれ、という意味だ。

「このメニューでよろしいですか？」料理人が私に訊いた。

（一皿で二十五万ウォンもするのによろしいわけがないだろう）とでも叫びたい心境だった。それに、料理人の言い方も気分が悪かった。私のような貧乏人の財布にそれだけの金があるのか、という意味か、それとも、本当に純粋に寿司のメニューが好みに合っているのか、ということなのか、分からなかった。底をつくであろう自分の財布を考えると涙が出たが、どうにも逃れる理由がなかったので、私は料理人に向かって快諾したふりをして言った。

「もちろんですとも。今日はソン・ジョンウンさんの日ですから」

料理人が私を見て満足そうな表情をした。彼女も楽しげにちょっと微笑んだ。彼女がちょっとでも笑う姿はそのときが初めてだと思った。

暫くして出てきた寿司の皿は、〈特大〉と呼ぶには少し恥ずかしい大きさだった。四角い磁器の皿には、せいぜい十貫ほどの寿司が載せられているだけだ。（あんなものになんで特大なんて名前をつけるんだ?）と私は思った。華やかな飾りもなく、特別な食材もない。ただ、四角い皿の上に寿司が十貫、ガリ、ラッキョウが全てだった。金粉を塗ったとしても、あんなものが二十五万ウォンもするはずはないだろう。だが、暫くして、その寿司がなぜ特大なのか少し理解できた。特大の寿司は、客が食べれば食べたぶん新たに寿司を載せてくれる。まるで河水盆［秦の始皇帝が万里の長城をつくらせた際に黄河の水を溜めた巨大な銅製の甕。無尽蔵の比喩］のようだった。

私は寿司を一貫食べた。何の魚か分からなかったが、とても旨かった。まあ、二十五万ウォンもするのに不味かったらどうする。そして日本酒を一杯飲んだ。彼女は寿司を食べず、皿の上を眺めているだけだった。

「食べないんですか？」

「ゆっくり食べます」

彼女は視線を落として暫く黙って寿司の皿をぼんやり見つめていた。いつものように彼女の沈黙が気まずかった。彼女と一緒に座っているのも気まずかった。向かい合わせでなくてよかったと思った。

一時間ほど経つと、私は三十貫くらいの寿司を食べ、十四杯の日本酒を飲んでいた。彼女が食べた寿司はせいぜい三貫で、十杯くらいの日本酒を飲んでいた。私は腹が一杯になった。旨い寿司ではあるが、二十五万ウォンもする割にどこか物足りない気がして、しきりに不愉快になった。日本酒を飲んだせいか、彼女の頬は少し赤らんでいた。

「十三号キャビネットの内容は面白かったですかね？」私がいきなり訊いた。

「面白かったというより慰められました」

「慰められた？　ご自分の人生が悪いと思いますか？」

「ええ、とっても悪いですよ。私は別のものになりたかったんです。変わりたいとか、今より良くなりたい、ということじゃありません。完全に別のものになって暮らしたいです。それが草でも、それがチョウチョでも、それが……」彼女は唇をそっと噛んだ。

「それがネコでもいいんですよね？」

「とんでもない。ネコならいつでも大歓迎です」

不思議だ。私の周りにネコに変身したい人間がなぜこんなにたくさんいるのだろう。

「コン主任は、なぜこの仕事をなさっているのですか?」彼女が訊いた。

「まあ、ひと言で、罠にかかった、ってことですね。あの年寄りが仕掛けた罠に」

そのとき、元力士の料理人が黙って私たちの皿を下げると、六貫も残っている寿司をゴミ箱に捨てた。私が怪訝そうに料理人を見た。料理人が私の表情を見て笑った。

「もったいないですが、捨てなくてはなりません。料理は温度なんですよ。寿司はなおさらです。ところで、今日のソン・ジョンウンさんは別人のようですね。寿司を全く召し上がらない。何かお好きなものをおっしゃってみてください」

彼女は料理人の言葉に顔を赤らめた。

「そうですよ、殆ど召し上がってないじゃありませんか。好きなものを頼んで、少しは召し上がってください」私が横から口を挟んだ。

彼女は暫く迷ってから、サーモンを、と言った。程なく料理人がサーモンだけが山盛りになっている新しい皿を持ってきた。彼女はサーモンが好きらしい。サーモンを口の中に入れて、満足そうな表情でゆっくりと噛んだ。そして日本酒を一杯飲んだ。

「なぜシントマーが生まれるのでしょうか?」彼女が訊いた。

「そうですねえ、この街が果たして人間が人間らしさを保てる条件を備えているかを問うのが先でしょうね。種は環境が安定しているときには進化しませんから。進化する必要がないから進化しないのです。もしも街が人間らしさを保てる環境ではなくて将来もずっとそのままだとすれば、結局、人間のほうが変わるしかないでしょうね。それは進化の問題ではなく、種の生存にかかわる問題ですから」

「じゃあ、シントマーは化け物なのですか?」

「化け物だとしても心配ありません。仮面が剝がれた化け物はみんな無害な存在ですから」

彼女はそうっと猪口《ちょこ》を持って日本酒を少し飲んだ。我々はすでに無料と言われた日本酒の土瓶二つぶんを飲んでしまったので、追加で注文した。新たな日本酒が来ると、彼女は自分の猪口に注いでもう一杯飲んだ。飲むスピードが少しずつ速くなっている気がした。

「シントマーになりたいのですか?」

彼女は私の問いに何も答えなかった。かわりに彼女は日本酒をもう一杯飲んだ。

「シントマーは自分で選んだわけじゃありません。自然が選んだんです」私が言った。

「じゃあ、私はもうシントマーかもしれません。しかも人間に無益で有害な化け物かもしれませんよ」

言い終えて彼女は日本酒をもう一杯飲んだ。そして料理人に日本酒の追加を頼んだ。見たところ少し酔ったらしかった。彼女は酔うと本格的に寿司を食べ始めた。皿がすっかり空になると、向こうで別の料理人と話をしていた元力士の料理人が彼女の前に再び来て寿司を握り始めた。

彼女は口もきかずに寿司を食べ続けた。料理人はそんな彼女の姿を見て満足そうな表情をした。どういうことだ? 彼女は寿司を食べ続け、料理人は寿司を握り続ける。彼女が八十貫の寿司を平らげると、料理人は「八十貫目ですよ」と笑いながら言った。彼女が寿司を食べると料理人は嬉しそうだった。私もいちおう追加で何貫か食べたが、満腹で日本酒ばかり飲み続けた。日本酒はあっさりしていた。(日本酒ってやつは面白いな。こんなものは五百本くらい飲んでも酔わないぞ)と思った。

「満腹でしたら、刺身を差し上げましょうか？」料理人が私を見て言った。

私は頷いた。料理人は程なくフグの刺身を少し出してきた。八十貫の寿司を食べたのに、彼女は止まる気配がなかった。逆に食べるスピードはさらに速くなるようだった。もう彼女のスピードは料理人より速くなり、皿に寿司が出るなり、待ってましたとばかりにあたふたと寿司を食べる。私はそんな彼女をぼう然と見つめた。彼女が私の視線に気づいて言った。

「ごめんなさい。いちど食べ始めると、どうしても止められないんです」

「大丈夫です。別に見苦しくないですよ」

私は笑いながら言った。本当に別に見苦しくなかった。少しばかり多く食べることの何がそんなに悪いのか。酒が入って彼女は上機嫌になったらしい。いや、正確には酒のせいではなく、百貫以上食べた寿司のせいかもしれない。彼女は料理人に自分の猪口を渡して日本酒を注いでやったり、今までの出来事についてぽつぽつ言葉を交わしたりもした。そんな彼女は、私が一度も見たことのない姿であり、また、一度も想像してみたことのない姿だった。見ていて気持ちのいい光景だった。いい宴会だ、と私は思った。

「あの方は座敷で千八百貫の寿司を食べる力士を見たそうです。体重が二百三キロもある大男だったそうです」彼女がちょっと興奮したまま私に言った。

彼女はそう言いながらも寿司を食べ続けていた。どのくらい食べただろうか。百二十貫？　百三十貫？　だが、彼女は相変わらず止まりそうもない。さっきよりもずっと速いスピードで食べている。口に入れた寿司を嚙み終わる前に別の寿司を押し込む。そのうち喉に何かが引っかかったのか、手で口を押さえてえずき、咳をした。私は彼女に水を渡した。彼女は大丈夫だと手を振った。

「もう見苦しいでしょう?」

「僕が今まで見たどんな姿より今のソン・ジョンウンさんのほうがいいです。本心ですよ」

本当に本心だった。

「お寿司が大好きでした。なぜそんなことをしたのか分かりませんが、お寿司を食べるために給料と通帳に貯めておいたお金を使い切った時期もあります。あちこちお寿司屋さんを探しましたが、ここが一番気楽です。たくさん食べても気にしないし、おじさんもいい人だし。それでここに落ち着きました。最近はあまり来ませんけど」

「こんなによく喋るのに、会社ではなぜ、あんなに黙っているのですか?」私が冗談めかして訊いた。

彼女が猪口を持ち上げて酒を飲んだ。表情がたちまち暗くなった。

「会社の人たちがみんな私を嫌っているのは分かっています。私みたいな人間が事務所にいたら、私だって嫌いになると思います」

「そんなことないですよ」

だが私の慰めはたいして役に立たなかったらしい。

「ここでひとりでお寿司をがつがつ食べていると惨めな気分になります。みんな私を憎んでいるのに、さんざん憎まれながらやっと稼いだお金を、私はここでお寿司なんか食べて使い果たしているんだなあ、って思います。すると本当にどんどん惨めになるんです」

話し終えて彼女は再び猪口を持ち上げた。猪口は空だったので、私は土瓶から酒を注いでやった。彼女が静かに猪口を空けた。そして寿司を再び口に入れた。もう何貫くらい食べただろう? 百五十貫くらい?

彼女が猪口を差し出した。私が猪口を持ち上げて彼女と乾杯をした。初めての乾杯だった。彼女はつまみ代わりに再び寿司を立て続けに二貫も食べた。

「いけるくちなんですね」

「そんなに飲めませんよ。ごくたまに、たくさん飲むことがあります」

私は彼女に酒を注いでやった。彼女も私の猪口に酒を注いでくれた。

「座敷でこんなにたくさん食べる人を見たことがありますか？」彼女が訊いた。

「いいえ、でもたまには僕だってたくさん食べますよ。ごくたまにですが」

「どのくらい食べられますか？」彼女が好奇心いっぱいの眼差しで訊いた。

「七ヶ月のあいだ缶ビールだけを飲んでいたこともあります。だいたい一万二千缶くらい飲んだかな？」

するとと彼女がびっくりした表情になった。

「すごいですね」

彼女が笑いながら言った。ひどく酔っていた。だが、酔っている彼女は酔っていないときよりもずっと素敵だと思った。彼女が猪口を持って乾杯を求めたので、私は彼女と乾杯をして猪口を空けた。

「私は喉元まで溢れてくるまで食べます。きっかり喉元まで！　胃が伸びる限界を超えて、人間の身体に入れられる最大の量までギュウギュウ押し込まずにいられないんです。そうすると本当に喉元まで食べ物がせりあがってきます」

「すると、どうなるんですか？」

私は本当にどうなるのか気になって訊いた。彼女は再び猪口を空けた。土瓶の酒がなくなったので、私は再び注文した。何個目だっけ？　九個目だったかな？　十個目だったかな？

「喉元まで食べ物をギュウギュウ詰め込んで死ぬほど吐きます。その後は何日か断食します。そして、また喉まで食べ物を詰め込んでまた吐いて、どうしても抑えられないんです。病院に行ってみても、特に手立てもありませんし。だから結局それをずっと繰り返すことになります。そうしていると自分が疎ましくなってくるんです」

　酒が来ると、彼女は自分の猪口に酒を注いで一気に空けた。そして再び酒を注いで空けた。

「屈辱的な話です。そうです。生きるっていうのは屈辱的ですから」

　彼女が再び自分の猪口に酒を注ごうとしたので、私は止めた。

「ゆっくり飲みましょう」

　彼女が私の手を払いのけた。彼女は自分の猪口に酒を注いで飲んだ。そして再び注いで飲んだ。彼女が休みなく酒をあおり続けると、元力士の年配の料理人が近づいてきて、彼女は酔ったようだからもう席を立て、と目配せをした。

「もう帰りましょう、ソン・ジョンウンさん。もう出たほうがいいですよ」

　私が席から立ち上がった。だが彼女は立ち上がる気がないらしい。再び土瓶を持って自分の猪口に酒を注いだ。彼女は酒を飲み、再び注いだ。土瓶の酒は猪口を半分ほど満たして出てこなくなった。彼女は猪口に半分の酒を飲んだ。そして酒をもっとくれと土瓶を振った。私は彼女をちょっと放っておいて会計をするためにレジに向かった。レジにいる娘に幾らかと訊いていると、急に彼女が狂ったように大声をあげながらレジのほうに走ってきた。

「いけません、コン主任。私が払います。私が払います。私が食べたんですから私が払います。私が全部食べたんですから。もちろん私が払わなきゃ」

　彼女があまりにも大声だったので、店内にいる人々が一斉に彼女を見た。彼女はふらつきながら慌てて走ってきて、他の客のテーブルにぶつかった。酒瓶が床に落ちて派手な音をたてた。店内の全ての耳目が彼女に集中した。元力士の料理人が素早く彼女を捕まえて椅子に座らせた。そして、テーブルにいた客たちに謝り、他の料理人に片付けろと目配せをした。彼女はレジのほうに来ようとして必死に身体を捩ったが、料理人がしっかり捕まえていたので、椅子にずっと座っていなくてはならなかった。程なくして彼女が泣きだした。

「私に払わせてください、おじさん。どうかお願いです」と彼女は料理人に哀願した。料理人が、分かった、と頷いた。私は彼女のそばに行って、そんな必要はない、自分も本当に美味しく食べたし楽しかった、と言った。だが彼女は、例のあの古い革の鞄から財布を取り出して強引に支払いを済ませた。そしてトイレへ駆けていった。トイレはレジのそばにあったので、彼女が便器に吐く音が外まで漏れてきた。

「本当はいい女性《ひと》なんですよ」料理人が小声で言った。

「分かっています」私が言った。

　トイレから出ると、彼女は酔いも少し醒めて頭もはっきりしたらしい。私は彼女を支えて外に出てタクシーをつかまえた。タクシーの中で彼女は顔を窓のほうへ向けていた。彼女は泣いていた。私は何も言えなかった。集合マンションに着いたとき、「大丈夫ですか?」と訊いた。彼女は大丈夫という意味で頭を下げ、丁寧にお辞儀をした。そして自分のマンションへふらふらと歩いていった。

「ソン・ジョンウンさん、本当に大丈夫ですか？」私が彼女の背中に向かって再び訊いた。

彼女は答えなかった。ふらふらと歩き続けた。私はタバコを一本くわえ、不安な気持ちで彼女の後ろ姿を見守った。彼女はマンションに入らずに、マンションの前にあるスーパーマーケットに入っていった。タバコを吸い終わり、続けてもう一本吸うと、彼女が食料品のいっぱい入った大きなビニール袋を一つずつ両手に提げてスーパーマーケットから出てくるのが見えた。彼女は様々な食料品ではちきれそうなビニール袋を持ってふらふらとマンションの玄関に向かっていった。階段を上がろうとしてバランスを崩して転んだ。見守っていた私は驚いて彼女のところに駆け寄った。彼女は私が未だ帰っていないのが不思議なのか、暫し私をじっと見ると「大丈夫ですよ。私はよく転ぶんです」と言った。地面に落ちた二つのビニール袋には、ビスケット、ハム、牛乳、チーズ、パン、チョコレート、アイスクリーム、りんご、みかん、梨などがどっさり入っていた。私は二つのビニール袋を片手に持ち、もう片方の手で彼女を支えた。

エレベーターで彼女はしきりにバランスを崩した。しかし、私の身体を摑んだり、肩に頭をもたせたりはしなかった。エレベーターの片面に立ってバランスをとろうと必死だった。彼女の家は十二階だった。彼女は古い鞄から鍵を取り出してドアを開けようとした。酔っているせいか鍵穴がうまく見つからなかった。見かねた私がドアを開けてやった。玄関には大きなイヌがいた。あまりにも大きくて、最初はクマの子かと思った。それはアラスカン・マラミュートという犬ゾリ用のイヌだったが、マンションで飼うのは大変な大きさだった。イヌが彼女に駆けよって顔をすりつけた。彼女はイヌの頭を撫でてやった。彼女が入れと言わなかったので、私は玄関に二つの大きなビニール袋を持って立っていた。イヌが私をじっと見ていた。彼女はリビングのほうに行こうとしてまた転んだ。そして、そこから起き上がらなかった。私は靴を脱いで上がり、彼女を起こしてソファーに寝かせた。タンスから布団を出してきて彼女に掛けてやった。私は玄関に置かれているビニール袋を持ってきて、テーブルの上に載せた。ビニール袋の中をちょっと眺めて、外に置いておくのがまずそうなアイスクリーム、牛乳と果物といったものをテーブルの上に出してから冷蔵庫の扉を開けた。冷蔵庫は空っぽだった。食べ物の欠片一つさえ無く、入っているものといえばミネラルウォーター一本が全てだった。私は空っぽの冷蔵庫を長いことぼんやりと眺めた。ときどき冷蔵庫の裏でモーターが騒々しく回る音がした。空っぽの冷蔵庫をフル稼動させている機械音が不思議だった。私はアイスクリームと牛乳と果物を冷蔵庫に突っ込んで扉を閉めた。そして、彼女のそばでおとなしく座っているイヌの頭を撫でてから家を出た。

「ひょっとして、そういう問題ですか？　人々のあいだにいると寂しいとか、あるいは誰にも理解されないと感じるとか」

「寂しいと感じることが多いです」

「誰にも理解されないと思うこともありますか？」

「いいえ、実は、その反対の立場です」

「反対の立場といいますと？」

「私たちは実は、お互いをあまりにもよく理解しているのです。
でも、どうすることもできないでしょう。それはこういうことです。
君が寂しいのは分かっている。君も私くらい寂しいんだろう。
でも、どうしようもないじゃないか。
だから私たちは寂しくなるのです。結局同じことですが」

私もシントマーでしょうか？

チケットを一生懸命集めています。劇場、コンサート、展覧会、音楽会、映画館。行くたびに、いつもチケットとパンフレットを貰っておくのです。旅行をしたり、どこかに初めて行ったりするときも同じです。私がここに来たという痕跡が残るものなら何でもかまいません。記念品とかボールペンみたいなものでも。初めて人に会うときも必ず名刺を貰って保管しておくんです。そうしないと、都会での生活っていうのは実体がなくなりますから。この一年間、何をしたんだろう？　そう自問するときがあるじゃないですか。そんなときに何も答えることがないと思うと怖くなるんです。だからチケットを集めます。そして捨てられません。家中にいっぱい使い道のないモノばかりがあります。スペースが足りなくなるたびに本当に必要なモノを捨てることになります。だから、またそれを買わなくちゃいけませんし。

＊

割とよく転職します。たいてい給料がものすごく少なくて、人気がなくて、誰でもできる、そういう仕事です。職場を辞めようと後任者に引継ぎをすると十分もかかりません。そのたびに、こう思います。ああ、自分はこんな仕事をして暮らしてきたんだな。新しい職場に入ると、最初の数ヶ月間は何とか馴染もうと頑張ります。みんなに親切にして、いつも笑顔で、そうやって数ヶ月が過ぎていきます。そのうち、ふと、こんなことを思うんです。自分は今ここで何をしているんだろう？　すでに仕事にも慣れて職場の関係も円満なのに、急にパニック状態に陥るのです。そうなったら職場を辞めます。了承を得て辞めることもありますが、事情が許さなければ、そのまま無責任に出てきてしまいます。そして部屋の中でじっと蹲ってから旅に出ます。旅に出ると気分が少し回復します。旅から戻って別の職場に入ります。その繰り返しです。仕方ないじゃないですか。部屋の中で蹲っているだけでもお金がかかるんですから。職場を探すときは、通っていた職場となるべく遠く離れていて、そこの人たちと偶然にでも出くわさない、そんなところを探します。何か間違いを犯したわけでもないし、その人たちと仲が悪くなったわけでもないのですが、顔を合わせたくないんです。なので、最近は通勤が大変です。ソウルの地図を見てみると、私が行けるエリアがだんだん減っていく気がします。もしかしたら来年くらいには、京畿道《キョンギド》方面へ通勤するか、でなければ別の小さい街に引っ越さないといけないかもしれません。もちろん誰だって満足なんかしていませんよ。私が言いたいのは不満についてじゃありません。私はある面で自分の人生に満足しています。

＊

私が食べるものはシンプルです。コーンフレークですよ。値段も安いし、全ての栄養がバランスよく入っています。他のものは全く食べません。必要がありませんから。かわりに《世界グルメ旅行》

みたいな料理番組を観ます。地中海料理、イタリア料理、メキシコ料理。料理番組を観ながらコーンフレークを食べるんです。すると、本当にその料理を食べている気になります。錯覚じゃないですよ。本当にその料理とそっくりの味がするんです。一流ホテルのレストランに行ってその料理を食べてみましたが、家でテレビを観ながらコーンフレークを食べるより不味いですね。ええ、本当にがっかりしました。

＊

私は保険の販売をしているのですが、どうしても地下鉄に乗れません。地下鉄の中に入ると、自分が都会の吐き出した排泄物になってしまった気分になります。ボタンを押すと、どこかに慌ただしく流されていく便器の排泄物みたいな。仕事帰りの地下鉄の中で、人々は疲れきってげっそりした様子でうとうとしたり、無表情で広告を眺めたりしています。そして、ときどき仕方なくお互いの顔を気まずそうに見つめます。でも、都会で相手の顔を長いあいだ見つめるのは失礼じゃないですか。なので、人々の顔と視線を避けて歩いていると、まるで狭い棺桶に入った死体になった気分です。身じろぎもできません。あの時間が怖いんです。だから心の中でいつも呪文を唱えます。（心配するな。心配するな。あとたった十一駅だ）この凄まじい退勤が済んで家に着くと、ほんの一瞬ですが、ものすごく安らぎます。それで、とりあえずソファーで洗濯物のようにくたっとなって眠ります。でも眠りから覚めると、明日の朝また都会の巨大な排泄物の中に入らなければならないと思って恐怖に陥るのです。最近は地下鉄を見るだけでも吐き気がします。あるときは地下鉄で三回も吐いて失神したこともあります。ベッドタウンまで合わせると、ソウルは二千五百万人も暮らしているマンモスシティです。ええ、ここはあまりにも大きな都会です。ここで地下鉄に乗れなかったら、どうやって生きていくんですか。

＊

耳の中でやたら呼び出し音が聞こえます。それでケータイを開いてみると、電話が来たわけではないんです。この数ヶ月、私が知っている人からたった一本の電話もかかってきませんでした。時間が経つにつれ、私の知人がみんな私を忘れてしまったのかもしれない、という気がしました。私は彼らを切実に待っているのに、彼らは私という存在を思い出さないのです。恐ろしかったです。だから先に電話をかけることもできませんでした。毎日まいにち充電したバッテリーをケータイにセットしながら私は考えます。今日は私を思い出した誰かから電話が来るんじゃないか。そしたら本当に美味しい夕食をご馳走しなくちゃ。びっくりするようなプレゼントも用意するんだ。でも、電話はずっとかかってきません。時が経つにつれ、私の電話番号を知っている人たちをだんだん憎むようになりました。私はこんなに辛いのに、私はこんなに寂しいのに。最近は、ひとりで食事をしていて「みんな殺してやる」と叫んだこともありました。

＊

仕事から手を離せません。あらゆる企画書と会議資料と週間スケジュールがきちんとプリントされて机の上に置かれていないと不安で何もできません。なので退勤が遅くなりがちです。仕事が多いわけではないし、細かい上司がいちいちケチをつけるというわけでもありません。ただ不安だからそうするんです。家でぼんやりテレビを観ていると、しょっちゅう明日の朝の会議を思い出して、何か漏れがある気がして、ときには夜中の三時に車を飛ばして会社に出勤することもあります。仕事以外には何も考えないし、何もできません。趣味もプライベートもないんです。

*

借金がありました。親戚の保証人になった父が亡くなって家族に引き継がれたものです。言うなれば遺産ですね。多いといえば多いし、少ないといえば少ないともいえる金額でした。最初の職場で貰っていた給料の半分くらいを毎月つぎ込めば十四年くらいかかる金額でした。とはいえ、ソウル市内の二十坪のマンションの伝貰《チョンセ》［入居時に預けた高額の保証金を家主が運用し、退出時に全額返還される家賃の支払方法］ほどでもありません。それでも、ぐっと我慢して返済してきたら、今のようにはならなかったでしょう。給料が上がり続ければ利子も元金も少しずつ減ったでしょうから。ちょっと財テクもすれば、十四年もかからなかったかもしれません。でも、若いときにそれができますか。子供が生まれたら、お金もかかりますし。サラリーマンが給料で借金を返し、子供を育て、貯金して家を買って。正直、見通しが立たないんですよ。だから無理をするようになりました。株にも手を出してみたし、経験もない商売もやってみたし。すっからかんになるたびに借金は雪だるまのように膨らみました。他の人は宝くじを当てたりしていたなあ。私はどうしても脱け出す方法が見つかりません。世帯主が家族全員を殺して自殺するニュースを見るたびに、みんな驚いたりしますが、私は他人事とは思えません。いけないと分かっていても、正直、そんなことをよく考えました。この頃はどんどん痩せています。私がよく利用するカード現金化の店があるんです。そこにえらく意地悪なじいさんがいます。ドストエフスキーの『罪と罰』に出てくる質屋の老婆みたいです。血も涙もありませんよ。とにかく、そのじいさんはいつも現金をたんまり持っているのですが、その鉄格子で塞がっている質屋の天井に換気口が一つあります。それを見ながら、体重を三十キロだけ落とせばあそこから忍び込めそうだ、と考えたことがあるんです。もちろん本当にそうする気があるわけではなくてですね。でも、そう考えたときから痩せ始めました。想像しただけなのに、どんどん痩せるんです。

＊

人生が虚しかったんです。夫が出勤したらすることもないし、他の人たちのように子供がいるわけでもないし。お金って、実はたいしたものじゃないですよね。食べて、着て、使うぶんだけあればいいのに、夫も、婚家先も、実家も、なぜあんなにあくせくするのか解りません。文化財団が運営する詩の創作グループにも参加してみたり、遅ればせながら大学院に行ってみようかとも考えました。でも、何もかも気に入らないんです。私も同類ですけど、お金持ちのおば様たちがアクセサリーみたいにぶら下げる教養っていうの、あれを一緒にやってみると滑稽なんです。ひとりマンションで座っていると、しきりに涙ばかり出て。同窓会に行ったら、こんなことも話せません。苦しい生活をしている人がたくさんいるのに贅沢ね、って。分かっていますよ、苦しい生活をしてる人たちがたくさんいることを。でも、私も死にたいくらい辛いんです。空中で暮らしている気分なんですよ。私の話、解りますか？

＊

何年間かデパートの正門で案内係をやりました。一日十時間ずっとにっこり笑顔をつくっていました。それから笑顔が止められません。怒るときも悲しいときも、ずっと笑っています。笑顔が止められないんです。母が死んだときも、葬儀のあいだずっと笑っていなくちゃいけませんでした。目からは涙が流れ続けるのに、顔はにっこり笑っています。「いらっしゃいませ、ショッピングをお楽しみください」と私の笑顔は語るのです。だから、私の笑顔は安物です。バーゲンセール中なんです。いつでもディスカウントされてダンピングされた値段です。これって病気ですよね？　私は変になっちゃったんですよね？

「私もシントマーでしょうか？」

「いいえ、あなたはシントマーではありません。心配いりませんよ。あなたはまだ、この街で頑張れます」

第三部　ブービートラップ

ブービートラップ

1

モアブ（MOAB：Massive Ordnance Air Blast）という爆弾がある。二〇〇三年にアメリカで誕生したこの爆弾は全長九メートル、重さ九・五トンで、宮崎駿《となりのトトロ》くらいでっかい奴だ。もちろん全身にエチレン、オキサイド、メタンといった燃料用の気体をどっさり積んでいるこいつのやることはトトロほど可愛くはない。核兵器を除く昔ながらの武器の中で最も破壊力の大きい爆弾であり、しかも一度ならず二度にわたって空中爆発をして、殺傷半径内にいる全ての生き物を殺し尽くす殺伐とした野郎だ。

最初に爆発するときの爆発半径は少なくとも三百五十メートル以上、その内側にいれば、爆発の衝撃と火傷で死ぬ。そして、気化したエアロゾルが広がった状態で千℃以上の高熱で二度目の爆発が起きると、半径一キロメートル以内の酸素が完全燃焼する。その内側にいれば、余波と火傷で死ぬ。もしも深いバンカーや地下室といった場所に隠れて運よく余波と火傷を免れたら、窒息して死ぬ。

モアブは〈全ての爆弾の母（Mother Of All Bombs）〉という別称のほうが有名である。爆弾の母とは。母という温かくしっとりした言葉になぜ爆弾なんかをくっつけようと考えたのか。おそらく想像力が足りず、ボキャブラリーに乏しい米兵たちがM・O・A・Bというイニシャルを揃えるためだろう。ほら、〈全ての爆弾のサル（Monkey Of All Bombs）〉や〈全ての爆弾のクチバシ（Mouth Of All Bombs）〉だってあるではないか。個人的には〈全ての爆弾のクチバシ〉が気に入っている。

モアブはトトロでもないしミサイルでもないので、自力で飛べない。また、図体がでかすぎて、どの飛行機にも載せられない。こいつは外殻を除けば全て爆弾だ。最近の技術でこのくらいのサイズの核爆弾をつくって爆発させたら、おそらく地球は丸ごときな粉みたいになってしまうだろう。

こんなに図体がでかくて移動が不便な爆弾をあえて使用する理由は、まず相対的に製作費が非常に安く、次に核爆弾や火薬弾のように戦争に使用すると世界の世論に指弾される質の悪いイメージの爆弾ではないからだ。燃料用の気体のみならず、酸化アルミニウムまで一緒に噴射されて爆発するので、より緻密で残酷になったが、世論的にはベトナム戦争に使用されたナパーム弾のような気化爆弾の進化系に過ぎず、分類上は昔ながらの爆弾である。この太った爆弾は我々にこう言いたいらしい。

「私は核爆弾ではありません。実は、ナポレオンがウォータールーの戦いで使っていた砲弾と全く同じものです。大学生のデモ隊が使う火炎瓶と似た原理ですし。正々堂々たる武器ですよ。もちろんナポレオンが使っていた砲弾よりは爆薬が少しばかり多く入ってはいますよ。やはり時代が時代ですからね」

ハンセン・ブラウンは善人である。彼は誠実な家長であり、よき父親であり、地域社会のためにボーイスカウト時代から五十歳になった今まで、移民と貧しい子供たちのためにボランティア活動をしてきた。自分の財産の半分をはたいて、心臓病にかかった隣の黒人の少女を救ったことは、地元紙の一面に〈わが村のジャン・バルジャン〉という記事として載ったこともあった。そして、ハンセン・ブラウンは毎朝、モアブを製造する軍需会社に出勤する。

ある日、学校から戻ったハンセン・ブラウンの娘がすっかり上気した顔で訊いた。「みんなパパがこの世で一番大きい爆弾を作ってる、って言ってるけど、ホント?」

ハンセン・ブラウンは真っ青になって長いこと考えた。そして口を開いた。「ああ、パパは毎日でっかい不幸をつくる。でも、パパが地球の反対側で爆発する不幸を作らなかったら、その不幸はうちの応接間やおまえの通帳みたいなところで爆発するんだよ」

2

ファスカム[4](FASCAM)というブービートラップがある。百五十五ミリメートルの曲射砲、あるいは飛行機やヘリコプターによって自動で設置されるこの対人・対戦車ブービートラップは、八個の地雷がワンセットで繋がっている。それぞれの地雷に繋げられた仕掛け線(trip-wire)のどれか一つでも触れれば八個の地雷が次々に爆発する。対人地雷やつま先地雷が踏んだ兵士一人の命や足首を奪うのに対し、このブービートラップは誰かが誤って触れたら中隊員全体が殺されることもある。一つが爆発すれば他の地雷の雷管に触れ、それはまた別の地雷の雷管に触れ、あげく全てを灰の山にしてしまう凄まじいブービートラップ。このブービートラップは我々にこんな忠告をする。

「おい、チームワークが大事だと言っただろう。だから後ろに信頼できる奴を付けて歩かにゃいかん」

不思議なことに、不幸はこのブービートラップに似ている。まるで一つの不幸が他の不幸と繫がっているように、仕掛け線の一つを触って爆発し始めると、約束でもしたかのように全ての不幸が連鎖して飛び出してくる。

ブービートラップは罠だ。釣りのように誰かが餌を投げておいて待つのである。釣りと違う点があるとすれば、この罠の仕掛人は獲物にはさほど関心がない、ということだ。とにかく不幸の量だけに関心がある。餌にかかった者の状態が不幸であるほど罠は成功したと言える。釣りは、釣り針を投げた者と釣り針にかかった魚のあいだに〈対決〉が可能だ。この世の対決というものが常にそうであるように、対決の状況が多少公正でないとしても。だが、ブービートラップは対決をすることができない。ブービートラップの憎らしい点は、仕掛人が匿名の中に隠れてしまうことによって〈対決〉そのものを不可能にするということである。

ブービートラップは、誘惑と失敗で組み立てられたメカニズムである。野戦教範に載っている地雷の起爆装置に触れるよう誘惑する物資は、米、缶詰、銃、地図、コンパス、水などだ。ブービートラップの上にあるこういった物資を持ち上げれば死ぬ。持ち上げなければ死なない。もしもブービートラップの上の物資を持ち上げたら、そして待ってましたとばかりに起爆装置が作動を始めたら、死ぬ

4　Family of Scatterable Mines（地雷撒布弾）の略。

ことになるのは、誰かが〈誘惑〉したからなのか、それとも〈失敗〉したからなのか。

だが、我々がもし自分自身の未来を覗き込めるとしたら、我々の日常のあちこちに、我々が住んでいるこの世界のあちこちに、どれほど多くのブービートラップがクモの巣のようにびっしり張り巡らされているかを知ってびっくりするだろう。果たして、このびっしりの仕掛け線は避けて通れるのか。我々はどんな〈誘惑〉の前でも〈失敗〉せずにいられるだろうか？　自分が失敗しなくても前の人は？　後ろの人は？　背後にどんな安全な兵站を置けるだろうか？

我々はある瞬間に破産したり、予期せぬ事故に遭ったりして〈人生とは唐突であり、事故は一瞬だ〉と嘆く。だが、人生はそれほど簡単ではない。我々はそれよりずっと前に、すでにブービートラップの仕掛け線に触れている。あなたがその瞬間に、まさにその時点で、右のかわりに左に顔を向ける瞬間に、あなたのブレーキには亀裂が入り始め、あなたの不幸はカウントダウンを始めている。あなたが職場の上司に「ノー！」ときっぱり言う瞬間に、「いいものはいいだろう？」と魔の手が握手を求めるときに「そんなことはできません」と言って毅然と立ち上がる瞬間に、そして、もっと些細なことに、あなたが単に運がなさそうに見えるという理由で、でなければ、全く何の理由もなく、仕掛け線はプツッ、と切れる。

あなたはこのクモの巣から決して脱け出せない。我々の日常に張り巡らされた不幸のブービートラップはあまりにも多く、そして巧みだ。権力の歴史はブービートラップの歴史である。言い換えると、人間の歴史はまさにブービートラップの歴史だ。我々は恐怖と不安ゆえに、自分も安全でいられないブービートラップを仕掛け続ける。起爆装置を作動させる数多くの線、狂ったように増殖してゆくあの不幸の線の数々。監視のセンサーと、タブーを要求するあのぶ厚い法典の数々。一つの秩序をつくるということは、数千、数万の、あるいはそれ以上のブービートラップをつくるということだ。自分の前であれ後であれ、恋人であれ敵あれ、誰でも線に触れたら、この不幸は連鎖して爆発するだろう。自分一人が用心したところで、どうにかなることではない。あなたと私は〈誘惑〉と〈失敗〉を併せ持ち、地球の裏側では優しい顔のおじさんが毎朝出勤をして我々のためにでっかい爆弾を作っている。

もちろん聖書の冒頭もまさにブービートラップに関する話だ。神は宇宙を創造すると同時にブービートラップを作った。エデンの園に善悪というブービートラップを仕掛けておき、ヘビという仕掛け線を通じて巧みに誘惑物を動かした。アダムとイブは体《てい》よくこのブービートラップに引っ掛かる。起爆装置が作動し、不幸は連鎖して爆発する。労働、生みの苦しみ、憎悪と後悔、羞恥、殺人と窃盗。そして自然が一度も孕《はら》まなかった善／悪という化け物も飛び出す。

とすれば、神はこのブービートラップを通じて人間からいったい何を見いだしたかったのだろうか？

遺言執行株式会社

クォン博士は昏睡状態になって何日も経つ。医者には、もう目覚めることはないだろうと言われた。私は病室に座って長いこと彼の顔を見つめた。そして感傷的になるまいと努めた。死にゆく者の顔を見守ったことがある。生きることに未練のある顔が、ある瞬間、全てを諦めた顔に変わる。そうなれば死ぬ時が来たのだ。クォン博士はもう目覚めることなく死ぬだろう。たとえ目覚めたとしても、その時間は非常に短いだろう。なのに彼はなぜ、今でも未練を捨てられない顔をしているのだろうか。

昨日の午後には〈遺言執行株式会社〉という風変わりな会社の職員が私を訪ねてきた。

「遺言執行会社？　何をする会社でしょうか？」

「弊社は一六五三年にオランダで創設され、個人の遺言を専門的に執行する多国籍企業です。すなわち、亡くなった後に故人の遺志がきちんと進められているかを監視し、また執行するわけです」

「そんなものは遺言状に書かれたとおり弁護士が執行すればよいのではありませんか？」

「遺言のいずれかの内容が条件付になっていたり、極めて長期間ゆっくり執行されたりするときには、それなりの監視機構が必要でしょう。富と権力が動けば、いつでもそれを欲しがる者たちがいるものですから。例えば、ボランティア団体に寄付したら、そのお金が故人の遺志どおりに使われているか監視するとか、幼い子供らが一度に多くの遺産を受け取るのを防ぎ、ひと月に一定の適正な生活費と教育費を支払う、といった仕事をしております。そして、不慮の事故に遭ったときの一種の保険のように補償金を支払うのも私どもの仕事です。その他にも様々なことを行なっております。遺産が少なめでもさほど心配はありません。お預けになった金額に応じて投資の配当を受け取れますので」

私は彼の話を聞きながら、死せる者たちが生ける者たちの人生に干渉する方法もいろいろだな、と思った。

「御社が投資に失敗して潰れることになったら、気の毒な遺族たちはどうするのですか？」

「それはありえません。弊社は一六五三年にオランダで創設され、安定性と……」

「ええ、ええ、分かりました。ところで、私には何のご用ですか？　そんな会社が私に会う理由は無さそうですが。こっち方面にはあまり関係がないので。金持ちの親戚もいませんし」

「クォン博士の遺言状にあなたのことがはっきり書かれています。資料管理業務をお引き受けになる前提の下に月額百万ウォンをお支払いすることになっていますね。給与は正確に物価上昇率に合わせて毎年上がります。もちろん事務の経費は別途支払われます。それから特別条項もありますが、先生が危険な目に遭われる場合に安全家屋を提供する、という条件も含まれております。この安全家屋は、秘密の保障と安全性において世界的にその権威を認められております。もちろん安全家屋の費用も私どもがお支払いします」

「安全家屋？　何から安全なのですか？　核爆弾や噴火？」

「先生が他の不穏な勢力から暗殺や強迫、追跡、監禁される危機に見舞われたときに避難できる場所のことです」

その話を聞いているうちに急に笑いが弾けた。男が暗殺、強迫、追跡、監禁といった単語をくそ真面目に言ったからだ。

「面白いお話ですね。でも、平凡な市民は、暗殺、強迫、追跡みたいなこととあまり関係がありませんよ。そういうものを見るのは映画の中くらいです」

「私は書類に書かれているとおりにお話ししているだけです」

男はなかなか生真面目でまどろっこしい人物らしかった。

「とにかく、こうやってご足労されたのに、こんなことを申し上げて悪いのですが、私は十三号キャビネットを引き受ける能力もありませんし、引き受ける気もありません」

「全ては先生がご自身で判断してください。私は行政的な手続きに関してのみ申し上げているので」

「ソン・ジョンウンさんに関連する遺言もあるのですか？」

「申し訳ありません。私どもの業務の性格上、他の方々についての遺言はお教えできません」

男は書類を一枚取り出すとサインを求めた。どんな内容か尋ねると、遺言を直に聞いた旨と、遺言について秘密を守る旨に関する署名だと言われた。私は書類にサインをしてやった。男は、万が一にでも考えが変わったら電話をくれと言って名刺を一枚渡してくれた。


遺言執行株式会社だなんてクォン博士らしい発想だ。そして、月に百万ウォンやるから十三号キャビネットを引き受けて欲しい、という言葉は冗談だと思っていたのに本気だった。この老人は世間の物価を知っているのだろうか。この殺伐としたソウルで、百万ウォンでどうやって家を買い、子供を育てるというのか。まあ、一生独身で毎日カステラとカップラーメンで食事を済ませていた人が世間の物価について何を知っていようか。

クォン博士が死んだ後にどんなことが起こるのかよく分からない。クォン博士に頼ってきた大勢のシントマーたちがどうなるのかもよく分からない。クォン博士はこんなふうにいたずらっぽく私に十三号キャビネットを譲るつもりだったのか。だが、こんなふうにどさくさまぎれに押し付けて解決することではない。それがクォン博士はなぜ解らないのだろう。私があのキャビネットと三百七十五人の不思議な人々に何ができるというのか？　ソン・ジョンウンと力を合わせて？　実に天真爛漫な考えだ。しかも、クォン博士は多くのことを秘密裏に処理してきたし、私はその秘密について知っていることは殆どない。

でも、どうにかなるだろう。死は落ち葉のようにありふれたものだ。誰かが死ぬからといって世の中が一気に没落したり荒廃したりするわけじゃない。十三号キャビネットの大勢のシントマーたちは散り散りになるだろうし、これまでそうしてきたように、これからもどうにか生きていくだろう。

急にベッドのシーツから便がひどく臭ってきて、私は布団をめくった。シーツがクォン博士の漏らしたゆるい便でびっしょり濡れていた。意識を失っている瞬間にも、身体は己のすべきことをきちんとする。小便を放出し、肛門を開いて大便を排泄する。絞首刑にされた死刑囚が死ぬ前に最後にするのも便をすることだそうだ。自分の生《せい》が終わる最期の瞬間を、糞をたれながら終えるのだ。考えてみると、ちょっぴり滑稽で、また一方では恐ろしいことである。

私はクォン博士のズボンを脱がせ、そこで便のついているおむつを外した。そしてウェットティッシュでクォン博士の肛門と性器を丹念に拭いた。何のいたずら心が湧いたのか、私は親指と人差し指でクォン博士の性器をそっとつまみ上げ、それに向かって真面目に訊いた。「もしもし、性器のおじさん。あんたは小便をたれる以外の用途に使われたことはありますか?」もちろん性器のおじさんは私の質問に答えなかった。かなりのテレ屋らしかった。

ベッドの下にある洗面器には、看病人のミスなのか、それとも元からそういうものなのか、外に出されていない汚れたおむつが一つ置かれていた。私はシーツとおむつと洗面器を持って外に出た。廊下におむつだけが入っているゴミ箱があった。もう自分で下の世話ができなくなった多くの患者たちの大小便がそのゴミ箱にいっぱい入っていた。そこにおむつを捨てた。そして洗面所で洗面器を洗った。洗面器についたゆるい便からは糞より薬のほうが強く臭った。何も解毒できなくなった博士の肝臓に負担をかけないために、医者はモニラックという便秘薬を与える。何かを食べるとすぐに下痢をするのでアンモニアが発生しなくなる。だから食べたらすぐに下痢をしなくてはならない。しかし食べなければ生きられないので、また食べる。そして下痢をする。惨憺たる繰り返しだ。

洗面所から戻ると、クォン博士の病室の前でKが私を待っていた。いつものように落ち着いて余裕のある態度で、相手を嘲るような笑みを浮かべながら。

「クォン博士のお話は伺いました。もう目覚めることはないそうですね」

私は彼の問いに答えず、ちょっと頷いた。そして、企業がここらへんで私を訪ねてきたのは私に揺さぶりをかけるちょうどいいタイミングだ、と思った。私は十三号キャビネットについて何の誇りもないし、あそこからいち早く脱け出したいのだから。まとまった金ができるなら、なおのこといいはずだ。しかし残念ながら、私には売るものがない。

「私どもの提案についてお考えいただけましたか?」Kが訊いた。

「今はそんな話をする雰囲気じゃないと思いますよ」

「いいえ。今が決断を下す最も適切な時期です。いざクォン博士が亡くなったら、ことがさらに面倒になりますから。行政のきまりで研究室も撤去されるでしょうし、研究所の資料もバラバラになりますし」

「お帰りください。私はそれについて何も知りません。今後もそんなことにかかわりたくもないですし」

「もう一度、慎重にお考えください。先生には何の必要もない資料じゃありませんか」

「正直にお話しします。キマイラ・ファイルが私のところにあれば、私はそれを売ったでしょう。あなたが言うように、私には必要もない資料ですし、二十億は少ないカネじゃありませんから。ですが、クォン博士のところにはキマイラ・ファイルはありません。仮にあったとしても、それについて私は何も知りませんし。クォン博士は、私に何のヒントも残しませんでした。ですから、もう私たちはこれ以上お話しすることがなさそうですね」

「では、我々の取引は終わったとみるべきですか?」

「私たちはそもそも取引をしたことはありません。あなたが私に名刺を一枚くれただけですよ」

「実に困ったことになりましたね。非常に残念です」

言い終えてKは丁重にお辞儀をして帰っていった。

Kが帰った後、私はクォン博士が死んだら事態はどう進むのか怖くなった。私は本当に、クォン博士が死んだら、無責任に、何もなかったかのように十三号キャビネットを離れられるのか。気持ちは複雑だろうが、ことは結局そうなるだろう。私は十三号キャビネットの傷ついたシントマーたちのためにできることが全然ないからだ。

もしかしたら、クォン博士が私を助手にしたのは、私にできることが全然ないボンクラだったからかもしれない。彼は本当に保管者が欲しかったからかもしれない。科学者ではなく司書が、フラスコや実験台ではなくキャビネットが必要だったのかもしれない。だが、何も満たされないキャビネットなんかが、いったいなぜ必要だというのか。それは空き缶と全く同じものである。

「ある日、私はアマゾン川の記事を読む機会がありました。マクドナルドのような巨大なファストフード会社がハンバーガー用の牛肉を手に入れるためにアマゾン川のジャングルを燃やしているというのです。一時間につきなんと七千ヶ所で。それはつまり、今のペースで百年が経つと、アマゾン川の熱帯雨林が消えるということで、地球の肺がなくなるということで、地球の酸素がだんだんうすくなるということで、しまいには地球から生命が消えるということです。なのに、ご覧ください。誰もマクドナルドを制止できずにいるではありませんか？」

「なぜか分かりますか？　あなたのような身勝手な人たちが地球に住んでいるからです。あなたのような人たちが地球の外に消えてしまいさえすれば地球は再び平和を取り戻すでしょう」

「あなたはひょっとして、ハンバーガーを食べたことがないのですか？」

青いリトマス紙

出勤をするためにローカル路線バスを待っていると、五十代半ばの男が私に話しかけてきた。

「もしかしてコン主任ですか？」

男はセールスマンのように感じが良かったが、卑屈に見えるほどヘラヘラ笑っているので、どこか間抜けな印象を与えた。私は、そうだ、と答えた。すると男は「あなたがコン主任で本当によかったです。いや、よかった」と言いながら子供のように喜んだ。その男のやることが実に滑稽で突拍子もなかったので、私はプッと噴き出した。

「私がコン主任なのが、おたくになぜ、そんなにいいことなんですか？」

「いいですよ。いいですとも。あなたがコン主任でないなら、私はまたコン主任を探しに、この街を歩き回らなければいけませんから。朝からいきなり訪ねてきて申し訳ありませんが、ちょっとお話できますか？　すぐに済みます。私どものしている仕事は時と場所を選ばず進んでしまいますのでね。出勤の途中でお忙しければ、私が車でお送りしながらお話ししてもいいですし」

男は自分が運転してきた車を指差して言った。軽自動車で、かなり旧型だった。

「いいえ、まだ時間がありますから、簡単なお話ならここで済ませて、私は地下鉄に乗っていきます。それに、私はおたくがどなたかも知りませんし」

「では、地下鉄の駅まで送らせていただけませんか？　そのくらいの時間で充分だと思います」

男は自分が誰なのか明らかにしなかった。でも、どうせ地下鉄の駅までは行かなくてはいけないし、路線バスで十分くらいの距離だから、そのくらいの時間ならば別に悪くないと思った。私は男の提案を受け入れて彼の車に乗った。男は素早い動作で車に乗った。エンジンをかけた後、男は鼻歌を歌うように「安全ベルトを締めていただけると助かります。安全運転。命の運転」と言った。私は安全ベルトを締めながら（ずいぶん唐突な人だな）と心の中で呟いた。男はスーツの内ポケットから何かを取り出そうとしたが、うまく抜けないらしかった。私はカード入れを出して名刺を渡そうとしているのだと思った。だが、男が取り出したものは電気カミソリのように見えた。

「何ですか？」怪訝に思った私が訊いた。

「たいしたものじゃありません。一種の電化製品ですよ。ドイツ製で、形はイマイチですが、性能は悪くありません。一度ご覧になりますか？」

男が私のほうに向かって電気カミソリのようなものを差し出した。私はさして興味がなかったが、形だけでも見るふりをしようと首を突き出した。すると男は、いきなり私の首にそれを押し当てた。その瞬間、ピカッとスパークが起こり、私はその場で気絶した。


気がつくと事務所にいた。私の身体はロープで椅子に括り付けられており、手には手錠が嵌められていた。ブラインドが全て下ろされていたので、どこらへんなのかは分からなかった。自動車のクラクションが下から聞こえてきたから、都心にある高層ビルだろうと思った。事務所は清潔だった。一般の事務所のように電話、ファックス、机といった備品があり、応接室があった。片側の壁面には書架があり、本がぎっしり立てかけられていた。そして、続く反対側の部屋には手術台と診療器具とおぼしきいくつかの装備があった。そのため全体的に歯医者の診療室のような感じがした。

朝に出会った男がテレビを観ていた。男は中背の痩せ型で、歳は五十代くらいに見え、ちょっと間抜けに見える目をしていた。ソフトで善良そうな印象なので、とても電気ショックみたいなもので人を気絶させたり、誘拐みたいなことをしたりしそうな人には見えなかった。まあ、私は人を専門的に誘拐する人々が実際にどんな姿をしているのかについて全く知らないのだが。

男が観ているのはバラエティ番組らしかった。男は腕組みをしたままテレビを見つめながら、イマイチ理解できない、というように顔をしかめた。あんな深刻な顔でバラエティ番組を観る人は正直、初めてだった。

「全く解らん。みんなあそこでなぜ笑うんだ?」

男がひとり呟くように言った。そして私のほうに顔を向けた。

「お目覚めですね」

まるで朝に出会った会社の同僚に、昨夜はよく眠れたかと尋ねるような穏やかな声で男は言った。私は黙っていた。男はコートの内ポケットからタバコを取り出して口にくわえた。そしてタバコに火を点けるためにライターを顔に近づけようとして、急に驚いた表情になって「あーあ」とため息をついた。

「私は割とよく禁煙をするのですが、禁煙したことをたびたび忘れてしまって失敗するのですよ。習慣というのは実に恐ろしいです。ひょっとして、そんな経験はありませんか?」

男は未だ火の点いていないタバコを持って、禁煙したことを忘れてしまった自分が情けないというように少しばつが悪そうな表情をした。笑わせるじゃないか。まともな人間を電気ショックで気絶させ、誘拐をし、手錠まで嵌めておいて言うことが、せいぜい禁煙の失敗談とは。

「これはいったいどういうことですか？　Kという男にも重々言いましたが、私はキマイラ・ファイルについて知っていることはない、と言ったじゃないですか」

私が怒鳴った。怒鳴ると、男がちょっと驚いた表情をした。

「ああ！　その問題なら、もう少ししてから話すことにしましょう。まもなく電話がかかってきます。電話でこの事案について聞いた後に話すほうがいいです。実は、今は私も、何が何だか正確によく分かっていませんのでね。ところで、さっき私が質問したのは何でしたっけ？　ああ！　あれが思い出せないと、すごい辛いんだよなあ」

男が自分の言おうとしていたことが何だったか考え込むように眉根を寄せた。私は男を見ながら思った。

「ああ、そうだ！　禁煙したのに禁煙したことを忘れてしまって禁煙に失敗したことがあるか、でしたね？（こいつ、アホか？）そのとき男が急に何か思い出したように言った。ひょっとして、そんなことはありませんか？」

「禁煙したことは一度もありません」

男のすることに呆れたが、私は質問に答えてやった。

「それは実に不思議なことですね。誰でも一度くらいは禁煙しようとするものですが。ほら、気まぐれに一度くらい止めてみたりするじゃないですか」

「禁煙したくせに、なぜタバコを持ち歩くのですか？」私はイライラして言った。

「タバコがないと、禁煙したことが不安だからですよ。私は不安に耐えられない性質でね」

「今、どれだけ恐ろしいことをしているのか分かっているんですか？　これは犯罪ですよ。誘拐なんです。いったい、どう落とし前つけるつもりですか？」

「そういう話はもう少ししたら、と言ったでしょう。電話が来てから」

男は笑いながら言った。そして自分の仕出かしたことがまるで気にならないのか、再びテレビのほうに行った。そしてソファに座り、暫くテレビに集中していた。テレビから観客の笑い声が騒々しく流れ出るたびに男が顔をしかめた。「いったいあれが何で面白いんだ？　ああ、ったく、イライラするなあ。あんなに大勢の人が笑っているのに、俺だけが笑えないじゃないか」と男はひとり呟いた。私は男がひとり呟く言葉を聞きながら（それはおまえがアホだからだよ）と心の中で言った。テレビに集中している男の表情は天真爛漫でさえあった。

テレビを観る合間に男はときどき時計を眺めると、（こういうことされると困るんだよなあ）という表情をした。さっきから男は何かを待っているらしかった。正確に何を待っているのかは分からない。でも男が待っているものが私も気になる。なぜならば、男が待っているものが到着してこそ、今、私が瀕しているこの問題が、もっと良くであれ、悪くであれ、どんなふうであれ、変化するからだ。でなければ、真剣な顔でバラエティ番組を観るあの男と一日中いなければならないだろう。しかも手錠がきつすぎて手がずっと痺れている。

「そうだ、禁煙するというのは愚かなことだ。タバコのせいで死ぬよりは交通事故で死ぬ確率のほうが高いんだから」男がだしぬけに言った。

言い終えて男はタバコを一本取り出して火を点けた。男はゆったりと、非常に満足げにゆっくりとタバコの煙を吸い込み、またゆっくりと吐き出した。男が吐き出したタバコの煙がひどく旨そうに感じられた。

「ああそうだ、これは失礼を。一服されますか？」

「タバコより先に手錠を外してくれませんか？」

「今、手錠を外すのはちょっと難しいのですが」

「ならば少し弛めるだけでもしてください。痺れて我慢できません」

最初に手錠はゆったりした状態で嵌められていた。ところが、指を動かすたびに少しずつ締まってきて、今ではびくともしない状態になってしまった。指をそんなふうに懸命に動かしたのは、ひょっとしたら、そのうち手錠が外れるのではないか、という儚い期待のせいだった。しかし、手錠の内側には歯車のようなものがあって、一度締まると二度と外れない。つまり、手錠は締まる方向には動くのだが、外れる方向には決して動かないのである。男が近づいてきて私の手首をあちこち触ってみて、鍵で手錠を外すと再び緩く嵌めた。そして口にタバコをくわえさせて火を点けた。

「手錠と沼の共通点は何かご存知ですか？」火を点けながら男が訊いた。

「何でしょう？」タバコを一口深く吸い込みながら私が訊いた。正直、その共通点は別に知りたくなかった。

「脱け出そうと足掻けば足掻くほどもっと悪い状態におかれる、ということですよ」

男は、何をして手錠がこんなに締まったのか分かっていると言わんばかりに、そっと微笑みながら言った。そのとき電話が鳴った。男はリモコンでテレビを消して電話をとった。男は非常に長いあいだ受話器に耳をかたむけた。殆どは受話器の向こう側が話をし、男はだいたい聞いているだけだった。

「ええ、はい。そこまで私がやります。他の部分は関与したくありません」

男が言った。そして電話を切った。〈そこまで〉とはどこまでを意味するのだろう。男は電話を切ってブラインドを指でちょっと下げて窓の外を見た。そして、そこでタバコをもう一本吸った。

「私はここが好きです。都心にあるし、高くて眺めもいいし、日当たりもいいし、車と人もアリのように小さく見えるし。地下の真っ暗な取調室みたいなところで話すよりはずっといいじゃないですか。そんなところよりは確実に会話もスムーズにうまくいくのです。ひょっとして、仕事が済んで私に復讐したいなら、この事務所をよく観察したほうがいいですよ。私はいつもここで仕事をいるんです。でも、見つけるのは簡単ではないと思います。ソウルというのは大都会ですから、高層ビルも多いせいで事務所も多いので」

「あの企業の人たちが依頼したようですが、これはちょっと無礼ですね。しかも、私はあれについて知っていることはありません」

「同じことを何度も言わせますねえ。仕事は順番どおりにしなければなりません。順番どおりでなければ全てがめちゃくちゃになってしまいます。そうなったら私は怒りますよ。しかも私は、あなたがどんな人なのか、なぜここに引っ張られてきたのか全く知りません。誰でも他人の人生のことはよく知らないものでしょう？　仮に、こういった業務にそのような理由を知る必要があるならば、私もそれに関して熟知をするでしょうが、私がしている仕事には、そのような情報は必要ないのです。あなたがここになぜ引っ張られてきたのかを決定し、判断するのは、そういった仕事を専門とする専門家がやるでしょう。全ての仕事には専門家がいますのでね。あえて確かめたり訊いてみたりするならば、その人に訊かねばなりません。結論はこうです。あなたの質問に答えるのは私の仕事ではないので、そのような質問はするな、ということです。私はただ、尋問することだけを請け負っています。業務に関する指示を受け、仕事についての概要を聞き、上限ラインと下限ラインに対する注意事項を聞き、たまに殴ったり拷問したり。それが私の仕事です。ですから、私に何かを確かめる必要はありません。よく知りませんので」

殴ったり拷問したり？　私は男の言ったことが頭の中で整理できず、暫しぼう然とした眼差しで男を見つめた。

「コーヒー飲みますか？」

私は男の質問に答えなかった。男は私のぼう然とした眼差しを同意と解釈したのか、レギュラーコーヒーを二杯淹れて私の前に持ってきた。そして小さなティーテーブルの上に私のコーヒーと自分のコーヒーを置き、灰皿とタバコも置いた。そして私がコーヒーを飲めるように、椅子の背中で嵌められていた手錠を外し、手を前に回してから再び手錠を嵌めた。私は男にされるがまま、じっとしていた。

「クリーム？　砂糖？」

まるで自分の家に来た客に話しかけているようだった。私はどちらも入れないという意味で首をちょっと振った。今のこの状況は、砂糖やクリームを入れて親しげにコーヒーを飲む雰囲気ではないではないか。

「じゃあ、今からは何をされるつもりですか？　拷問でもするつもりなんですか？」

私が訊いた。その質問を投げかけたとき、スッと怖くなった。

「私は殴って悲鳴を上げるような雰囲気があまり好きではありません。落ち着いて話すほうが好きです。むやみに殴るのは効果もあまりありません」

「それはよかったです」

「私があなたの言うことを充分に信頼できれば、面倒な手続きは全く必要ありません。重要なのは、お互いを信じられることです。ですが、人間が人間を信じるというのは易しいことではありません。そう思いませんか?」

私は、男の言葉にいくらか同意する、という意味で頷いた。

「コーヒーは飲み終わりましたか?」

コーヒーは一口も飲んでいなかった。だが、男は時計をちらっと見ると、私の手にあるコーヒーカップを持っていった。そしてコーヒーを流しに捨てて水道をひねり、二つのコーヒーカップを洗って元の位置に載せた。そしてタオルで手を拭いた。

男は封筒を開けて書類を暫く読むと、手帳を取り出して何かを書いた。タンスを開けて白いドクターコートに着替えた。隣にある診療室に行き、手術道具とおぼしきいくつかの装備を蛍光灯の下に照らしてみた。医療用カートを持ってきた後、そこに六個ほどの薬瓶を載せ、サイズの異なる注射器をいくつか載せた。ピンセットとハサミと手術用メスも載せた。その他にも使い道の分からない何種類かの装備をカートに載せた後、手術台の横に運んだ。使い道の分からない薬瓶と手術道具を見ると一気に恐ろしくなった。いったい、これから何をしようっていうんだ? 脳の手術でもするつもりか? 急に心臓が激しく鼓動し始めた。男は私のほうに歩いてくると、椅子に座っている私を立たせた。そして手術台に連れていった。カートの上には、ぞっとするほど鋭い手術用メスがあり、木の枝を切るときに使う剪定バサミもあった。その瞬間、なんとも説明できない非現実的で恐ろしい考えが頭の中を駆け巡った。男は手術台に私を寝かせた。そして私の腕を手術台に付いた固定器に挟むために手錠を外した。男が鍵で手錠を外すなり私はパッと身体を起こし、男に向かって力いっぱい拳を突き出した。自分にそんなことができるなんて思ってもみなかった。無意識に、男の少し小柄な身体と、今でなければチャンスはないだろう、という切迫した感情が私を突き動かしたのかもしれない。だが、男は私がありったけの力を込めて突き出した拳をあっさりかわし、続いて、ぴんと立てた親指で私の身体を強く突いた。非常にしなやかで手慣れた動作だった。私はゲッと声をあげて床に倒れた。眩暈を感じるときのように頭がぼうっとなり、息もつけなかった。

「思ったより面白い奴だな。実に面白い奴だ」男が笑いながら言った。

男は、ゲホゲホいっている私を起こして手術台にもたれさせると、片手で胸をそっと押し、もう片方の手ではベルトを摑んだ。そして、まるでセコンドに戻ってきたボクシング選手にするようにベルトを引き寄せた。

「ゆっくり息をしてみてください」

男が十回ほどその動作をすると、私はもう大丈夫という意味で手を挙げた。男は再び私を手術台に寝かせ、固定器に両腕と両脚を固定させた。私はされるままになっていた。実は、身体に力が全く入らず、よって、どうすることもできなかった。男は私を手術台に乗せると、いくつかの薬品と手術道具をチェックした。そしてカートを片方の壁に押しやって窓辺に行き、さっきのようにブラインドを指でちょっと下げて窓の外を眺めながらタバコを一本吸った。吸い終わると、男は再び私のほうに来た。

「それでは仕事を始めましょう。あなたも私も、どちらも時間を大事にしなければなりません。こういった仕事は、長引くほど、どちらも疲れて不愉快になります。私に協力してくれ、という話ではありません。お互いにベストの道を見つけよう、ということです。今の状況は、コン主任にとってさほど愉快な状況ではないでしょうが、どうせこうなったからには最悪の状況は免れませんとね」

男の柔らかい口調から、どこか軍人の匂いがした。

「さて、会話の要領をお話しします。ひとつ、ごく簡単に答えてください。余分な修飾語や〈しかし〉〈でも〉〈だが〉といった言葉は、なるべく使わないでください。副詞や形容詞もできる限り使用しないでください。私はそういう言葉が嫌いです。あなたが作れる最も簡単かつ明瞭な文章で答えてください。分かりましたか?」

私は手術台に横たわったまま頷いた。

「ふたつ、白状できるものは全て白状してください。ですが、どうしても守らねばならない秘密があるなら、それは私の気づかないところに完全無欠に隠されていなくてはなりません。もし、あなたが隠してきた秘密のヒントが会話の途中に飛び出しでもしたら、あなたは非常に不幸な目に遭うことになるでしょう。そして、あなたは結局、その秘密を全て白状することになるでしょう。参考までに、私はこういう仕事を専門的に訓練されたプロです。私の経験からいくと、こういう場所で最後まで秘密を守り通せる人は全世界をひっくるめても何人もいません。要約すると、こうです。秘密を守れないなら最初から全て白状しろ。後になって白状すれば代償を払う。分かりましたか?」

私は再び頷いた。

「みっつ、途中で言うことを変えないでください。あなたが途中で言うことを変えると、私はその真偽を確認するために、もう一度最初から同じ質問をしなくてはなりません。そうすれば、同じプロセスを繰り返さなければなりませんね。それでは、あなたも私も、お互いに傷ばかりが大きくなるだけです。分かりましたか?」

　私はやはり頷いた。

「私の話を肝に銘じてください。そして私の言った原則がきちんと守られれば、怪我をせずに仕事が終わるでしょう。この仕事を教えた私の師匠は、よい質問がよい答えを引き出す、と教えました。私もまた、できるだけ正確な質問をするよう努めます。あなたもよい答えをするよう努めてください。用意はできましたか?」

　私は頷いた。何の用意ができたというのか。私自身も理解できない行動だった。男が机からファイルを取ってきた。そして質問を始めた。

「キマイラ・ファイルが何であるかご存知ですね?」

「はい」

「それを実際に見たことがありますか?」

「ありません」

「キム・ウサンという人をご存知ですか?」

「はい」

「キム・ウサン氏に会っていたのはいつか覚えていますか」

「一九九八年七月から二〇〇一年十月まで。月一回会っていました」

「結構です。いい感じです。引き続き、その調子でお答えください。私が受け取ったこの報告書では、三年間キム・ウサン氏の実験資料をあなたがまとめていた、とされていますね。そうですか?」

「はい」

「あなたがまとめたキム・ウサン氏のファイルのタイトルはキマイラ・ファイルですよね？　正確にファイルの名前は〈キマイラＤ３０３４１７‐イチョウの木キム・ウサン〉です。合っていますか？」

「はい」

「ところで、変ですね。あなたは今、キマイラ・ファイルを一度も見たことがない、と言いました。この二つの陳述は矛盾しませんか？」

「私が書いたのは相談日誌と観察記録のようなものです。一種の基礎資料です。企業が欲しいキマイラ・ファイルは、そういうものではありません。企業が欲しいのは、異種交配を可能にする遺伝子工学的な技術が載っている資料なんです。私は、そんな研究に関与したことはありません。研究しているかどうかも知りませんでしたし」

「基礎研究は一緒にやったのに、その研究の本来の目的が何かも知らず、その研究資料がどこにあるかも知らない、ということですか？」

「私は科学者ではないので、そもそも研究ができません。ですから、基礎研究を一緒にやったわけではなく、資料をまとめただけです」

「あなたはクォン博士の唯一の助手です。そうではありませんか？」

「そうです」

「他の助手はいませんよね？」

「はい」

「博士が四十年間研究した資料を破棄した、ということですか？　あなたは七年間助手をしていて、それがあるかないかも知らない、と?」

「はい」

「そのファイルが天文学的な価値を持っていることを知っていますか?」

「正確な価値はどのくらいか分かりません。私には二十億をやる、と言われました」

「クォン博士がちょうど十四年前に、旧ソ連政府と一回、ドイツの某企業と三回、取引を試みたことを知っていますか?」

「知りません」

「では、キマイラ・ファイルについて何を知っていますか?」

「もうキマイラ・ファイルが存在しないことを知っています」

「存在しないことをどうやって確信できますか?」

「クォン博士が、そのファイルを全て燃やした、と言ったので」

「私はたいへん常識的な人間です。あなたが今まで話したことは、常識的な人間が理解できない陳述です。クォン博士はドイツの企業と商談をする過程で、価格と研究条件が合わずに契約を諦めました。なのに、それを今さら燃やすのですか?」

「ソ連やドイツの企業と商談をしようとしたのかは私には分かりません。その頃は、この研究所に入社してもいませんでしたから。ですが、クォン博士が自分の口で、そのファイルを燃やした、と言いました」

「なぜですか?」

「人類の役に立たないと考えたのでしょう。企業がそのファイルを悪いことに利用するかもしれないし、自分がつくりだしたものがフランケンシュタインのような化け物だということに遅ればせながら気づいたのかもしれません」

「たいへんロマンチックな理由ですね。つまり、十四年前にはそれを売って何かをしようとしていたクォン博士が、十四年間で考えが変わって資料を破棄したわけですね。数兆ウォンから数十兆ウォンの価値がある資料を、ですよ。その話は、私には説得力が全くありません」

「説得力がなくても、それが真実です」

「もう一度、訊きます。企業が望むキマイラ・ファイルはありますか？」

「ない、とさっき言ったじゃないですか」

「どこかにあることはあるが、単に所在を知らないのではありませんか？」

「違います」

「クォン博士は唯一の後継者であるあなたに何のヒントもくれなかったのですか？」

「同じことを何べん言わせるんですか。そんなものはありませんよ」

「今までの話は全て事実ですか？」

「ええ」

「今まで話したことを変えない自信がありますか？」

「もちろんです。事実ですから」

「冷凍室の中では、お湯のほうが水より早く凍ることをご存知ですか？」

「はい？」

「まったく不思議なことです。どうしてあんなに熱く沸騰していたものが、静かに冷めているものより早く氷になるんでしょうね。私はずっとそれが気になっていました」

「それはどういう意味ですか？」

男は私の言葉に答えなかった。かわりに手術道具が載っているカートを手術台に引き寄せた。そして手術用のゴム手袋を嵌めた。そこには様々な手術道具があり、六個の薬瓶が順番に置かれており、アイスボックスには輸血用の血液もあった。

「報告書にはO型と書かれていますが、血液型はO型で合っていますね？」

「何をするつもりですか？」

私の言葉に、男が急にうんざりした表情になった。

「私があなたに要求したのは非常にささやかなことです。気をつければ誰でも守れる簡単なことですよ。私の原則を守ってくれるなら、苦しくもないし怪我もしません。すなわち、質問したら簡潔に答える。全てのことは順番どおりに進める。難しい要求ですか？　あなたは今、私を怒らせています。気をつけてください。もう一度訊きます。血液型はO型ですか？」

「はい」

「結構です。私は今から、あなたと簡単な実験をします。あまり心配なさらないでください。麻酔を使用しますから苦しくはありません。私は棍棒で殴って血だらけにしたり、電気で感電させたりする、下品にいたぶるのは好きではありません。それは時間の無駄です。簡単に再生できて回復する傷は人間を選択の窮地に追い込みませんのでね。かわりに、あなたの身体の一部を切り取ります。もちろん命には支障のないものを切ります。足指、手指、耳、鼻、性器の順です。よくお考えください。あなたが守りたいものはそれほどの価値があるものなのか。そして、あなたがどのくらい持ちこたえられるか、じっくり考えなくてはなりません。あなたが真実を語っているならば、手段と方法を選ばず私を説得しなければなりません。手指が全て切られてから、あるいは足指が全て切られてから、ようやくあなたの話が信じられるのでは、私としても、あなたとしても、ひどく残念なことですから」

その瞬間、私は何かを言うべきだったのだろうが、恐怖に怯えるあまり、男の言っていることが非現実的に聞こえた。周りが真っ暗になると何も見えなくなり、男の唇だけが見えた。男の唇がアニメ映画のようにぽつんと喋っていた。何を言っているのかさえ理解できなかった。しかし、彼はとても優しい人だ、という、とんでもないことは思った。なぜ、あんなことを私にいちいち全て説明しているのだろうか。彼は私の足指を持ち上げると小指に麻酔を打った。そして針の先でチクチク刺してみながら私の表情を窺った。小指には感覚がなかった。彼は剪定バサミを持ち上げた。剪定バサミから〈ザクッ〉と金属音がして床に足指が落ちた。足指が切られる時に全く痛みがなかったので、床に落ちた足指が自分のもののように感じられなかった。私は足指を一度見て、面食らった表情で男の顔を見た。男は無表情に、床に落ちた私の足指をピンセットでつまんで私の目の前で見せてくれた。

なんと！　本当に切った。私の足の小指を。

「痛くはないでしょう?」男が笑いながら言った。私は相変わらず男の顔をぼんやり見ていた。全てのことが非現実的な感じだった。男が再び口を開いた。

「麻酔を打ったのは、私が仕事の効率性を非常に重視する人間だからです。ただむやみに指を切れば、苦痛のせいでわめいて、泣いて、ジタバタして、必要以上に騒ぐのに延々と時間がかかりますのでね。それでは尋問時間が途方もなく増えます。私は騒々しいのが嫌いです。だから私としては、それが非常にうんざりする退屈な時間でした。麻酔をすれば、苦痛と喪失について、より理性的にアプローチできます。あなたの役に立つよう、これから切られた身体の一部は、ここに展示しておきます」

男は、底に灯りの入る白い蛍光板の上に切り落とされた足の小指を載せた。蛍光灯の光を浴びて奇妙な色に変わっている私の足の小指がひとりでに血を流していた。男はゴム手袋を外し、再びブラインドの近くに行ってタバコを一本吸った。私は蛍光板の上にある自分の足指を見た。それを見ていると、恐怖のせいで心臓が張り裂けそうにバクバクした。男がタバコを吸い終えて再び戻ってきた。

「最初からもう一度始めましょう。キマイラ・ファイルはありますか?」

「私はどうしたらいいんですか? 私にできることなら何でもします」

狼狽えた私は踠《もが》きながら言った。

「あなたはただ、真実だけを述べればいいのです。私に必要なのは真実だけです。もう一度訊きます。キマイラ・ファイルはありますか?」

「よく分かりません。でも、もしキマイラ・ファイルがあるなら見つけられると思います。本当です」

「〈でも〉のような言葉は私が嫌うものです。しかも話を変えましたね。話を変えられると困ります。罰として、今度は手指を一本切ります」

男は左手の小指に麻酔を打った。そして麻酔が効いているか針で確認した。私は、自分が悪かった、一度だけ許してくれ、とわめき散らしながら身体を捩った。男は私の言葉に答えなかった。かわりに、私が大声で叫ぶと、ひどくうんざりしたように顔をしかめた。男は剪定バサミで左手の小指をザクッと切り落とした。小指をピンセットで持ち上げて私に見せ、蛍光板の上に載せた。そしてゴム手袋を外し、さっきのように窓辺に行ってブラインドを少し開けてからタバコを一本吸った。タバコを吸い終わると、机の上にある書類をもう一度読み、指で書類を二回トントン叩いた。再び私のほうに歩いてくると、手術台を調整して私の足をちょっと持ち上げ、腕の支えも高くした。私の手首と足首にゴムリングのようなものを嵌めた。

「止血するためです。さあ、再開しましょう。さっき陳述を聞いたところによると、キマイラ・ファイルが存在する可能性もありそうですね?」

私はどう答えるべきか考えた。頭の中が未だかつてなく素早く動いた。あらゆる場合の手段と自分の言語習慣と相手の反応について考えた。相手は何を望んでいるのか。自分は相手が要求するものを持っているのか。どうすれば指を一本でも多く守れるのか。今さらキマイラ・ファイルがあると言ったら、また指を切られるのではないか? かといって、ないと言ったら、また指を切られるのではないか?

「はい、あるかもしれません」私はぶるぶる震えながら言った。

「手の指を一本切られたら前提をまた変えましした。最初は〈ない〉でした。今は〈あるかもしれない〉ですね。どちらにしますか? キマイラ・ファイルはあるかもしれないほうにしますか?」

私が頷いた。

「つまり、キマイラ・ファイルはあるかもしれないが、どこにあるかはよく分からない、という話ですね。十三号キャビネットを担当する人間はたった二人なのに、どこにあるのか見当もつかない、そういう意味ですか?」

「これまではそうでした。いえ、これまではキマイラ・ファイルがどこにあるのか、あまり考えてみませんでした」

「Kという男があなたに二十億をやると提案をしたのに、その後もキマイラ・ファイルがどこにあるか考えてみなかった？　探そうと努力もせず？」

「考えてはみたのですが、探そうという努力をあまりしませんでした。キマイラ・ファイルはないかもしれないと考えたからです。実は、給料は貰っているので、二十億という大金が必要なわけでもないし、ファイルがあればもちろん売ったでしょうけど、クォン博士は緻密な性分なので、本気で隠したら私が絶対に探せない場所にあるでしょうし、それに……」

「文章が長すぎますね。中身もありませんし。言っていることも辻褄が合いません。ご自分の持っている真実を語ってください。方法はそれしかありません。手の指を何本か守ろうとして浅知恵を働かせれば、全身がズタズタになってここから出て行くことになるでしょう」

男は再び麻酔を打って剪定バサミで足指を切り落とした。男が足指を切っているあいだ、私は目をつぶっていた。全身がわなわな震えた。男は切った足指を蛍光板の上に載せた。

そんな拷問は半日も続いた。男は全く同じ質問をし、私はこの状況から脱け出すために様々なことを言った。ときには慎重に語り、ときには話がこんがらがって矛盾する陳述をし、ときには自棄《やけ》くその心境で彼に何かをひたすら呟いたりもしたし、ときにはやり場のない怒りのために罵倒したりもした。キマイラ・ファイルの場所を知っていると言ったり、知らないと言ったり、自分が悪かったと言ったり、一度だけ許してくれと言ったり、ここを出たら必ずおまえに復讐すると言ったりもした。そのたびに男は首を振りながら手指や足指を切り落とした。半日が過ぎると、蛍光板の上には五本の足指と四本の手指が載っていた。蛍光板の上の切り落とされた手指と足指を見せながら男が言った。

「五時間が経ちました。私は望む答えを未だ一つも聞いていません。今、足指は五本、手指は六本残っています。これが何を意味するのか分かりますか。これは、あなたが適切な会話の仕方を見つけられなければ手指と足指の全てが切り落とされるかもしれないことを意味します。手指が何本まで残れば自分を人間だと思えるでしょうか。私の経験上はだいたい六本です。そのくらいなら、まだ自分を人間だと思えるでしょう。しかし五本になり四本になると、自分を化け物だと思うようになるのです。コン主任は今、自分がどんなふうに見えますか?」

私はあまりにも怯えていて、頭の中には非現実的な雲がぎっしり詰まっており、迷路の中で道を間違え、ロシアンルーレットみたいなギャンブルに負け続けて手指や足指を切り落とされており、あげく疲れていた。私は男の質問に答えなかった。もう答える言葉もないし、男の質問が何を意味するのか理解することもできない。私の頭の中にある全ての言語が壊れたガラスのように破片になっていたので、どんな考えとも嚙み合わなかった。

「ちくしょう、いっそ腕を切っちまえ」私は男に向かって叫んだ。

男は私の顔を摑んで瞳孔を調べた。そして首を振った。再びカートを押していくと、暫くのあいだ引き出しの中から様々な薬を選んだ。そして今までとは違う薬瓶を持ってきた。

「これは陳述をするのに役立つ薬です。冷戦時代にアメリカやソ連の情報機関で尋問をするために作った薬です。この薬は自分自身もよく知らない隠された自我と会話をするのを助けます。今日はドイツ製とロシア製を使おうかと思います。アメリカの奴らは自分たちの使う薬が最高だと思っていますが、CIAの連中は確実にKGBの連中より人間の恐怖のことをよく知らないのです」

男が注射を打った。すると意識が急に朦朧としてきた。夢のように身体が軽くなり、気分が良くなった気もする。彼は私に、気分はどうか、と訊いた。私は、気分がとても良い、と言った。彼は、もう話ができそうですか、と訊いた。私は「もちろんです。いつまでも喋れます」と言った。彼は何かについて質問を続けた。すると、私の舌が勝手に動き、声を出し始めた。実に魔術的な出来事だった。彼は何かを問い続け、まるでダメだな、と言うと、再び剪定バサミを持ち上げた。薬が効いていたので、私はひたすら「ダメです。やめてください」と力なく言った。だが、彼は剪定バサミで私の手指を切り落とした。私は残った指を数えてみようとしたが、うまく数えられなかった。彼が切り落とした手指を蛍光板の上に載せると、私は、自分の身体から手指が切り離されるときの苦痛を直に感じたい、というとんでもないことを考えた。私は「あなたは残忍な人です」と言った。続けて「あなたは優しい人です。こうやって親切にいちいち全部説明をしてくれますから」と言った。男は謙遜して「これは単なる私の仕事に過ぎません。私はビルの清掃人や官公署の公務員、あるいは郵便配達人と似たような仕事をしているのです」と言った。私は「そうです、現代社会は職業の世界が多様ですから」と言った。頭の中でしきりに入道雲がわき上がってぷかぷか流れた。雨が降り、稲妻が光り、雷の音が聞こえた。落ちる雨粒が雪になって空に舞い戻ったりもした。

私が再び目覚めたのは夜だった。頭が割れそうに痛かった。鎮痛剤を打ったのか、切られた部位は相変わらず痛くなかった。男はテレビを観ていた。私が呻き声を上げると、男が近づいてきて言った。「あなたは結局、キマイラ・ファイルを持っていないのですね。こんなことになって残念です。最初に言ったとおり、人間が人間を信じるというのは易しいことではありませんから。私はあなたがキマイラ・ファイルを持っていないことを知っていますが、企業もそれを信じてくれるかは疑問です。企業に提出する私の報告書に説得力がなければ、他の者をよこすでしょう。気をつけてください。あなたはキマイラ・ファイルを手に入れられなければ、一生、逃げ回らねばならないでしょう。それでは、もう一眠りしてください。あなたが眠っているあいだに手指と足指を縫合できるよう医者を呼びます。私と一緒に仕事をしている腕のいい医者が出張に行ってしまって残念ですね。その医者だったら、きれいにくっつけられるのに」

男は私の腕に注射を打った。そして私はすうっと眠りに入った。注射がなくても眠れたと思う。私はあまりにも疲れていてボロボロだったから。

街が見知らぬものになってゆく

気がつくと公園のベンチだった。目を開けると頭の上に黄色いイチョウの葉が落ちていた。私は「イチョウのバカヤロー、イチョウのバカヤロー」と呟いた。そしてイチョウの木に向かって猛烈に悪態をついた。

「このイチョウのクソったれが」

薬効のせいで頭が割れそうだった。十月の夜明けの空気はひどく冷たく、骨の髄まで寒さが沁みた。私は自分に何が起こったのかを考えてみようとした。何かとてもおぞましいことが起こったのに、頭の中に綿をぎっしり詰め込まれたようで、あれが正確に何だったのか思い浮かばない。だが、私におぞましいことが起きたのは確かだった。

とにかく私はまだ生きている。男が私を生かしてくれた。殺そうと思えば殺せたはずだ。しかし、あの男に感謝する必要はない。人を殺すことは殺さないよりずっと面倒なことだから。そして、私は殺す必要すらない人間だったのかもしれないし。

私が眠っているあいだに手術をしたのか、切り取られた五本の手指は縫合されていた。包帯には血が滲んでおり、結び目はどことなく雑に見えた。どんな医者が来たのだろうか。医者の免許を取り消された不遇な外科医？　でなければ、医学部なんかには行ったこともないヤメ（闇）理容師？　どんな医者がこんなところで拷問を受けた人間の手指を縫合し、その対価として金を受け取るのだろうか。包帯でぐるぐる巻きにされた指はひどく痛んで全く動かせない。包帯を解いて、どんなふうに縫合されているのか確かめたかったが、なぜか恐ろしくて止めた。私はフランケンシュタインのような化け物になっているのかもしれない。

公園の外に出ようとベンチから立ち上がり、何歩か歩いているうちにバランスを崩して倒れた。おそらく薬がまだ抜けていないからだろう。でなければ足指を五本も切り落としたからかもしれない。足指も縫合手術をしたのだろうか。手指をしたなら足指もしたはずだ。足指から血が大量に出たのか、靴の中がべたべたする。靴を脱いで確かめたかったが、やはり恐ろしくて止めた。

私はタバコを見つけようと上着のポケットに手を入れた。タバコはなく、かわりに薬の袋が二つあった。一つは鎮痛剤、もう一つは抗生剤と書いてあった。(ご親切なことで。手指を切ってくれるし鎮痛剤までくれるなんて。) 急に手指の痛みがひどくなってきたので、私は鎮痛剤を二錠取り出して飲み込んだ。喉が渇いていたので飲み込むのが大変だった。そうして痛みが消えるのを待った。時間が経っても痛みは治まらない。私は鎮痛剤を十錠いっぺんに飲み込んだ。

鎮痛剤を十二錠も飲んだのに、手指はずっと金づちで叩かれているようにズキズキした。痛みが鮮明になるほど意識は朦朧としてきて、今、自分がどこにいるのか、どこに行くべきなのかまるで現実味がなかった。

「生きていて良かったのかな?」と私は自分に尋ねた。

「ああ、生きていて良かったよ」と私の中の別の私が言った。

「やっぱりおまえは楽天的な人間だな」と私は自分に言った。

まだ薬が効いていてラッキーかもしれない。半分くらいは夢に浸り、徐々に現実へ戻るのはいいことだ、と私は思った。そうでなければ、今朝のこの不幸をはるかに辛いと感じなければならなかっただろう。私は警察に行って通報すべきか考えた。なぜか通報してはいけないような気がした。警察はさほど助けてくれず、私は警察に通報した罰として、もっと辛い目に遭うかもしれない。だが、これはとんでもない犯罪ではないか。彼らは私を虫けらのように扱ったではないか。虫けらを捕まえて羽を毟《むし》り、脚を毟るように、私の手指と足指を切り落としたではないか、と暫し憤った。しかし、私の憤りは質の悪いマッチのようにすぐプスッと消えてしまった。すると、憤りのあった場に恐怖がそっと入り込んできた。憤りの代償としてもう一度あの事務所に引っぱられていくとしたら、それはあまりにも恐ろしいことだろう。それは本当にまずい。そして警察は私の話を信じやしないだろう。仮に信じたとしても、警察はあの男を見つけられないかもしれない。彼らはアマチュアではない。この街の高層ビルで歯科医院のようなきちんとした事務所をしつらえて堂々と拷問する輩だ。生半可な人間ではないだろう。彼らが大雑把な人間ならば、こんなふうに私を逃がしてくれなかったはずだ。しかも、あの男を見つけるためには、ソウル市内の全ての事務所に提示する捜索令状を取らねばならない。それは不可能だ。私が何の証拠も示せなければ、警察は私の事件をほったらかしにするだろう。それは明らかに今の事態をさらに悪いほうへ追いつめてゆくはずだ。

あれこれ考えて、私はこの公園を抜け出さねばならないと思った。あの企業の連中の気が変わって、再び追跡されるかもしれない。私は力を振り絞ってベンチから立ち上がり、よろよろと公園を抜け出した。公園の前にはタクシー乗り場があり、三台のタクシーが停まっていた。私はそのうち二台目のタクシーに乗った。

私はタクシーの運転手に、ここはどの辺りなのか訊いた。運転手は、江東区庁の近くだと言った。私は小さな声で「江《カン》・東《ドン》・区《ク》・庁《チョン》」と呟いた。

「どちらにお連れしましょうか」運転手が訊いた。

私はどこに行くべきかを考えた。（どこに行けばいいんだ？）自分がどこに行くべきか、にわかには思いつかなかった。私は、非常に混乱することがあって今はどこに行けばいいのか分からない、と運転手に言った。暫くして運転手はバックミラーで私を暫く見つめた。五十代後半の穏やかな印象のおじさんだった。運転手は「大丈夫です。ゆっくりお考えください」と言った。私は「とりあえず、どっちの方面でも走ったほうがいいです」と言った。するとタクシーが出発した。

「私にもそんな時期がありました。このタクシーをやる前に小さな会社を経営していましたが、不渡りを出しました。どうして分かったのか、借金取りが一時間も経たずに訪ねてきたんですよ。それで逃げるようにタクシーに乗りましたが、あのときは本当にどこに行けばいいのか分かりませんでしたねえ」

運転手がいきなり自分の話を始めた。その他にも運転手は自分の身の上を呟き続けた。しかし、耳で急に機械のような音が唸って、何の話なのか分からなかった。

「洪陵《ホンヌン》のY研究所に行ってください」私は運転手に告げた。

運転手が頷いてスピードを少し上げた。暫くしてバックミラーで私をチラッと見ると、手に巻かれた包帯から血が滲んでいる、と言った。私はこともなげに、誰かが私の指を剪定バサミで切ったからだ、と言った。すると運転手は、少し怯えた表情で「冗談ですよね？」と訊いた。私は運転手の言葉に答えなかった。

タクシーが研究所の前に到着したとき、研究所の塀には黒塗りの高級車が違法駐車をしていた。中には二人のがっしりした男がいて、牛乳とパンを食べながら笑っていた。それを見てギョッとした。彼らは企業の指図を受けて人を拉致したり拷問したりする仕事を専門的に行っている者たちではないだろうか？　おそらく彼らは、私を解放したのは間違いだったと考えて再び捕まえるために企業がよこしたのだろう。だが、ひょっとしたら、あの男たちは一般的な事務員で、ただ研究所の前でちょっと駐車をして腹ごしらえをしているのかもしれない。そんなことを考えると、その場所には様々な車がよく違法駐車をしていたような気もする。

「お客さん、着きましたよ」運転手が言った。

私はタクシーから降りるべきかどうか暫く悩んだ。実は、悩んだのではなく、どうすべきか分からなくて暫くぼんやりしていた。

「申し訳ないですが、西橋洞《ソギョドン》に行ってください」私は運転手に言った。

私の言葉に、運転手がちょっと怪訝な表情をした。

「洪陵に行くとおっしゃいませんでしたか」

「ええ、洪陵に来たので、今からは西橋洞に行きましょう」

運転手が理解できないという表情をするとアクセルを踏んだ。再び手指と足指がひどく痛み始め、私は鎮痛剤六錠を取り出して飲み込んだ。運転手がバックミラーで薬を飲む私を見ると、水のペットボトルを差し出した。私は水を飲んだ。そして窓の外を眺めた。人々はいつものように出勤をしていた。人々が出勤する姿がひどく見慣れない怪しげなものに感じられた。

タクシーが西橋洞の自宅に着くと、玄関の入り口にはワゴン車が一台停まっていた。中には三人のがっしりした男がいた。ワゴン車には〈配管、設備、詰まりの修理〉というステッカーが貼ってあった。そのワゴン車を見ると再び怖くなった。あの男たちは設備業者を装っているが、実は人を拉致したり拷問したりする仕事を専門に請け負う業者の職員だろう。だから私を再び拉致するために今、私の家の前で待ち伏せをしているのかもしれない。優しい男は私がキマイラ・ファイルを持っていないと報告書に書いたが、企業は男の報告書を信じなかったのだろう。だから企業は再び私を拷問するために新たなチームを私の家に送り込んだのだ。しかし一方では、あの男たちが本当に下水溝の詰まりを専門的に直す設備業者なのかもしれない、という気もした。ワゴン車の中にいる男たちは顔が黒く日焼けしていて、本当にそんな仕事を長いことやってきた労働者のように見えたからだ。

「お客さん、着きましたけど降りないんですか？」運転手がじれったそうな表情で言った。

私は運転手の言葉に答えず、ワゴン車の中をずっと見つめていた。一人の男がモンキースパナを持って仲間にちょっかいをかけていた。それを見ているうちに突然、昨日の優しい男の手術台でも感じたことのない凄まじい恐怖が私を飲み込むように近づいてきた。私の肉体はその恐怖に反応してぶるぶる震えた。

「お客さん、大丈夫ですか？」運転手が冷や汗をかいている私を見て訊いた。

私は大丈夫ではないらしい。会社も自宅も行くところがなければ、どこへ行けばいいのか。どこに行けば監視と追跡を免れられるのか。

「おじさん、早く光明《クワンミョン》市に行ってください。いや、議政府《ウィジョンブ》か東豆川《トンドゥチョン》に行ってください」私が唐突に言った。

運転手がサイドブレーキを上げ、顔を完全に後ろに向けたまま言った。

「お客さん、料金がもう四万ウォンを超えましたよ」

それはどういう意味だろう。よく理解できなかった。料金はメーターに出ているので、いくらなのかは私もよく分かっている。

「それで？」と私が訊いた。

「私はかまいませんけども、こんなふうに何の意味もなくあちこち回るので理解もできませんし。それに、もうすぐ交代の時間なので、議政府までは行けません」

何の意味もない、だなんて。これのどこが何の意味もないというのか。私の命がかかっていることなのに。だが、タクシーの運転手にとっては何の意味もないことかもしれない。しかも、彼はもう交代する時間だ。退勤をし、他の運転手がこのタクシーを運転する。それが交代だ。私は財布を開けてみた。現金が五万ウォンしかなかった。私は五万ウォンを運転手に渡した。

「じゃあ、もう少しだけ走って適当なところで停めてください」

運転手が金を受け取って再びアクセルを踏んだ。そして五分後にワールドカップ競技場の前に降ろしてくれた。ワールドカップ競技場から私は痛む足を引きずりながら闇雲に歩いた。誰かが私を追跡しているかもしれない、と思った。私は無許可の住宅が集まっている路地に入って塀の角に何時間も蹲り、追跡者が追ってくるか窺ってみた。追跡者はいないらしかった。急に、映画で見たようなGPSのようなものが服に付いているかもしれない、と思った。私は物干しにかかっている古いジャージを一着くすねて着替えた。そしてスーツと携帯電話をゴミ箱に捨てた。

私は路地の角に蹲り、どこに行けば安全に隠れられるかを長いこと考えた。ふと、ソン・ジョンウンを思い出した。彼女が十三号キャビネットと関係があることを企業が知ったら、彼女のマンションもやはり監視されているだろう。だが企業は、ソン・ジョンウンが十三号キャビネットと関係していることを知らないだろう。知っていたならば、拷問をしていたあの男が絶対にソン・ジョンウンの話を持ち出したはずだ。しかも彼女が十三号キャビネットと関係があるということは、私もごく最近になって初めて知った。

私は地下鉄に乗ってソン・ジョンウン氏のマンションに行った。包帯と靴から血が滲み出し、通りすがりの人々が私をちらちら見た。手指と足指はカミソリで切られたようにしくしく痛み続け、頭は割れそうに痛かった。私は彼女のマンションの十一階の階段に座って彼女が来るのを待った。腹が減り、薬が効いてきて、手指と足指が狂いそうに痛みだし、親切で優しく拷問していたあの男の声がときおり耳の中で呟いた。

再び意識が戻ると、彼女は私の横に座って泣いていた。

「コン主任、いったい何があったのですか」

彼女がひどく驚いた表情で言った。彼女を見るなりドッと涙が出た。

「拉致されたんです。あいつらが僕の手指と足指を切り落としました。ひょっとして誰かが追ってきませんでしたか？　研究所に監視している人たちがいませんか？　あなたも気をつけなくちゃいけません。企業が僕を狙っています。いや、企業はキマイラ・ファイルを狙っているのですが、僕はキマイラ・ファイルを持っていません。みんなあのクソじじいが無責任にやらかしたまま逝っちまったせいです。あいつらは僕の話を全然信じてくれません。本当に怖い奴らです。話を変えると手指を切ります。話す文章が長いと言って手指を切るんです。短く話さないといけません。大事なのは話を変えないことです。でも、次にひっかかったら僕の喉を切るでしょう。ソン・ジョンウンさんも気をつけてください」

私はガタガタ震えながら言った。彼女が大きな身体で私を抱きしめてくれた。私は彼女の懐に抱かれて長いこと泣いた。

ワニがいる

朝になると彼女は研究所に出勤をする。だが、彼女が正確にいつ出勤をするのかはよく分からない。あまりにもふわふわと歩き回るので、彼女の身体からは音が出ない。つまり彼女は音が出ない人間である。もしかしてニンジャの後裔ではないだろうか。ひょっとしたら私が睡眠剤を飲みすぎるからかもしれない。

私は一日中ソファーに寝そべってイヌを眺める。このイヌはものすごくデカい。このイヌは吠えない。このイヌは私が好きでない。このイヌの先祖は零下六十~七十度前後のアラスカの平原でソリを牽いていた。だが、そんなイヌの後裔がこんな狭いマンションで何をしているのか。「いったい何をしてんだ?」と私はイヌの鼻面を叩く。イヌは無表情に私を見つめ、隅っこにのそのそ歩いていく。

突然恐ろしい記憶が蘇ったり、何の理由もなく不安に襲われたりするときがある。すると私は包丁を握りしめてクローゼットの中に隠れる。私はソン・ジョンウンの家に何ヶ月か隠れて暮らした。拉致をされて以来、ただの一度もこのマンションの外に出なかった。彼女は、黒い男たちが研究所の前にいるのを見た、と言った。でもその黒い男が私の言う黒い男かは確信できない、とも言った。

無気力と恐怖が交互に身体を襲うので、私はいつもノックアウトされた状態である。一日中不安に震え、不安が去ると無気力になる。身体が無気力なままの日には、吠えないイヌのそばに寝そべって一日中天井を眺める。言っただろうか。吠えないイヌは私が好きでない。彼女の家にはテレビもないので、聞こえるのはシンクで時折落ちる雫の音だけだ。腹が減ると、彼女がテーブルの上に用意した食事をする。非常に恥ずかしい告白だが、スプーンを持ち上げるのが億劫で、ときには一膳の白飯を平らげるのに一時間以上かかることもある。ときには飯を口に入れて嚙むのを忘れてしまい、涎をだらだら流したままでいることもある。

たまにはカーテンをほんのちょっぴり開けて、監視する者がいないか調べてみる。電柱や木の陰。通りすがりの人。商売をする人たち。その作業は非常に慎重かつ用心深く進めねばならない。用心しなければ、狡猾な男たちが私の知らぬ間にこのマンションを襲うかもしれない。

縫合手術をした手指は思わしくない。三本はくっついたが、二本の小指は黒ずんで結局腐ってしまった。ヤメ医者だったに違いない。ある日、太陽に向かって手を伸ばしたら、枯葉のように小指が一本ポトンと落ちた。残りの一本も落ちたのだが、いつ落ちたのかはよく分からない。かろうじてくっついている指も正常とは言えない。

彼女はずっと音を立てずに過ごしている。相変わらずあまり喋らない。私のために食事を作り、自分の部屋で眠った。私はたまに彼女とのセックスを考えたが、どういうわけか、拉致から解放されて以来なかなか勃起しない。おそらく彼女が私に性的魅力をアピールしないからだろう。でなければ拷問の後遺症のせいか。

「僕がここにいて気まずくないですか?」私が訊く。

「気まずいです。私が他の人を受け入れたのは今回が初めてなので。でも大丈夫です。思ったより悪くないです」彼女が言う。

「良かったです。思ったより悪くなくて」

本当に良かった。彼女が出て行ってくれと言ったら、私の行くあてはこの世に一ヶ所もない。だが、いつまでもここにいることもできない。私がここにいることが知られたら、彼らは彼女を拉致するだろう。彼女を歯科医院のような事務所に引っ張っていくだろう。優しい男は彼女の手指を切り落とすだろう。もしかしたら彼女の乳首を切り落とすかもしれない。あいつは充分にそうしてもおつりの来る奴だ。あれこれこまごまと説明をしながら、いけしゃあしゃあと微笑みながら、「大丈夫ですよ。乳首は二つもありますから」みたいなことをぬかしながら。しかも彼女は話も上手くないから、優しい男の質問にまともに答えられないだろう。そして優しい男は機嫌が悪くなるだろう。そうなれば結果はあまりにもおぞましい。そんな想像をすると、心の中に猛烈な不安が生まれ、一ヶ所にいっときもじっとしていられなくてリビングをうろうろし続けることになる。

彼女のためにも自分のためにもここから出なければならない、とたびたび考える。だが、どこにでも監視のセンサーがある。私は追跡を逃れて逃げ回り続ける力がない。足指が全てダメになったので、追跡者が追ってきたら素早く走ることもできない。闘う力がなく、闘う手立てもない。私はブービートラップの仕掛け線を触った。この世の不幸と同じ地下鉄に乗っていたことを知らなかった。自分と全く関係ないように見えることが、ある日、自分の人生の正面から突っ込んでくることを忘れて暮らしていた。私がバカだった。だが、私がいったい何を誤ったというのか。

朝起きると、彼女は出勤して居ない。私は枕元にある睡眠薬のケースを眺める。ケースはもう空だ。最初は一錠、二錠、そして三錠。最近は六錠以上飲んでやっと眠れる。このままだと、しまいには永遠に目覚められなくなるだろう。私は睡眠薬のケースを暫く眺めてから受話器を取る。そして遺言執行株式会社に電話をかける。
「安全家屋が必要です。ワニが私を狙っています」

別の世界を求めて旅立つのですか?

いいえ、逃げるのです。

どこまで逃げられるでしょうか?

さあ、よく分かりません。
世界の果てまで逃げ続けるのでしょうね。
でも結局捕まるでしょう。
この世界は恐怖を避けて回るには
あまりにも狭いのですから。

島

この島には誰も住んでいない。休みなく吹きつける海風と退屈な音を立てる波だけだ。島はあまりにも静かである。たまに、世界中の人々がみんな火星に移住してしまって地球が空っぽになってしまったのではないかと思うくらいだ。一日中海に向かって吠えまくるアホなイヌが私の唯一の友達である。ダックスフント系のイヌだが、足が短すぎて腹を地面にズルズル擦りつけて歩く。名前はフーシャだ。自分の尻尾に噛み付こうと狂ったようにぐるぐる回るので私がつけてやった名前である。ひと言で、こいつはバカだ。

島は落花生のような形をしている。片方のてっぺんには私の住む山荘があり、もう片方のてっぺんには船着場がある。私がいる山荘に来るためには、船着場で降りて、木も生えていない坂道を二キロメートルくらい歩いてこなければならない。その道は遠くから見えるので、誰が来ても簡単に分かる。山荘の下方には切り立った絶壁がある。私は絶壁に海まで降りられる綱を用意してある。追跡者が私を追ってきたら、私はその綱をつたって百メートルもある切り立った絶壁を降りていかねばならない。サン・ピエールの尖塔の監獄から、綱が短くて落ちて死んでしまった不幸な囚人アンドレ・ドロップバーを思いながら、私は綱を絶壁の下まで何度も垂らしてみた。綱の長さは充分だ。でも、やっぱり綱をつたって絶壁を降りねばならない事態は起こらないでほしい。

私は望遠レンズ付きのライフルも持っている。たまに、食べ終えた缶詰の缶を載せて射撃の練習をするが、命中率はぱっとしない。山荘の周りには警報装置もある。私は毎朝、島全体を見回って山荘の周りの警報装置を確認しつつ、私の中でそろそろと育ちつつある一匹のワニを見たりする。

安全家屋の中には人が生きていくために必要な全てのものがある。文化的ではないが、かといって原始的でもない。ぐるぐる回る風力発電機が電気を起こすので、トーストを焼いて食べることもできる。絶壁では魚もよく獲れるので、釣りをするにも申し分ない。言うなれば、ここは逃亡者が隠れるにはぴったりの場所である。しかし、やっぱり退屈だ。あなた方を招待したいが、それは非常に危険なことだろう。ここがどこかを話してしまったら、友達より追跡者が先にこの島に到着するはずだ。彼らは私が何か秘密を隠していると考えていて、私を見つけるために血眼になっているだろう。知ってのとおり、私の魂は潔白で、午後じゅう陽に干した綿毛のように軽くて透き通っているのに。

最近は、この全てのことがクォン博士の演出した演劇ではないかという途方もないことも考えてみる。もしかしたらキマイラ・ファイルなんてものは最初からなかったんじゃないだろうか。キマイラ・ファイルがないから、それを狙う企業もなかったんじゃないだろうか。洒落た名刺を持ち歩くKや私の指を切り落とした優しい男はクォン博士が送り込んだ人間だったんじゃないだろうか。私をここに送り込むためにみんなで仕組んだのかもしれない。そんな想像をしてみると、なぜか全ての辻褄がぴたりと合って、本当にそうなのかもしれない、とひとりで怪しからんと思ったりもする。

なぜならば、誰かは自分の時間と人生をつぎ込んで、世の中に捨てられる話を保管していなくてはならないからだ。クォン博士はそういう人間に私を選んだ。私は愚かで、お人よしであり、簡単に騙されて、しかも臆病だから。

でも、私はここで何の賭けにも出られない。本当にキマイラ・ファイルを狙う企業があるのかもしれないし、別の黒い男が私を追跡しているかもしれない。彼らに再び捕まったら、そのときは指の何本かくらいでは逃れられないだろう。とにかく、この全てはあのクソったれのクォン博士のせいだ。クォン博士のせいで私は、友達も、女も、飲み屋もないこのひたすら寂しい島にひとりで暮らしているのである。

この島にもやはりキャビネットがある。そこには、かつて十三号キャビネットにあった大勢のシントマーたちの資料がそっくり入っている。何の利益も生み出さないがゆえに、どんな企業も、どんな投資家たちも関心を持たないシントマーたちの資料である。いつもそうだったように、とんでもない資料だ。島ではすることがないし、それは私がいつもやってきた仕事だから、陽射しの強い午後と静かで寂しい夜には、キャビネットの資料を取り出し、それを読んでまとめる。

私がするのは、その資料を読んで読みまくることだ。そして、それを様々な方法で記録することである。暗号を作って他の人に解らないようにし、ファイルの目次を迷路にしたりもする。特に目的はない。あくまで趣味でやっているのだ。だが、シントマーたちは他の人々と少し違っているし、ある面においては非常に特別なので、彼らをきちんと表現できる様々な形式を見つけることはとても重要だとは常々思っている。ときには形式が全てを掌握するからだ。形式の美に深く魅了されていたロシアの形式主義者たちはこう言った。

コムタンの器に冷麺を盛ったら、それは冷麺ではない。

それは作り方を間違えたコムタンに過ぎない。

名言だと思う。だから私は、これほど不思議な人々を盛ることのできる適切な器にいつも悩んでいる。だが、やはり簡単なことではない。

たまに、あのとんでもない人々が懐かしくて涙を流すこともある。百三十キロのファン・ボンゴン氏は痩せて敏捷なネコに変身しただろうか。宇宙人無線通信のドゥシク氏は自分の故郷の惑星から応答があっただろうか。トーポーラーのおじさんたちは何年間も眠ってしまって、私がここに逃げてきたことも知らずに研究所に電話をかけ続けてイライラしてるんじゃないだろうか。憐れな結合双生児の娘はまた自分の分身を火葬しなくてはいけないのだろうか。

私は夜ごと彼らを懐かしむ。それは彼らが懐かしい存在だからではなく、ここがあまりにも退屈な場所だからだろう。ここで私は彼らの人生を眺め、自分が読んだものを少しずつ書いている。まるでオーギュスト・シパリがメキシコの砂漠の果てで、岩になってしまったサン・ピエールを少しずつ復元したように。

世界の果てで、この世の僻地で、一日中、自分の尻尾を噛もうとぐるぐる回っているアホなダックスフントと私は、そんなふうに暮らしている。小指が二本ともなくてキーボードのシフトキーを押すときに少々不便なことを除けば、全てが順調だ。この世には私より悪い条件だっていくらでもあるのだ。

だが、ここでどれだけ耐えられるかは分からない。波とカモメと奇想天外な話に満ちた十三号キャビネットの資料しかないので、この島は暇で暇で、また暇だ。イヌのガムでもクチャクチャ噛みたい凄まじい暇さが私の人生に満タンだ。

知っているじゃあないか。私が退屈なことに我慢できない性格だってことを。

天国からクォン博士が訊いた。

「最近はどうだ？」

「ひどいもんですよ。

いったい、この島で私に何ができるっていうんです？」

「さあな、必ずしも何かをしなきゃならんことはないだろう。

そのまま、おまえの時間に耐えてみろ。

人生というのは単に時間をいっとき入れておく器に過ぎんのだから」

「キャビネットのように？」

「ああ、まるでキャビネットのように」

※ 注意事項

この小説に登場する殆どの情報は、創作され、変形され、または汚染されたものであるため、権威ある学術誌を始めとして酒の席の論争に至る全ての場において正当な論拠として使用できないことを明らかにします。また、この小説に登場する特定の名前、特定の地名、偽の学術用語と偽の理論、そして新聞記事と歴史的な事件は事実と何の関係もなく、やはり創作、変形、汚染の段階を経ており、再活用は絶対に不可能です。よって、万一、この小説の内容を写実的あるいは科学的な論拠として使用する場合には、この点に特に留意のうえ恥をかくことがないようお願い致します。

訳者あとがき

ひょっとして、この本を最後まで読んでみようと思うなら
〈十三号キャビネット〉について優雅でロマンチックな想像をするようなことは
とっとと止めることをお勧めする。
そんな想像をしたら
あなたが何を想像しようとも
それ以下を見ることになるだろう。

語り手の主人公は平凡な三十代の男性である。一年足らずのあいだに唯一の肉親を亡くし、長年飼っていた愛犬を亡くし、就活で連敗を喫している間に恋人は別の男と結婚していた。失意のどん底で有り金をはたいてビールを買い込み、家にこもって百七十八日間ひたすら飲み続けたあげく、「安定が一番」という遺言に従って公務員試験に挑む。熾烈な受験戦争の末に百三十七倍の難関を突破して快哉を叫んだのも束の間、職場では何もすることがない。耐えがたいほどの退屈を紛らわすために覗き込んだ付設研究所の古いキャビネットには、ポスト人類ともいえるシントマー（symptomer：種《しゅ》の変化を予感させる特異な兆候を持つ人々）のファイルがぎっしり詰まっていた。その内容の荒唐無稽

ぶりに呆れ、おぞましさに戦慄しながらも、いそいそと日参して読みふけらずにいられない。現代社会で要求されるシステムに適応できずに否応なく〈進化〉せざるを得なかった人々の苦しみと悲しみ、そして喜びに夢中になっているところを監視カメラに捉えられて産業スパイの疑いをかけられ、罰として、シントマーと面談して記録する仕事を請け負う羽目になって七年が経った――

ジャック・アタリ『二十一世紀事典』から着想を得た物語は、マルシア・ガルケスがスペインの大手日刊紙エル・パイスに寄稿したコラム『文学と現実について』の一文からスタートし、多種多様なシントマーの紹介を挟みながらオムニバスと連作を合わせた形式で進んでゆく。リズミカルでユーモラスな語り口で緊張感を保ちつつ現実とSFの世界を行き来し、はてはスリラーの世界にまで誘う。すでに邦訳のある韓国の作品のうちでは、パク・ミンギュの『カステラ』『ピンポン』やチョン・ミョングァンの『鯨』といったマジックリアリズムの世界に連なるといえるだろう。

本作がエンターテインメントの要素をふんだんに盛り込みつつも純文学にとどまっているのは、奇想天外に思える人々がマイノリティ、フェミニズムといった社会問題をリアルに体現しているからだろう。自然科学の立場から言えば、自然界に生き残るのは、個として強い者ではなく、種として環境に適応した者である。環境に適応する方法は無限にあり、ある機能は縮小され、あるいは増強される。種の保存にどのような遺伝子や形質が有利に働くかは、自然界を構成するほんの一部に過ぎない人間には予測できない。とすれば、現在は異端や欠落とみなされるものがとてつもなく豊かな未来を孕んでいないと誰が断言できるだろうか。

作中たびたび登場する一九九七年は韓国政府がＩＭＦ（国際通貨基金）に救済金融を要請した年である。太平洋戦争の終焉によって植民地の地位から解放され、朝鮮戦争による民族分断の痛みと緊張を抱えながら軍事独裁政権を経て文民政権を確立し、ＯＥＣＤ（経済協力開発機構）への加盟をもって経済先進国の仲間入りを果たした矢先のことだ。社会全体を襲った歪みと綻びに多くの国民が正面から向き合わざるを得なくなった大事件だった。ひるがえって現在、日本の〈一億総中流〉はとうに昔話となり、拡大し続ける経済格差は人々の溝を深める一方である。また、ＳＮＳの発達によって絶え間なく押し寄せる情報の洪水は、飛躍的な利便を提供すると同時に、人々の心の安寧を脅かす存在となった。幸せとは何か。ある日突然これまでの生き方が通用しなくなり、もはや何も信じられなくなったとき、ひとはともかく自分はどうするのか―日本の読者がそれぞれの答えに辿り着くために本作が一助となれば幸いである。

作者キム・オンスは一九七二年釜山生まれ。数学の教師でもあり発明家でもありプロ棋士でもあった父親の懐具合に応じて私立の小学校に通い、山腹を埋め尽くすバラック街に住み、映画『チング』のモデルとなった高校に進んだ。長年目指していた詩人の道を断念した頃、気まぐれに書いた散文に興味を覚えて小説家に舵を切り直し、二〇〇六年に本作で文学トンネ小説賞を審査委員会の満場一致で受賞して広く名を知られることになった。二〇一〇年に発表された『設計者』（邦訳はクオンより刊行）以降はノワール文学の旗手としての地位を固めつつあるが、いずれの作品にも登場するのは、欲望に忠実で愚かで滑稽だが与えられた運命の下で精一杯生き抜こうとする逞しくも寂しい人々である。時空のスケールが大きい作風で海外にもファンが多く、さらなる活躍が期待される作家の一人といえよう。

私はときどき自問する。おまえはチャジャン麺一皿ぶんの値打ちがある小説が書けているか？

自分の小説でたった一度でも人々の心を美味しく豊かにしたことがあるか？
その問いを考えるたびに惨憺たる気分になる。

――《受賞の所感》より

多くの関係者の長年のたゆまぬ努力によって日本における韓国文学の受け入れは飛躍的に拡大した。とはいえ、文化的な背景等による様々な制約は依然として残る。訳出にあたり『記者ハンドブック』（共同通信社）において差別語、不快用語に該当するとされる三ヶ所については作者の意図を損なわない用語をもって訳語とし、その他の表現については作品末尾の《※注意事項》にあるとおり、虚実の含有比率がそれぞれ異なる創作物として尊重することとした。「物語は世の中に存在しているものであり、作家はその物語をただキャビネットに入れておく者です。我々が理解できない存在、矛盾して、互いに異質であり、和解できない存在であっても、作家はそれをキャビネットに入れておかねばなりません。なぜなら、それは我々の偏見と関係なく世の中にひと塊で存在しており、作家はただそれを入れておく空っぽのキャビネットに過ぎないのですから」――《受賞者インタビュー》で語られた作家の矜持から生み出された作品に対して相応の敬意を払うべきと判断したものである。本作は本国にて力量を認められた作品に与えられる文学賞を受け、世に出てから十五年経った今なお版を重ねて読み継がれている。さらに海外に知られるべき価値のある作品として国が支援を決めた作品でもあり、すでに翻訳出版されたフランスや中国でも好評を博している。世界の最大公約数的な共感から外れたところにある異文化の理解に導くこともまた海外文学を紹介することの意義であると信じたい。

奇しくも世界中が未知のウイルスに翻弄されるなかで論創社が貴重な邦訳の機会を与えてくださった。原出版社との交渉から編集まできめ細かくご対応くださった編集部の松永裕衣子さん、丁寧な校正に加えて的確なアドバイスをくださった小山妙子さん、日本での出版に当たり様々なご支援をくださった韓国文学翻訳院および担当者の李善行さん、ネイティブチェックにご協力くださった金相基さん、多分野に亘る深い造詣から貴重な示唆を与えてくださった三枝壽勝先生、そして新作の執筆で忙しいなか数々の質問に快く答えて下さった著者キム・オンス先生に心より御礼申し上げたい。

†著者

キム・オンス（金彥洙）

1972年釜山生まれ。慶熙大学国文科修士課程修了。在学中に小説家チョ・ヘイル（趙海一）に師事し、文芸公募（晋州新聞・2002年）および新春文芸（東亜日報・2003年）に入選して文壇デビュー。本作で文学トンネ小説賞を受賞した（2006年）。フランス推理文学大賞の候補となった『設計者』（2010年）は邦訳が刊行されている。他に『滾る血潮』（韓戊淑文学賞・2016年）、『ジャブ』（短編集・2013年）等の作品がある。

†訳者

加来順子（かく・じゅんこ）

1989年東京外国語大学朝鮮語学科卒業。訳書にチョ・チャンイン『この世の果てまで』、パク・ワンソ『慟哭—神よ、答えたまえ』等がある。

キャビネット

2021年7月10日　初版第1刷印刷
2021年7月20日　初版第1刷発行

著　者　キム・オンス

訳　者　加来　順子

発行者　森下　紀夫

発行所　論創社

東京都千代田区神田神保町2-23　北井ビル
tel. 03（3264）5254　fax. 03（3264）5232
web. https://www.ronso.co.jp/
振替口座　00160-1-155266

装幀／白川公康
組版／フレックスアート
印刷・製本／中央精版印刷
ISBN978-4-8460-2055-2